살아온 날들의 힘

살아온 날들의 힘

발행일 2025년 5월 22일

지은이 공미나, 김수아, 김순이, 박상림, 박용진, 박호숙, 이은혜, 이창현, 이해랑, 조지연, 최향미, 홍영주
펴낸이 손형국
펴낸곳 (주)북랩
편집인 선일영 편집 김현아, 배진용, 김다빈, 김부경
디자인 이현수, 김민하, 임진형, 안유경 제작 박기성, 구성우, 이창영, 배상진
마케팅 김회란, 박진관
출판등록 2004. 12. 1(제2012-000051호)
주소 서울특별시 금천구 가산디지털 1로 168, 우림라이온스밸리 B동 B111호, B113~115호
홈페이지 www.book.co.kr
전화번호 (02)2026-5777 팩스 (02)3159-9637

ISBN 979-11-7224-628-0 03810 (종이책) 979-11-7224-629-7 05810 (전자책)

뜻대로 되지 않은 인생이라 우리는 행복합니다

살아온 날들의 힘

공미나
김수아
김순이
박상림
박용진
박호숙
이은혜
이창현
이[illegible]
조지연
최양미
홍영주
지음

북랩

들어가는 글

- 박호숙

지난 목요일, 청각장애 중고등부 학생들과 2박 3일 일정으로 청도 숲체원에 다녀왔습니다. 숲체원은 학교에서 버스로 이동하니 약 두 시간 거리에 있었습니다. 사방이 나무와 숲으로 둘러싸여 있어 들어서는 순간 저절로 힐링이 되었습니다. 프로그램이 시작되기 전에 잠시 마당 의자에 앉아 햇볕을 쬐었는데요. 의자에 앉은 선생님과 아이들 몇 명이 햇살에 눈이 부신지 반쯤 눈을 감고 있었습니다. 한 무리는 신나서 뛰어다녔습니다. 한 아이가 도망가니 다른 아이가 잡으러 쫓아가고, 그 아이를 잡으려고 다른 아이들이 한꺼번에 우르르 달려갔습니다. 저러다 다치지나 않을까 걱정하면서도, 한참 동안 아이들 노는 모습을 바라봤습니다.

저녁이 되자 비가 조금 내렸습니다. 다음 날 새벽에 일어나니 산등성이가 하얗게 변해 있었습니다. 숙소 아래 잔디밭에도 눈이 내려앉았습니다. 어쩜 4월에 하얀 눈이 내렸습니다.

이번 주 월요일에 초등부 학생들과 1박 2일 일정으로 다시 청도 숲체원을 찾았습니다. 그날은 낮 기온이 23도나 되었습니다. 일기 예보를 확인했지만, 지난주 쌀쌀했던 날씨를 생각하여 두툼한 긴팔 셔츠를 입었다가 다시 반팔 셔츠로 갈아입었습니다. 4월 날씨가 요동칩니다.

여기, 변덕스러운 날씨만큼이나 뜻대로 되지 않은 인생이었지만 오늘도 행복을 꿈꾸며 살아가는 사람들의 이야기가 있습니다. 열두 명의 저자가 저마다 살아온 날들의 힘을 글로 썼습니다.

돌아보니 세상은 녹록하지만은 않았고 내 마음대로 안 되는 일도 많았지만, 봄날의 햇살처럼 선물 같은 날도 있었습니다. 저자들은 스스로를 응원하고 일상에 감사하며 살아갑니다. 모난 부분은 이리저리 부딪히며 둥글둥글하게 다듬어가고, 차가운 가슴은 가족의 따뜻한 온기로 채워갑니다. 그리고 용기 내서 도전합니다.

이러한 이야기를 4개의 장에 담았습니다. 제1장 「나에게도 꿈이 있었다」, 제2장 「실패라고 부를 만한 이야기」, 제3장 「지금의 내가 있기까지」, 제4장 「살아온, 그리고 살아갈 날들의 힘」입니다.

담배 연기를 후 내뿜으며 탄식하듯 말을 내려놓던 엄마 얼굴이 어른거립니다. 하늘과 땅이 하루만 딱 붙었다가 떨어져서 세상이 모두 똑같아지면 좋겠다고 하셨습니다. 오죽 힘이 들면 그런 말을 했을까요.

조지연 작가의 어머니는 이렇게 말합니다.

"봐라, 좋지. 사는 게 얼마나 재밌는데."

살아가는 모습이 사계절 날씨와 닮았습니다. 마음 추운 날을 이겨내니 일상에 웃음꽃도 핍니다. 땀 흘리며 도전하니 소소하지만 하나씩 이뤄가는 결실도 경험합니다. 희망을 놓지 않고 살아야지 다짐하게 되는 이유입니다.

뜻대로 되지 않는 삶, 우리는 어떻게 살아야 할까요? 어려운 순간마다 힘이 되어준 가족, 좌절하지 않고 일어서는 용기, 무엇보다 자신을 사랑하고 포기하지 않으며 삶을 가꿔나가는 태도를 기억해야 합니다.

이 책의 마지막 장을 덮는 순간 어렴풋이나마 그 답을 찾아가는 길에 들어설 수 있기를 바라봅니다.

먹먹한 날이면 하늘을 자주 올려다봅니다. 새가 자유롭게 날고, 먹구름도 있고 솜털 구름과 양떼구름이 있는 날도 있습니다. 어느새, 하늘과 땅이 딱 붙어 모두가 공평해지면 좋겠다고 탄식하던 그날의 엄마 나이를 훌쩍 넘겼습니다. 살다 보니 저에게도 한 번씩 그런 날들도 있었습니다.

살아온 날들은 길을 안내해주는 이정표와 같은 소중한 시간입니다. 힘들고 어려웠던 지난 삶의 경험은 앞으로 어떻게 살아가야 할지 지혜가 되고 힘이 되었습니다. 그 이야기를 품 밖으로 꺼낸 저자들의 용기에 저도 힘을 얻습니다.

2025년 5월

박호숙

들어가는 글

- 최향미

독서 모임 할 때 사람들에게 행복에 대해 자주 이야기한다. 어렵고 힘든 날 속에서도 행복을 찾고 싶기 때문이다.

오늘 아침, 독서 모임에서 이렇게 말했다. "제가 소개할 책은 스펜서 존슨의 『행복』입니다. 몇 분 만에 행복해지는 방법을 말씀드릴게요. 이 책에서 말하기를, 1분 동안 잠시 하던 일을 멈추고 자신에게 물어보라고 합니다. 나 자신을 돌보기 위해 지금, 당장, 여기서 할 수 있는 좋은 방법은 없을까? 그것을 떠올려 보고 바로 행동하라고 합니다. 그러면 행복한 에너지가 온몸에 흐를 거예요."

사람들이 웃으며 "짜파게티에 파김치 먹고 싶어요! 라면도요!"라고 말했다. 자신이 원하는 작은 일을 할 때 삶은 행복이라는 선물을 준다. 사랑하는 사람과 함께 있을 때, 좋아하는 일을 할 때, 맛있는 음식을 먹을 때 진정한 행복을 느낀다.

만약 집에 만 원짜리와 십만 원짜리 꽃병이 있다고 하자. 대부분은 비싼 꽃병을 가장 좋은 자리에 놓고 매일 정성껏 닦으며 소중하게 다룰 것이다. 나는 자신을 값을 매길 수 없는 귀한 꽃병이라고 생각한다. 자신을 돌보고 정성을 들일 때 진정한 나의 가치가 빛나는 법이다.

삶의 시련에 굴복하지 않고 당당히 맞서며 살아왔다. 알 수 없는 미래에 불안하고 두려웠다. 하지만 그 안에서 나는 단단해졌다. 나의 꿈, 나의 실패, 아픔을 담담하게 글로 적어갔다. 한 줄씩 써 내려갈 때마다 삶은 결국 내가 만든다는 것을 알게 되었다.

이 책의 12명 작가의 이야기 또한 나와 다르지 않다. 실패를 딛고 세상으로 당당히 나아간 이야기를 담고 있다. "얽히고 엇나가도 삶은 결국 해피엔딩이다. 내 인생 머피의 법칙보다는 샐리의 법칙으로 살아보자." 이해랑 작가의 말처럼, 삶을 해피엔딩으로 이끌 수 있는 사람이 진정 가치 있다. "나는 나만의 삶의 조각들을 찾아갈 것이다. 내 인생의 주인공은 언제나 나였고, 앞으로도 그럴 것이다."라고 공미나 작가 역시 말했다. 맞다. 내 삶의 주인공은 나였다. 내 삶의 이야기를 쓰고 퇴고하며 많이 성장하고 강해졌다. 그 과정의 고난과 시련은 결국 나를 위한 것임을 깨달았다. 삶을 살아가면서 진정한 행복은 내가 만드는 것이었다.

지금 실패를 겪고 있다면, 새로운 꿈을 꾸는 사람들이라면 우리의 경험을 함께하고 싶다. 힘든 순간마다 왜 나에게 이런 일이 일어나는 걸까 생각하며 세상 원망한 적 있다. 하지만 이제는 안다. 시련이 나를 더 강하고 행복하게 만들어주었다는 것을.

며칠 전 가까운 언니가 말했다. “누구나 시련은 있어. 시련은 견딜 수 있는 사람에게 준다더라. 넌 해낼 거야.”라고.

견딜 수 없다고 생각했다. 과거에 몸이 아프면서 사랑하는 남편을 두고 떠나야 할지도 모른다는 생각에 말할 수 없이 무서웠다. 하지만 모든 고난은 지나갔고 나는 더 강해졌다. 매일 아침 일어나 아이와 남편을 챙기는 작은 행복. 사랑하는 사람과의 소중한 시간. 나를 위해 운동하는 행동들이 모여 큰 행복으로 다가온다. 삶은 가끔 힘들고 걱정스럽기도 하지만 모든 순간이 결국 나를 만드는 소중한 과정이다. 오늘이 가장 아름다운 날이다. 실패와 고난 속에서도 꿈을 잃지 않는다면 삶은 여전히 빛나리라 믿는다. 내가 선택할 수 있는 것, 그것은 내 삶을 해피엔딩으로 만들어나가는 것이다.

2025년 5월

최향미

차례

제1장
나에게도 꿈이 있었다

제2장

실패라고 부를 만한 이야기

제3장

지금의 내가 있기까지

제4장

살아온, 그리고 살아갈 날들의 힘

제1장
나에게도 꿈이 있었다

❶

선택의 끝, 책임의 시작

공미나

고등학교 시절 내가 좋아했던 남자 연예인은 조용필과 김수철이었다. 공통점이라면 키가 작다는 거다. 내 키가 큰 편이어서였을까. 남자의 키는 내게 그다지 중요하지 않았다. 키가 작아도 귀엽고 매력적인 남자들에게 눈길이 갔다. 당시 내 팬심을 한껏 받았던 조용필 오빠는 '친구여', '창밖의 여자', '단발머리', '고추잠자리' 등 세대를 아우르는 명곡들을 히트시켰다. 그중 '킬리만자로의 표범'은 내가 가장 애절하게 들었던 노래다. 그 시절 인생을 모르듯, 사랑은 더욱 알지 못했다. 그럼에도 인생의 고단함과 사랑의 쓸쓸함이 응축된 가사와 가슴을 울리는 멜로디는 내 마음을 깊이 파고들었다.

아담하고 귀여운 모습의 김수철 오빠도 좋았다. 그의 대표곡 '못다 핀 꽃 한 송이'를 특히 즐겨 들었다. 비록 나는 음치였지만 자주 듣고 따라 부르며 그 노래에 담긴 감정을 흉내 내곤 했다. 그렇게 오빠들의 노래를 흥얼거리던 10대의 나는 어느새 킬리만자로의 표범이 느꼈을 법한 고독함을 아는 성인이 되었다. 그때에는 다 알지 못했던 노랫말의 깊이가 시간이 흐른 뒤에서야 진짜 의미로 다가왔다.

1985년 여상을 졸업하고 스무 살에 취직한 회사는 명동에 있는 서울투자금융이다. 제2금융권으로 은행보다 월급이 많았다. 복지와 근무 조건도 좋았다. 매년 맞추었던 유니폼을 입을 때마다 어깨에 힘이 들어갔다. 은은한 광택이 도는 원단, 몸에 꼭 맞는 세련된 디자인. 다른 회사의 유니폼과 나란히 서면 그 차이는 확연했다. 우리 유니폼은 단순한 작업복이 아니라 마치 패션 브랜드 의상처럼 돋보였다. 퇴근 후 동기들과 모여 명동 거리로 향했다. 하루 종일 입었던 유니폼을 각자 세련된 옷으로 갈아입고 나가면 분위기가 달라졌다. 명동을 가득 메운 인파 속에서도 우리는 유난히 눈에 띄었다. 취직 후 2년은 회사 생활에 만족하고 다녔다. 최고의 직장에 다녔지만, 대학에 대한 열망이 있었다. 낮에는 근무하고 저녁에는 왕십리에 있던 단과 학원에 다녔다. 퇴근 후 학원에 가면 강의실 나른한 공기 속에서 꾸벅꾸벅 졸기 일쑤였다. 강사의 목소리는 자장가처럼 들렸고 노트 글씨는 삐뚤빼뚤 날아다녔다. 어찌어찌 회사 근처 충무로에 있던 야간대학 임상병리과 88학번으로 이름을 올렸다.

야간대학 특성상 직장 다니는 사람이 대부분이었다. 같은 과에 키 작고 두꺼운 검은색 뿔테안경을 쓴, 개그맨 엄용수를 닮은 형이 있었다. 옷을 참 독특하고 촌스럽게 입었고 개성이 강한 느낌이었다. 그저 편한 과 형이었기에 내가 먼저 영화를 보자고 했다. 호프

집에서 술을 마셨다. 그 형과 스카라극장에서 '라밤바'를 봤다. 나중에 알고 보니 '라밤바'는 그 형 취향과는 맞지 않는 영화였고 술은 전혀 못 마시는 남자였다. 임상병리과 수업은 내 적성과 거리가 멀었다. 낯선 용어와 실습이 이어질 때마다 머리가 지끈지끈했다. 낮에는 직장에서 바쁘게 일하고 밤에는 강의실에서 졸린 눈을 비벼가며 버텼다. 몸과 마음은 지쳐갔다. 늘 부족한 잠과 미뤄둔 과제가 나를 짓눌렀다. 어느 날 과제를 못 해서 그 형에게 부탁했다. 나를 좋아하는 줄 알았기에 당연히 해줄 거라 믿었다. 그 형은 단호하게 내 요청을 거절했다. 거절을 당한 후 계속 과제를 못 하는 날이 이어졌다. 스트레스는 쌓여갔다. 직장과 학업을 병행하는 일이 힘들었다. 결국 1년 만에 야간대학을 그만두었다.

얼마 후 다니던 회사도 과감히 때려치웠다. 좋은 직장을 그만두는 것은 아쉬웠다. 하지만 대낮에 대학 생활을 하고 싶다는 열망이 더 컸다. 어릴 적 꿈이었던 미술 공부를 하고 싶었다. 1990년, 패트릭 스웨이지와 데미 무어 주연의 '사랑과 영혼'이라는 영화가 유행이었다. 두 주인공이 물레를 돌리며 만들던 도자기에 매료되었다. 도예과에 가기로 결심했다. 등록한 단과 학원 교실에는 스무 살 남짓 애들로 가득했다. 그들 사이에서 국어, 영어, 수학을 배우며 뒤처지지 않으려 애썼다. 저녁에 공부하다 낮에 하니 정신이 말똥말똥했다. 학원 수업이 끝나면 곧장 도서관으로 향했다. 저녁에는 미술 학원에 다녔다. 혼자 공부하는 시간은 유난히 길고 적막했다. 외로울 때면 마이마이에 테이프를 넣고 김수희와 심수봉의 애절한 노래를 즐겨 들었다. '멍에'의 구슬픈 멜로디가 흐를 때면 나도 모르게 따라 불렀다. 열심히 했건만 실기시험에서 시간이 부족했다. 4년제는 떨어졌다. 아쉬웠지만 여자 전문대 도자기 공예과에 입학했다. 낮에 대학을 다니며 푸릇푸릇한 젊은 친구들과 어울리니 마음이 생기로 가득 찼다. 맏언니로 반 대표를 하며 도예과 B반을 이끌었다. 장학금도 탔다.

과제 부탁을 냉정하게 거절했던 그 형은 내가 야간대학을 그만둔 뒤에도 어쩌다 한 번씩 연락을 해 왔다. 휴대전화가 없었던 때라 집으로 전화했다. 아버지가 전화를 받아 바꾸어주셨다. 아버지는 그 형 이름을 알고 "미나야! 전화 받아. H다." 집안 식구들은 H 하면 누군지 다 알았다. 임상병리과를 나오면 병원 근무를 해야 한다. 그 형은 마지막 학기 실습 나간 뒤 일이 적성에 맞지 않는다고 했다. 대학 졸업 후 바로 자동차 공학을 공부하러 일본으로 유학을 갔다. 방학 때 한국에 나오면 나에게 연락했다. 그저 편한 형이었기에 가볍게 만났다.

시나브로 내 나이 어느덧 스물여덟 살이 되었다. 그 당시 스물여덟은 여자로서 꽉 찬 나이였다. 가부장적인 아버지에 눌려 사시는 엄마의 모습이 싫었다. 결혼에 대한 부정적인 감정과 두려운 감정이 있었다. 엄마는 나에게 집안일을 전혀 안 시키셨다. 집안일에는 취미도 없고 소질도 없었다. 나보다 키 크고 잘난 남자를 만나면 주눅이 들었다. 낯선 시댁 식구들을 마주하는 일도 무서웠다. 혼기는 찼는데 결혼에 대한 자신감은 없었다. 자유로운 영혼이었던 나는 해외 생활에 대한 로망이 있었다. 어쩌면 가부장적인 분위기의 집에서 벗어날 탈출구가 필요했던 것 같다.

일본에 유학 중이던 그 형은 가진 게 없고 집안 형편도 어려웠다. 키는 작았으나 운동으로 다져진 몸은 다부졌다. 외모는 촌스러웠지만 귀여운 구석이 있었다. 내 말이라면 무조건 들어주고 나만 바라보던 '미나바라기'였다. 게다가 막내였다. 맏며느리로 고생한 엄마는 장남에게는 절대로 시집가지 말라고 신신당부를 했다. 결혼하면 나를 공주처럼 모실 것 같았기에 자연스레 마음을 열었고 결혼 얘기가 나왔다. 엄마는 그 형이 가진 게 너무 없고 키가 작다고 반대하셨다. 하지만 아버지는 야무지고 생활력은 강해 보인다며 반대하지 않으셨다. 나이도 나이였고 더는 갑갑한 집에 있을 순 없었다. 일본에서 도자기 공부를 더 해서 도예가의 꿈도 이루고 싶었다. 결혼 생활에 대한 두려움보다 해외 생활이 또 다른 새로운 삶을 열어 줄것 같았다. 자유로운 영혼이었던 나는 과감하게 회사를 그만두었듯 결혼도 용감하게 결정했다.

전날 내린 비로 맑은 하늘이었지만 꽃샘추위가 매서웠던 1994년 3월 12일. 우리는 잠실 성당에서 많은 하객의 축복 속에 결혼식을 올렸다. 이렇게 무작정 결혼의 서막이 열렸다. 키 작은 그 형은 내 남편이 되었고, 나는 새로운 삶의 시작점에 서 있었다. 기대 반, 두려움 반으로.

인생은 선택과 결정의 연속이다. 그 선택이 행복과 불행, 성공과 실패를 가른다. 그래서 많은 사람이 선택과 결정 앞에서 망설이고 주저한다. '혹시 잘못되면 어쩌지? 내 선택이 틀린 거라면 어떻게 하지?' 이런 불안과 두려움 때문이다.

그러나 중요한 건 어떤 선택과 결정을 해야 하느냐가 아니다. 그 선택을 어떻게 살아내느냐다. 스스로 책임지는 태도가 더 중요하다. 나의 결혼이 사랑이든 도피든 그것은 중요하지 않다. 내가 선택한 결혼이기에 그것을 행복으로 만들어가는 것도 내 몫이다. 한 가지 분명한 건 내 삶을 스스로 선택했다는 거다. 그렇기에 나는 내 삶을 행복으로 만들기 위해 최선을 다해 살아간다. 결국 선택보다 중요한 것은 책임이다. 이것이 전부다.

❷

아이들은 꿈을 계산하며 꾸지 않는다

김수아

"이거 진짜 니가 그렸나?"

초등학교 시절 이런 말을 종종 들었다. 무심코 그렸다. 대충 휘저어도 잘 그린다 했다. 두어 장 그리고 말려 했다. 칭찬에 몇 장을 더 그렸다. 가끔 그림 주문도 받았다. 오랜만에 삼촌이 놀러 왔다. 모자를 그려보라, 토끼를 그려보라는 말이 떨어지기 무섭게 방에 후다닥 들어가 완성해 나왔다. 삼촌의 감탄사를 듣고 나면 곧이어 숙모에게도 주문받았다. 스케치북에는 모자, 강아지, 인형, 집과 같은 그림으로 가득했다. 화가가 된 것 같았다. 어른들이 해주는 감탄사의 억양과 목소리 크기로 실력을 가늠하기도 했다.

초등 시절, 텔레비전 볼 수 있는 시간이 정해져 있었다. 간혹 만화 시간 놓쳐 다른 채널이라도 보려 하면 어른들 보는 거라며 못 보게 했다. EBS에서 하는 '밥 아저씨'는 눈치 없이 볼 수 있는 유일한 프로그램이었다. 재방송을 많이 해 채널 돌리다 보면 꼭 한 번씩은 나왔다. 밥 아저씨라 불리는 미국 화가 밥 로스는 우리나라에서도 꽤 유명한 화가였다. 30분 정도의 짧은 시간 동안 자연경관을 무심한 듯 쓱쓱 그려냈다. 대충 그리는 것 같지만 어느새 입이 떡 벌어지는 걸작을 완성했다. 물 하나 없는 뻑뻑한 물감으로 터치만 몇 번 하면 실제 같은 뭉게구름이 나타났다. 나뭇가지에 왜 검정을 칠하나 싶다가도 어느새 튀어나올 듯 입체감이 생겼다. 보면서도 믿기지 않았다. 밥 아저씨는 그림을 그릴 때마다 "참 쉽죠?"라 했다. 나는 그 말을 그대로 믿었다. 그리기는 참 쉽구나.

학교 미술 수업이 있는 날이다. 아 맞다, 오늘 미술 하는 날이지. 졸린 눈도 잠시, 벌떡 일어났다. 하루는 장래 희망을 주제로 한 미술 시간이었다. 망설임 없이 화가를 그렸다. 그림 속 내 모습은 넓은 들판에 이젤 하나 놓고 덩그러니 서서 그림을 그리고 있다. 저 멀리 산도 있고 물도 흐른다. 한 손에는 팔레트, 다른 한 손에는 붓을 쥐고 있다. 어디서 본 건 있어서 베레모도 비딱하게 썼다. 밥 아저씨가 그렸던 것처럼 나도 자연 풍경을 그리고 있다. 여행하다 마음에 드는 장소가 있으면 잠시 멈춰 서서 그림을 그리는 화가다. 여유를 즐기는 미래의 나는 꽤 멋졌다. 반 친구들도 진지한 표정으로 각자의 꿈을 도화지에 펼쳐내고 있었다. 그림 소개 시간이다. 각양각색의 장래 희망이 등장한다. 생생하게 기억난다. 대통령, 선생님, 과학자, 파일럿, 축구 선수, 피아니스트, 디자이너, 농부, 회사원 등이다. 한 아이는 고고학자가 되겠다 했다. 고고학자가 뭔지 몰랐다. 모르는 친구들을 위해 야무지게 설명까지 해줬다. 당장 내일이라도 될 것 같았다. 엄마나 아빠가 되겠다는 친구도 있었다. 세상 다양한 직업들이 한 곳에 모였다. 겹치는 직업이 거의 없었다. 좋은 직업, 나쁜 직업도 없다. 모두의 별이 제각기 뽐내며 반짝였다.

"저의 장래 희망은 화가입니다. 어른이 되면 세계 여러 곳을 여행 다니며 자연을 그리고 싶습니다."

참 현실성도 없다. 어찌 여행만 다니며 그림으로만 먹고살겠나. 세계 각국 여행비는 무슨 돈으로 충당할 것이며, 그림은 어디서 팔지, 광고는 어떻게 할지, 누가 내 그림을 살지 말지도 모르는 일이다. 아홉 살이었다. 실현 가능성에 대한 한 치의 의심도 없었다. 현재와 괴리도 없었다. 단지 그것을 원한다는 것, 그렇게 될 거라는 믿음. 그뿐이었다. 그렇게 2학년 2반 교실에서는 저마다 상상의 무지개를 펼쳐냈다. 그 친구들 지금쯤 뭐 하고 있을까. 고고학자가 되었을까. 엄마나 아빠가 되어 가정을 꾸리고 있을까.

6학년 봄, 미술 선생님에게서 교외 미술 대회를 권유받았다. 뭔지도 모르고 하겠다 했다. 그동안 교내에서 주최하는 대회에서는 줄곧 상을 받아왔다. 외부 대회는 처음이었다. 내 실력이 특출나서 뽑힌 것은 아닌 것 같다. 시골 학교라 학년별로 두 반씩 있었다. 6학년은 겨우 한 반밖에 없었다. 조금만 잘 그려도 잘한다 소리를 들었다. 같은 반에 그림을 잘 그리는 선희라는 친구가 있었다. 나와 선희는 그나마 반에서 그림을 잘 그리는 편에 속했다. 운 좋게 나에게 기회가 왔다. 나는 고학년 대표, 저학년 대표는 1학년인 친남동생이었다. 대회 몇 주를 남겨놓고 매일 방과 후 그림 연습을 했다. 늦게까지 남아 있어도 마냥 즐거웠다.

대회 당일 엄마가 대회장으로 바래다줬다. 미술 선생님도 함께 갔다. 시내에 있는 대학교 야외 캠퍼스로 기억한다. 여기저기 간이 의자와 돗자리가 깔려 있다. 이제 원하는 자리에 앉아 룰루랄라 풍경을 그리면 된다. 소풍 온 듯했다. 여유 있게 도착했는데도 사람이 많았다. 이렇게나 참가자가 많을 줄이야. 누구는 벌써 그리고 있다. 먼저 도착하면 시작해도 되나 보다. 정신이 번쩍 들었다. 좋은 자리 찾을 새 없이 일단 아무 데나 앉았다. 허겁지겁 연필을 들었다. 풍경은 참고하고 표현하고 싶은 대로 그리면 된다 했다. 풍경화는 여러 번 그려봤다. 실제 풍경을 보면서 그려본 적은 없었다. 똑같이 그리지 않아도 된다. 실제와 상상을 적절히 조합하면 된다. 구상만 몇 분을 했나. 옆 사람은 벌써 윤곽이 보인다. 대충 봐도 실력이 좋아 보였다. 나는 이제 선 하나 그었다. 구도만 잡는 데 그렸다 지웠다를 반복했다. 손에 힘이 잘 들어가지 않았다. 마치 아침에 일어나 주먹을 쥘 때 힘이 들어가지 않는 그런 느낌 같았다. 여차저차 스케치는 완성했다. 다시 보니 대칭이 안 맞다. 이제 와서 어찌할 수 없다. 채색하며 보완하기로 했다. 색을 입히니 좀 나아졌나 싶다가도 나무들이 제각기 붕붕 떠다니는 듯했다. 앞쪽 참가자 그림을 슬쩍 봤다. 밥 아저씨가 그린 그림 같았다. 처음부터 다시 그리고 싶었다. 선생님이 잠시 내 쪽으로 왔다. 슬쩍 보더니 나무들을 왜 이렇게 칠해놨냐며 다그쳤다. 선생님이 급히 내 붓을 집어 들었다가 이내 내려놨다. 감독관이 지나갔다. 규정상 도와주면 안 된다. 주변 사람들이 하나둘씩 자리를 떴다. 동생도 이미 제출했는지 내 주변을 기웃거렸다. 그림은 잘 그렸는지, 혹시 엄마를 찾고 있는 건 아닌지, 나를 기다리는지 물어볼 정신도 없었다. 건드릴수록 점점 더 이상해졌다. 멀찌감치 선생님의 한숨 소리가 들렸다. 모르겠다. 그냥 제출했다.

나에게 그림은 그저 놀이였다. 내가 간 곳은 놀이터가 아니었다. 나는 나대로, 너는 너대로 잘 그리면 안 되나. 옆 사람이 잘 그리니 상대적으로 지는 듯했다. 마치 나를 공격하는 적 같았다. 머리가 복잡하니 제대로 그려질 리 없다. 어떻게든 여기서 살아 나가야겠다 싶었다. 그곳에서의 그림은 내가 알던 즐거운 놀이가 아니었다. 소리 없는 전투였다.

반 친구가 어제 대회는 잘했냐 물었다. 망친 것 같다며 말끝을 흐렸다. 며칠 뒤 학교로 수상 결과가 도착했다. 나는 장려상, 남동생은 우수상이었다. 못 받을 줄 알았다. 무슨 상이든 감지덕지다. 한 친구가 내게로 와 미술 선생님이 이런 말을 했다고 했다. 선희를 대회에 내보냈더라면 아마 1등 했을 거라고. 얼굴이 화끈거렸다. 아무 대답도 못 했다. 나는 보통 상을 받을 때면 장려상이든 최우수상이든 크게 개의치 않았다. 모든 상이 1등 같았다. 이번은 받아도 받은 것 같지 않았다. 욕심냈어야 했다. 이겨야 했다. 잘해야만 했다. 대회에 못 나간 친구의 몫까지 생각해야 했다. 내가 그것을 위해 얼마만큼 노력했는지, 얼마나 좋아하는지는 상관없었다. 그저 결과로 평가받았다. 중학교 때 전학을 갔다. 잘 그리는 친구들이 더 많았다. 경쟁할 수준도 아니다. 이 게임은 무조건 진다. 꿈을 접었다. 누가 볼까 몰래 구겨 꿀꺽 삼켜버렸다. 내가 미술을 좋아했다는 것을 아무도 모른다. 그렇게 좋아했던 미술, 뒤도 보지 않고 그대로 도망쳤다.

어린 시절 누군가 꿈을 물었을 때 행복했다. 꿈 자체만을 떠올렸기 때문이다. 꿈은 현실적 목표 설정이 아니다. 오직 나만이 가질 수 있는 가슴 속 별이다. 모든 꿈은 존재만으로 가치 있다. 아이들은 꿈을 계산하며 꾸지 않는다. 그 시절 2학년 2반 장래 희망처럼 돈을 얼마나 잘 벌 수 있는지, 높은 명예를 얻을 수 있는지 따지지 않는다. 계산기 두들기며 꿈을 만들어낸다면 그것은 이미 꿈이 아니다. 꿈의 가치를 실현 가능성으로 구분한다면 어느 누가 꿈을 꾸겠는가. 가슴에서 자라난 꿈은 찬란한 빛을 낸다. 더 밝게 빛날 수 있도록 하늘로 올려보낸다. 그 꿈은 북극성이 된다. 삶의 여정 속 길잡이가 된다. 그 시절 내 꿈은 무엇이었나. 나는 무엇을 좋아했었나. 아무 조건 없이 즐길 수만 있다면 무엇이 하고 싶은가 생각해본다. 때로는 순수한 마음으로 하늘에 북극성 하나 박아놓으면 어떨까. 내 별은 여전히 빛나고 있을까. 나는 여전히 하고 싶은 게 많다. 꿈을 떠올릴 때면 아무런 계산 없이 마치 세상의 전부인 것처럼 두 팔 가득 안고 싶다.

꿈과 목표가 중요하다는 말, 귀가 따갑게 들어왔다. 인생은 속도가 아니라 방향이라는 말도 눈이 시리도록 읽었다. 내 경험으로 비추어보자면 꿈과 목표를 설정하는 것보다 더 중요한 것이 있다. 그것은 내 꿈과 목표를 향해 달려가는 모든 순간이 즐겁고 행복해야 한다는 것. 아무리 꿈과 목표가 대단하고 훌륭해도 가는 내내 괴롭고 불행하다면 무슨 의미가 있겠는가. 무엇이라도 좋다. 하고 싶은 일, 바라는 꿈, 원하는 인생, 나만의 북극성을 향해 기꺼이 웃으며 나아갈 수 있는 용기, 그것이 내가 정의하는 꿈과 목표이다.

❸

배움, 아름다운 도전

김순이

"엄마! 나 어떻게 해!"

아버지는 친구에게 보증을 서 재산을 날렸다. 내 희망이었던 소마저 죽었다. 내 등록금. 중학교에 갈 꿈이 사라졌다. 땅바닥에 주저앉아 바닥만 보았다. 소는 우리 집의 재산이었다. 산 언덕에 묶여 있던 소가 죽다니. 밧줄에 돌돌 말려 죽었다. 불쌍하다는 생각도 하지 못했다. 중학교에 갈 수 없다는 절망감만 있었다.

어려서부터 뭐든 잘하고 싶어 욕심을 냈다. 초등학교 4학년 때 수학 경시대회에 나갔고, 주산도 잘했다. 할 수 있는 게 늘어나니 자신감이 생겼다. 어린 나이었지만 뭔가를 알아간다는 게 신이 났다. 넉넉하지는 않았지만 초등학교를 졸업할 수 있었다. 중학교에 입학한 또래 친구들이 교복을 입고 우리 집 앞을 지나가면 모퉁이에 서서 울었다. 등록금 7천 400원이 없어 중학교에 입학을 못 했다. 재산이었던 소까지 죽어 집에 생활비가 없었다. 그러던 중에 동생 담임 선생님이 친구 선생님 집 가정부로 들어갈 것을 주선해주셨다. 선생님 집에 가면 공부도 할 수 있을 것 같고 마음껏 먹을 수 있겠다 싶었다. 옷 몇 벌만 챙겨 낯선 집으로 들어갔다. 집도 넓고 잘 사는 곳 같아 속으로 안심이 되었다. 집 안팎으로 청소하고 빨래하고 밥하면서 몇 개월을 지냈다. 저녁이면 엄마가 보고 싶어 잠이 오지 않았다. 엄마는 잘 계시는지.

고된 노동 속에서도 꿈은 잃지 않았다. 일을 하던 중 신문에서 3개월 속성 취업 학원 광고를 보게 되었다. 기술을 배우면 취직을 할 수 있다고 했다. 동생 선생님 집에서 6개월 정도 일하다 그만두고 학원을 등록했다. 3개월 동안 재봉틀 기술을 익히면 취업을 시켜준다고 했다. 다른 사람보다 더 열심히 배웠다. 학원 수료식 하는 날, 잘 차려입은 신사가 오더니 취업을 원하는 우리를 버스에 태워 어디론가 데리고 갔다. 내 나이 열일곱이었다. 그때는 아무것도 모르고 시키는 대로만 했을 때다. 버스에서 내렸다. 허허벌판에 '대우실업 부산 제2공장, 대우실업 기숙사'라고 쓰인 글씨가 크게 보였다. 차에서 내린 우리를 기숙사로 데리고 갔다. 기숙사 사감 선생님이 방을 배정해줬다. 열두 명이 함께 사용하는 방이었다. 첫날은 서먹서먹했지만 편안하게 잘 잤다. 다음 날 아침 일할 수 있는 부서를 안내해줬다. 와이셔츠를 생산하는 곳이다. 사람이 많았다. 돈을 벌 수 있다는 생각에 신이 났다. 생산직 부서라고 했다. 경험이 없어 재봉사 보조 일을 했다. 신입사원은 1년이 지나면 재봉틀 '기술자'가 될 수 있었다. 일을 잘한다며 반장이 6개월 만에 재봉틀 기술자로 진급시켜주고 보조도 한 명 붙여줬다. 기술자가 되었다.

1년이 지났을 때다. 회사 게시판에 '산업체 고등학교 모집 공고'가 붙은 걸 보았다. 중학교 졸업장이 없는 나에게는 그림의 떡이었다. 속이 상했다. 기숙사에 들어와보니 또 게시판에 중학교 졸업장이 있는 사원은 산업체 고등학교(부산진여상)에 신청하라는 공지문까지 붙어 있었다. 같은 방을 사용했던 친구 몇 명은 해당이 되었지만 세 명은 중학교 졸업장이 없었다. 고등학교에 합격한 동료들은 오후 5시에 일을 마치고 회사 셔틀버스를 타고 학교로 간다. 부러웠다. 함께하지 못하는 내가 서럽기도 했다. 나는 6시까지 일을 해야 했다. 옆 친구들이 빠져나가니 뒤숭숭했다. 오기가 생겼다. 다시 용기를 냈다. 중학교 공부할 수 있는 곳을 찾았다. 연속여중이라고 새마을 학교다. 교복도 입고 다닌다. 부서는 다르지만 같은 방 친구 세 명과 함께 퇴근하면 교복으로 갈아입고 야간학교에 다녔다. 2년을 다녔다. 한참 공부에 빠져 있을 때 학교가 문을 닫았다. 중학교 졸업의 꿈이 또 중단되었다. 고난의 연속이었다. 그러나 포기하지 않았다. 새로운 기술을 배우며 꿈을 향해 도전할 수 있는 일을 찾았다.

기회가 좋았다. 교회에서 피아노 반주를 하고 싶었는데, 기숙사 강당에 누구나 이용할 수 있는 피아노가 있었다. 먼저 치는 사람이 우선이었다. 일찍 일어나면 회사 출근할 준비하고 강당으로 갔다. 30분 동안 피아노 연습을 했다. 찬송가를 부르면서 피아노 치는 게 즐거웠다. 피아노로 하루를 시작하는 날은 더 활력이 생겼다. 30분 연습하고 나면 아침 먹으러 기숙사 식당에 갔다. 먹고 일하는 부서로 출근했다. 매일 하는 일이지만 즐겁게 일했다. 하루는 내 일을 도와주는 미영이가 물었다. "언니는 뭐가 그리 좋아 웃어요?" 그 물음에 "하나님 잘 믿으면 즐겁고 행복해!"라고 말했다. 그만큼 교회는 내게 삶의 중심이었다. 토요일마다 교회 청소하고, 주일은 학생회 예배에 빠지지 않고 참석했다. 매년 11월 30일은 수출의 날이었다. 해마다 1년씩 개근한 사원은 회사에서 상장과 상품을 주었다. 5년 개근을 인정받아 우수 사원으로 뽑히기도 했다.

고향에서 아버지가 편찮으시다는 연락이 왔다. 큰 병원에서 수술해야 한다고 했다. 어린 마음에 일하면서 부모님 걱정에 일이 손에 잡히지 않았다. 김 과장님에게 사정을 말했더니 회사에서 내 의료보험카드로 부모님도 진료를 받을 수 있다고 알려줬다. 당시 100만 원 이상 보험 혜택도 받았고 수술도 잘되었다고 전해왔다. 회사 덕분에 병원비 도움을 받았지만, 부모님 생각에 일에 집중할 수 없었다. 고향에 내려가고 싶었다. 스물둘에 사표를 내고 시골집으로 내려왔다. 막상 집에만 있을 수 없어 익산에 있는 섬유 회사에 취직했다. 재봉 기술도 있고 옷도 잘 만든다며 상무님이 월급 외에 따로 봉투도 챙겨주었다. 인정받는다는 것이 좋았다. 그러던 중 우연히 근로청소년회관이라는 곳을 알게 되었다. 낮에는 회사에서 일하고 퇴근 후 근로청소년회관으로 갔다. 근로자들이 일 끝나고 와서 배우는 곳이라 다양한 프로그램이 많았다. 나는 독서 모임, 한문, 뜨개질, 꽃꽂이 등 여러 가지를 배우며 동료들과 즐겁게 지냈다. 하지만 허전한 마음도 생겼다. 중학교 졸업장이 없다는 게 이유였다.

스물넷 되던 해, 이종 할머니의 중매로 결혼했다. 시어머니와 3년 살았다. 형님네 가족이 시댁으로 들어온다는 말을 들었다. 고향 언니 소개로 서울로 이사했다. 재봉틀 하나로 부업과 의류 수선을 시작했다. 수선하면서 벽에 부딪혔다. 옷에 붙은 영어 라벨을 읽을 수 없었다. 수첩 하나 들고 무작정 문정동 로데오 거리로 나갔다. 간판에 적힌 이름을 메모지에 다 적어 왔다. 가르쳐주는 사람 없이 알파벳을 혼자 쓰면서 달달 외웠다. 손님들이 옷을 가지고 오면 영어로 된 상표를 읽을 수 있다는 것이 신기했다. 배움은 내게 용기를 주었다. 주민센터 정보화 교실에서 컴퓨터도 배웠다. 중학교 졸업장은 없었지만, 컴퓨터 배우면서 워드프로세서 자격증도 취득했다. 검정고시에 다시 도전했다. 강의만 듣고도 시험에 합격하면 중학교 졸업장을 받을 수 있다는 정보에 바로 신청했다. 낮에는 일하고 밤에는 늦은 시간까지 강의를 들었다. 공부가 이렇게 재미있을까! 모르는 것은 담당 선생님께 여쭤보았다. 시험 기간이 다가오면 가게 문도 닫고 3층 독서실에서 공부했다. 노력은 배신하지 않는다고 했던가. 중학교 검정고시 6개월 만에 합격했다. 이듬해 4월, 고등학교 검정고시도 통과했다. 세상을 얻은 것 같았다. 그렇게 원했던 중학교, 고등학교 졸업장을 땄다. 멈추지 않는 배움의 열정으로 대학교도 알아봤다. 입학하기 6개월 전부터 학교 사이트를 둘러보고 꿈에 그리던 한국방송통신대학교에 입학했다. 4년 만에 방송대까지 졸업했다. 중학교 졸업장도 중요했지만 한국방송통신대학교 입학과 그곳에서의 배움은 내 인생을 바꾼 소중한 경험이었다.

시련과 고난 없는 인생은 없다. 누구나 실수하고, 실패하며, 때론 잘못도 저지른다. 그럴 때 많은 사람이 고개를 숙이고 좌절하며 절망한다. 나도 그랬다. 그러나 반드시 기억해야 할 사실이 한 가지 있다. 어떤 일이 벌어져도 우리는 오늘을 또 살아내야 한다는 것. 삶이 끝난다면 모르겠지만, 여전히 지속한다면 절망과 좌절은 아무 의미가 없다. 내가 그랬던 것처럼 실패와 좌절 속에서도 꿈을 잃지 않고 한 걸음 나아간다면 반드시 삶이 좋아질 거라고 생각한다. 나는 지금 내 인생 최고의 행복과 기쁨을 누리고 산다. 돈을 많이 벌었다거나 좋은 일이 생긴 게 아니다. 예순다섯의 나이에도 꿈을 잃지 않고 살아가기 때문이다.

❹

가난이 접은 꿈, 인생이 펼친 기회

박상림

가난하고 배고팠던 나에게 따뜻하게 손을 내밀어준 담임 선생님들, 그분들처럼 나도 누군가에게 따뜻한 사람이 되고 싶었다. 준비물 살 돈이 없어 몸만 등교했을 때, 사정을 다 아는 담임 선생님이 친구들 몰래 챙겨주셨다. 늘 육성회비를 기간 내에 내지 못해 이름이 불렸다. 어린 마음에 창피했다. 이름이 불리는 친구들이 많지도 않았다. 두세 명 중 한 명이었다. 기초생활수급자라면 혜택이라도 받을 수 있을 텐데, 해당 사항이 없었다. 우리 집은 돈도 없어 가난한데 왜 기초생활수급자가 안 되는지 이해가 가지 않았다. 커서 알게 되었다. 당장 쓸 돈은 없지만 집도 자가였고, 아빠 명의로 땅도 있어 불가능하다는 것을. 일용직 막노동으로 하루 벌어 하루 살아가는 아빠에게 돈을 달라고 한들 돈이 나올 구멍이 없었다. 육성회비를 내지 못해 동동거릴 때마다 다른 장학금 혜택으로 낼 수 있게 도와주셨다. 그런 일들이 고등학교 졸업할 때까지 계속되었다.

어릴 적 나에게 따뜻함을 베풀어주셨던 선생님들처럼, 나도 어려움에 처한 친구들에게 받은 사랑을 되돌려주고 싶다는 생각을 했다. 언젠가는 교단에 서서 아이들에게 사랑과 지혜를 전해주는 선생님이 되고 싶었다. 선생님이 되기 위해서는 인문계를 가서 대학에 진학해야 했지만 허락되지 않았다. 실업계 고등학교에 진학해서 하루라도 빨리 돈을 벌어야 했다. 야간 고등학교에 다니며 낮에는 공장에서 일하는 길을 선택해야 했다. 그런데 그러고 싶지 않았다. 결국 고집을 부려서 실업계 고등학교에 진학하게 되었다. 그곳에서는 취업을 위해 부기 2급, 워드프로세서 2급, 주산 2급 등 다양한 자격증을 준비해야 했다. 자격증 공부와 내신 공부를 병행하는 일이 쉽지 않았다. 집안 사정은 점점 더 어려워졌고, 고등학교 3학년 2학기 때 졸업도 하지 못한 채 취업에 나섰다. 작은 회사에 취업을 하고 1년 정도 다니다가 다른 건설사 회사로 옮겼다. 그곳에서 10년 넘게 일하며 결혼까지 하게 되었다. 초등학교 선생님이 되고 싶었던 꿈은 잊은 지 오래였다. 현실은 내 꿈과 너무 멀었고, 나는 결국 다른 길을 택해야 했다.

학창 시절, 경제적인 이유로 인해 꿈꾸던 길을 갈 수 없다는 사실이 당연하게 느껴졌다. 결혼 후 아이들을 키우는 일상 속에서, 잊고 지냈던 꿈이 다시 떠올랐다. 아이들과 함께하며 자연스럽게 교육에 대한 관심도 자라났다. 좋은 그림책을 읽어주고 싶었다. 엄마들의 커뮤니티에서 말하는 '책 육아'를 해보고 싶었다. 그러기 위해선 내가 먼저 알아야 했다. 대전시민대학 평생교육원에서 '책놀이지도사' 자격 과정을 통해서 그림책에 대해 배우기 시작했다. 새로운 배움의 시작이었고, 신세계였다. 그림책이 무엇인지, 왜 읽어야 하는지, 어떻게 읽어줘야 하는지, 그리고 수업에 어떻게 활용할 수 있는지를 배워나갔다. 배우면 배울수록 아이들보다 내가 더 신나고 즐거웠다. 각각의 그림책이 전해주는 메시지에서 새로운 관점과 통찰력을 배우고 깨닫게 되었다. 그것을 통해서 내 생각이 깨지고 확장되면서, 깨달음을 삶에 적용하려 애쓰는 내 모습이 좋았다. 주혁이 주하의 변화가 반가웠다. 그림책을 매개로 이야기하고 '거짓말하지 마라' 혼내는 게 아니라 그림책 『거짓말』을 읽고 왜 거짓말이 나쁜지 스스로 깨쳐가는 과정을 자연스럽게 만들어갈 수 있었다.

진정한 교육이란 새로운 지식을 주입하는 것이 아니라, 아이 안에 이미 존재하는 잠재력을 발견하고 끌어내는 것이라고 믿는다. 이 좋은 그림책을 내 아이에게만 보여주고 알려주는 게 아니라 더 많은 아이들과 함께 보면 좋겠다 느꼈다.

주혁이와 주하가 어린이집과 유치원에 가 있는 동안 독서 논술 관련 자격증 공부를 할 수 있는 곳에 다니면서 자격증을 하나씩 준비해나갔다. 자격증을 취득하는 것은 쉽지 않았다. 가정을 돌보면서 공부하는 것은 생각보다 힘들었다. 아이들이 잠든 늦은 밤, 책을 펴고 공부했다. 졸리기도 하고, 미루고 싶기도 했다. '그냥 이대로 살아도 괜찮지 않을까?' 하는 생각도 들었다. 그럼에도 불구하고, 마음속 꿈은 나를 다시 책상 앞으로 이끌었다. 그렇게 한 걸음씩 나아가며 자격증을 취득해갔다.

하지만 자격증이 있다고 해서 교육 현장에 설 수 있는 건 아니었다. 채용공고를 보면 자격 조건에 '교육법에 의한 교원의 자격을 소지한 자', '4년제 정규 대학 이상의 관련 학과 졸업자'여야 했고 '관련 분야에서 1년 이상의 교육 훈련 경력 또는 실무 경력'이 있어야 했다. 그 어떤 조건에도 해당하지 않았다. 우선 경력을 만들기 위해서 작은 도서관에서 아이들과 함께하는 활동으로 봉사를 시작했다. 아이들은 그림책 속 이야기에서 상상력을 펼쳤고, 그것을 바탕으로 이야기하는 시간을 즐거워했다. 그림책 속 이야기를 통해 아이들은 자신을 비춰보며 성찰했다. 다른 친구의 이야기에 공감을 하면서 세상을 배워갔다. 『고함쟁이 엄마』, 『피아노 치기는 지겨워』, 『괴물들이 사는 나라』 등 자신의 모습을 투영할 수 있는 그림책을 통해서 아이들도, 나 자신도 성장해나갈 수 있어 감사했다.

그렇게 시간이 흐르며 나의 목소리와 수업 방식에 대한 자신감도 조금씩 자라났다. 경력이 생기자 원하는 곳에 지원할 수 있는 기회도 생겼다. 현재는 초등학교 돌봄 교실과 지역 도서관에서 그림책을 매개로 초등학생 친구들, 중학생 청소년들, 성인들과 다채로운 수업을 진행하고 있다. 어린 시절 꿈을 직접적으로 이루지는 못했지만, 비슷한 길을 걸으면서 지금에 만족한다. 비록 초등학교 정교사의 꿈은 이루지 못했지만, 아이들과 함께하는 길은 다른 모습으로 이어졌다. 방향을 바꾸어 그림책으로 새로운 길을 찾았다. 어린 시절의 꿈을 완전히 잃어버린 것이 아니라, 조금 다른 방식으로 실현해가고 있다. 우리가 기억해야 할 것은, 꿈이 바뀌는 것이 아니라 꿈을 향해 가는 길에서 우리가 어떤 사람으로 성장해가느냐는 점이다.

이 길을 걸으며 깨달은 것은, 어떤 꿈이든 단번에 이뤄지는 법은 없다는 점이다. 처음에는 불가능해 보였던 것도, 방향을 바꾸고 새로운 길을 모색하다 보면 결국 나만의 길을 찾을 수 있다. 중요한 건 끝까지 포기하지 않는 마음이다. 인생이 뜻대로 풀리지 않고, 가는 길마다 방해물이 나타나고, 사람들과의 관계도 원활하지 못하다. 해결되지 않은 문제들이 쌓인다. 언제 어디에서 무슨 일을 하든 늘 문제와 걱정과 근심이 따라붙는다. 이것이 우리 삶이다. 어떤 사람은 그런 힘들고 어려운 상황이 닥치면 주저앉고 포기한다. 또 다른 사람은 기어이 참고 견디며 이겨내고 새로운 삶을 맞이한다.

무슨 차이가 있을까? 오직 하나! 포기하는가, 포기하지 않는가. 그뿐이다. 포기하는 이유는 그것이 쉽기 때문이다. 쉬운 결정은 삶을 좋게 만들지 못한다. 인생의 행복과 성공은 결국, 쉬운 길이 아닌 어려운 선택에서 비롯된다. 포기하지 말았으면 좋겠다. 어려움은 좌절을 위한 것이 아니라, 성장을 위한 것임을 잊지 말자.

❺

흩어진 꿈 조각으로 빚은 나

박용진

이삿짐 속에 유치원 앨범과 활동 기록장이 보인다. 짐을 풀 당시에는 출판 디자인에 관심이 많았다. 24년 전 유치원 선생님의 글씨와 디자인이 낯설다. 지금처럼 컴퓨터로 뚝딱 작업하는 시대가 아니었다. 직접 쓰고 인쇄해서 잘라 붙였다. 밋밋한 글씨는 색연필과 사인펜으로 장식했다. 열여섯 명이 한 반인데, 아이가 나온 사진을 분류하고 앨범 안에 배치하는 일은 큰 작업이다. 거기에 쓰기와 미술 활동 '작품'까지 들어가 있다. 삐뚤빼뚤한 글씨로 쓴, 말도 안 되는 삼행시나 윤곽선이 진하다 못해 번져버린 그림이 여럿이다.

군대 전역 후 책장에 둔 기록장을 다시 봤다. 꿈을 적는 칸이 눈에 들어왔다. 박사. 일곱 살짜리가 무엇인지 알았을 리 없다. 중고등학교 때는 학교생활에 적응하고 사람들과 어울리기 바빴다. 유년 시절 꿈을 잊고 살았다. 대학에서는 다른 데 흥미를 느꼈다. 지금은 출판 편집자다. 또 몇 년 후엔 전혀 접점이 없는 일을 하고 있을지도 모른다.

나는 육아 난이도가 높은 아이였단다. 말을 트고 나서 '왜'를 달고 살았기 때문이다. 궁금한 게 많아 계속 물어봤다. 어머니는 답하기 벅찼다. 방학이 빨리 끝났으면 했다. 애 하나를 키우는데, 둘 키우는 것만큼 기가 빨렸다. 둘째는 여자여서 다행이다. 셋째는 엄두도 못 냈다.

초등학교에서도 "왜요?"를 달고 살았다. 나이가 차면서 그 물음은 호기심에서 반항으로 변해갔다. 순수함을 잃어갔지만, 묻지 말라고 하는 사람은 없었다. 가끔 맞거나 답을 못 들었을 뿐이다. 중학교와 고등학교를 다닌 2008년에서 2014년은 체벌이 가능했다. 궁금증 해소가 안 되니 내게 '왜'라는 질문을 던졌다. 스스로 깨닫거나 답을 찾은 내용은 누군가에게 말하고 싶어 입이 근질거렸다.

어릴 땐 누구나 뻔히 보이는 거짓말을 하곤 한다. 자기도 거짓말을 하면서 남이 하면 꼬집어 바른 소리를 했다. 삥치는 게 보이거나 진상이 드러나면 참지 않았다. 무언가 마음에 들지 않거나 이상하다 싶으면 파고들었다. 그러고선 한마디를 날린다. 말 못 해 속앓이를 하는 친구의 스피커가 되기도 했다. 그럴 때는 짜릿했다. 희열을 느꼈다. 초등학교 고학년 때 꿈은 변호사였다.

수능 공부할 땐 과학자를 꿈꿨다. 어떠할 것이라고 가설을 세운다. 그 가정을 뒷받침할 근거를 쌓아간다. 말로 설명할 수 있고, 증명 가능한 과학이 좋았다. 생명공학과에 원서를 넣었다. 자연과학 중 화학을 하고 싶었지만 내 점수로는 들어갈 수 없었다. 대학에서 수능 과목으로 배운 화학과 생명과학 이론을 토대로 실험했다. 늘 실험 시간이 기다려졌다. 시간표를 전부 실습으로 채우고 싶었다. 혼자 탐구할 수는 없었다. 팀 단위로 움직여야 했다. 동기들이 성에 차지 않았다. 내 욕심은 한도 끝도 없는데, 그들은 의욕이 없었다. 기대에 못 미치는 그들의 수준에 표정은 굳어지고 말투는 거칠어졌다.

학부 수준 실험은 해보는 것에 초점이 맞춰져 있다. 원하던 가설과 검증 수준의 작업은 드물었다. 대학원 진학을 목표로 깊게 파야 가능했다. '공부와 연구를 왜 그렇게 깊게 파고 싶어?' 이 의문에 대한 답은 흐릿했다. 돌고 돌아 학교도 남들보다 5년이나 늦게 들어왔기에 무작정 하자고 덤벼들 수는 없었다. 스스로 던진 질문에 답을 달았다. '계속 연구하면 행복할까? 이걸로 어떤 직업을 가질 수 있는데?'에 이르렀다. 자신이 없었다. 실험실에 틀어박혀 연구에만 빠져 살 순 없었다. 전과하자. 과학자가 되고 싶다는 꿈을 매듭지었다.

호기심 넘치게 "왜?"라고 질문하던 습관은 지금도 여전하다. 계속 물어본다. 낯설게 사물을 보고 관찰한다. 호기심은 여전히 내 삶의 원동력이다. 모르는 영역을 마주할 때면 그때의 설렘이 되살아난다. 새로운 것에 주저하지 않고 손을 댄다. 처음에는 익숙하지 않다. 어렵게 느껴지기도 한다. 하나씩 절차를 밟아보고 적어본다. 자연스럽게 몰입하고 있다. 이미 이 과정을 좋아한다는 사실을 알고 있으니 주저하지 않는다. 다시 도전해본다. 질문을 던지고 밝혀낸다. 안 되면 다시 돌아와서 문제점을 파악한다. 다시 부딪쳐본다. 연구가 아니라 사업을 할 때도, 지금 출판 일을 할 때도. 무슨 일을 해도 도움이 된다. 아는 그 지식과 상식이 맞는지 물음표를 던지기 때문이다. 메타인지가 길러지니 미시와 거시를 오가는 힘이 생겼다.

변호사가 되고 싶던 꿈은 초등학교 이후로 흐릿해졌다. 그때 일침을 날리던 경험은 자존감을 높여줬다. 그 자존감에서 오는 자신감은 내게 화살을 겨눌 용기를 주었다. 머릿속으로 저건 논리적으로 맞지 않은데, 저 말은 어떤 부분에 문제가 있는데 떠올린다. 무슨 말을 들으면 생각이 빠르게 차오른다. 누가 어떤 행동을 하면 그게 맞는지 틀리는지 질문을 던진다. 질문에 대한 답을 조리 있게 밷을 방법을 고민한다. 그 과정에서 깨달은 사실이 있다. 다른 사람을 설득하려면 내 주장을 명확히 해야 한다는 것이다. '왜요' 덕분에 토론을 즐긴다. 논리적으로 말하기 위해 자연스럽게 노력하게 되었다.

이전에 꾼 꿈은 나를 성장시키는 중요한 동력이다. 박사도, 과학자도, 변호사도 되지 못했다. 그 과정에서 배운 것들은 여전히 내 삶에 영향을 준다. 종종 과거의 소망을 이루었으면 어땠을까 상상해본다. 중요한 것은 씨앗을 키워서 수확했느냐가 아니다. 그 길을 떠올리고 따라가며 무엇을 배웠는지가 중요하다. 꿈은 단순한 종착지가 아니다. 상상의 나래를 펼쳐가는 과정에서 얻은 경험과 배움이 더 중요하다. 어린 시절의 나에게 이 말을 전해주고 싶다.

"과학자가 되진 않았지만, 그때 했던 질문들은 여전히 내 삶을 풍요롭게 해주고 있어." "변호사는 되지 않았지만, 그때 자란 자존감과 되뇐 생각들은 내 삶의 밑거름이 되었어."라고.

오늘 해야 할 일을 충실히 한다. 현재를 살아간다. 어릴 적 꿈과 경험이 남긴 교훈을 가슴 속에 지닌 채. 우리는 살아오며 겪고 배운 것들의 총합이다. 그 양분으로 오늘을 빚어간다. 그렇기에 꿈꾸던 모습과 다른 길을 걸어도 괜찮다. 그 길은 헛되지 않다. 과거의 꿈이 현재 나를 이루는 밑거름이라는 게 중요하다. 지금 이 순간에 최선을 다할 뿐이다. 오늘 내가 걸어가는 길이 언젠가 또 다른 나를 만들어줄 것이다.

이루지 못한 소망을 후회하지 않는다. 대신, 그 소망이 내게 남긴 흔적들을 소중히 간직한 채 현재를 산다. 꿈은 반드시 이뤄야 하는 목표가 아니다. 꿈은 나를 성장시키는 여정이자 삶을 풍요롭게 하는 과정이다. 이루지 못한 바람도 내 안에 흔적을 남겼다. 그 흔적은 오늘의 나를 만드는 기반이 되었다. 과거의 나에게 고맙다. 그리고 지금의 나는 미래의 나에게 고마운 존재가 되기 위해 오늘을 살아간다.

❻

꿈을 꾸는 것은 나를 사랑하는 일이다

박호숙

땡큐! 땡큐는 12일의 인도 여행 동안 내가 겨우 사용한 영어 한 마디다. 외국인만 보면 괜히 가슴이 두근거렸다. 기본 대화는 할 수 있다고 자신했었는데 아니었다. 여행 오기 전에 몇 문장이라도 준비할 걸 후회했다. 언어 장벽 앞에 여행의 즐거움이 반감되었다. 인도 여행을 결정하고 3개월의 시간이 있었다. 여행 준비한다고 분주했는데 엄마 따라 놀러 가는 아이처럼 설레는 마음만 준비한 셈이다.

2020년 1월 인도 여행을 다녀왔다. 학교 선생님 열여섯 명이 함께했다. 이 중 다섯 명은 현지인과 영어로 능숙하게 대화했다. 그 모습이 신기해서 대화할 때마다 그들 가까이 귀를 기울였다. 이들 외에도 일행 대부분은 영어로 기본적인 의사소통을 했다.

나와 함께 방을 사용한 선생님은 중학교에서 지리를 가르친다고 했다. 영어를 잘하지 못한다고 했지만, 물건도 사고 식사 주문도 잘

했다. 심지어 기차에서는 화장실 앞에서 서성거리던 열 살쯤 돼 보이는 인도 여자아이를 도와주기까지 했다. 그런데 가만히 들어보니 선생님이 사용한 단어는 대부분 나도 아는 단어들이었다. 특별히 어려운 단어도 아니었다. 그런데 나는 왜 안 될까. 시간이 지날수록 자신감이 낮아졌다.

여행에서 무언가를 꼭 얻어야 하는 것은 아니지만, 영어를 능숙하게 사용하는 선생님들과 상대적으로 비교되면서 뭔가 많은 기회를 놓치는 것만 같았다. 여행 준비 목록에 일상 회화를 넣었어야 했는데.

열다섯 살 적 나의 꿈은 영어 동시통역사였다. 가정 형편으로 중학교 진학이 어려워 서울 가리봉동에 있는 한 섬유 회사에 취직했다. 영어를 배우고 싶었다. 서점에서 파닉스 책 한 권을 샀다. 퇴근하고 기숙사에 들어가면 방바닥에 책을 펼쳐놓고 알파벳을 따라 썼다. 선으로 이루어진 한글과 달리 영어는 곡선이 많았다. 알파벳 A의 소문자 a를 바르게 쓰는 게 어려웠다. 한 줄 써놓고 보면 바르게 쓴 글자보다 삐뚤삐뚤한 글자가 더 많았다. 익숙해지면 쉬운 것도, 처음에는 다 서툰 모양이다. 그렇게 영어를 배우며 '영어 동시통역사' 꿈을 가졌다. 혼자서 영어를 배우면서도 내 꿈은 참으로 야무졌었다.

인도 여행 중에 영어 동시통역사의 꿈이 있었다는 기억이 떠올랐다. 짧은 기간이었지만 인도는 많은 생각을 하게 했다. 가장 눈에 띄었던 부분은 가난과 부의 큰 격차였다. 열세 시간 기차를 타고 이동하는 동안 기찻길을 따라 형성된 가족 단위의 거지촌이 몇 번이

나 지나갔다. 그런가 하면 우리가 2일 동안 묵었던 호텔에서는 결혼식이 성대하게 열렸다. 일주일간 호텔 절반을 예약하여 친인척을 초대하고 모두 결혼을 축하하는 시간을 보낸다고 했다. 화려함과 풍성함이 기찻길 풍경과 대조되었다. 지금도 여행 중 간간이 만났던, 해진 옷을 입은 큰 눈망울의 아이 얼굴이 떠오르면 마음을 어찌할지 모르겠다.

이런저런 인도 문화를 경험하며 여행하는 내내 기어들어 가는 목소리로 땡큐만 끙끙댔었다. 그러다 문득 나의 꿈이 영어 동시통역사였음이 떠올랐다. 웃음이 나왔다.

나의 꿈은 가난에서 비롯했다. 만약 중학교 진학을 했다면 나의 꿈이 달라졌을지도 모를 일이다. 사무직원이거나, 손재주가 있다는 말을 들으니 무엇인가를 만드는 직업을 꿈꾸었을지도.

나는 부모님 마음에 상처 주는 말도 서슴지 않았다. "부모가 자식을 낳았으면 중학교는 보내줘야지."라고 말해서 잠시 말을 잃고 눈의 초점을 잃었던 엄마 얼굴을 기억한다.

지금 나는 잘살고 있다. 11박 12일 일정으로 인도 여행을 다녀올 수 있는 여유도 생겼다.

2019년에 교육청 공문을 통해 만난 체인지 메이커 연구회 선생님들과 지속적인 만남을 이어갔었다. 그해 10월에 인도를 일곱 번이나 다녀왔다는 김재우 선생님이 인도 원정대를 모집했다. 지금은 정확한 금액이 생각나지 않지만, 비행기 삯 등 공동경비가 2백만 원 정도였다. 열네 살부터 돈을 벌었지만 나를 위해서 그동안 이렇게 큰돈은 써보지 못했다. 가볼까. 가도 되잖아. 가자. 들뜬 마음으로 일주일 고민하다 참여하겠다고 댓글을 달았다.

설레는 마음으로 인도 여행을 준비하며 제목을 붙였다. '열여섯 살의 나를 만나서 위로하고 안아주자.'

인도에서 돌아오는 날이었다. 비행기가 인디라 간디 국제공항을 출발하려고 할 때였다. 옆자리에 앉았던 선생님이 물었다.

"선생님, 열여섯 살 적 선생님은 만났어요?"

"아니요, 여행 일정이 너무 바빠서 만날 시간이 없었어요."

대답하며 크게 웃었다.

열여섯 살은 정말이지 싱그럽고 사랑스러우며 하루 종일 꿈을 꾸며 시간을 보내도 좋을 나이다. 당시 공장에 다니고 있던 나는 내 처지를 원망하며 열등감에 빠져 지냈다.

초등학교 졸업 학력으로 살아가는 일은 만만치 않았다. 다행히 미싱을 일찍 배웠다. 그 기술로 의류 회사와 신발 공장을 전전했다. 일이 많은 날은 새벽 두 시까지도 일했다. 공장 사람 중에는 나를 함부로 대하는 사람도 있었지만, 사실 그런 일은 크게 힘들지 않았다. 오랫동안 힘들었던 것은 초등학교 졸업 학력이라는 열등감과 자격지심이었다. 대학 나온 사람과는 이야기하는 것을 피했다. 짧은 학력으로 대화 수준이 낮을 것이라 여기고 그것을 들킬까 봐서였다. 이력서 학력란에 고등학교 졸업이라고 써놓고 찢었다 다시 쓰기를 반복했다. 이런 것들은 대학에 들어오기 전까지 계속 이어졌다.

부산진역 주변에 병아리 감별사와 피아노 조율사 학원이 있었다. 그곳을 기웃거렸었다. 초등학교 졸업 학력으로 살아가기 위해서는 전문성 있는 일이 필요하다고 생각했다. 속기사 공부도 했다. 단어와 문장을 간단한 기호로 처리하는 속기는 재미있었다. 요즘 TV에서 국회 뉴스를 볼 때 가운데 앉아 속기하는 사람들을 보면 괜히 반갑다.

뜻이 있는 곳에 길이 있다. 인생은 도전이다. 살면서 자주 떠올리는 말이다. 막막할 때는 뜻이 있는 곳에 길이 있다는 말을 떠올린다. 그런 생각을 하면 불현듯 방법이 떠오르기도 한다.

지난해, 시각장애 학생들과 일본 구마모토현으로 수학여행을 다녀왔다. 수학여행이 결정되자 아이들도 나도 일본어를 배우기 시작했다. 아이들은 습득이 빨랐다. 나는 잊어버리는 시간이 더 빨랐다.

3박 4일 동안 아이들은 제법 여러 인사말을 구사했다. 나는 휴대폰 메모장에 적어간 문장과 단어를 수시로 꺼내 연습했다. 셋째 날에, 기악 연주 발표와 웹툰과 유튜브 활동 전시회가 있었다. 나는 인솔 책임자였다. 발표회를 시작하며 인사말을 했다. 인사말은 학교에서 일어를 전공한 선생님의 도움을 받아 번역해서 갔다. 번역앱으로 일차 변환한 내용을 분위기, 대상, 상황에 따라 조금 더 적절한 표현으로 바꿔주었다. 일과 관련된 부분은 통역을 지원받았다. 구마모토현립 맹학교 교장 선생님과는 통번역 앱을 이용하여 제법 긴 이야기를 나눴다. 인도에서 겪었던 영어 울렁증 같은 것은 없었다.

꿈을 꾼다는 것은 자신을 사랑하는 모습이다. 사랑은 다양한 모습으로 표현된다. 돌이켜보면 지난 시간은 모두가 나를 사랑하는 방법을 찾기 위한 몸부림이었다. 내가 무엇을 원하는지 내 마음에 귀 기울였다. 너무 늦어서, 나이가 많아 잠시 망설일 때도 있었지만 용기를 냈다. 항상 한 번뿐인 소중한 내 삶이라는 말을 생각했다. 물론 배우고 노력한 일이 다 성공으로 이어지지는 않았다. 배우고 깨지고 그러면서 성공하는 기쁨도 느끼며 나는 성장해왔다. 무엇인가 이루기 위해서는 많은 시간과 노력이 필요하다는 당연한 이치도 다시금 깨달았다. 지금 또다시 읽고 쓰는 삶을 찾아가고 있다. 내가 원하니까.

❼ 위로와 찔림 속에 이어지는 꿈

이은혜

어릴 적 우리 집 대문 앞에는 '경주 이씨 청년회'라고 적힌 나무 팻말이 걸려 있었다. 중고등학교 시절, 내 눈에는 아버지가 나이 지긋한 중년으로 보였기에 청년회 소속이라는 팻말이 이상했다. 물어보지는 못했지만, 마음이 젊으면 청년이라고 할 수 있나 보다 생각하고 넘어갔다.

지금 내 나이가 중학교 때 바라보던 우리 아버지의 나이가 되었다. 마흔일곱, 만으로는 아직 마흔다섯이다. '실례지만 나이가 어떻게 되세요?' 질문을 받으면, 여러 가지 생각이 스친다. 나이를 묻는 경우가 자주 있지는 않지만, 나조차도 내 나이가 낯설게 느껴진다. 교복 입고서 친구들과 떡볶이며 김밥 먹으러 다니던 때가 엊그제 같은데 이렇게 나이를 먹었다.

신기한 건, 나이를 먹을수록 사람들이 달라 보인다. 아이들은 더

어리게 보이고, 군인들은 젊어 보이고, 신혼부부를 보면 풋풋해 보인다. 아버지는 '우정의 무대'라는 TV 프로그램을 즐겨 보셨다. 출연하는 군인들과 사회자 뽀빠이 이상용 아저씨를 보며 같이 울고 웃었던 기억이 난다. 초등학교 다닐 때는 군인을 보면 완전 아저씨로 보였다. 고등학교 때는 몇 살 많은 사람일 수 있겠다 싶더니, 대학에 갔을 땐 비슷한 또래로 보였다. 결혼 초에는 예비군 훈련 다녀오는 사람들이 남편만큼 젊은 사람들이었음을, 나이가 더해질수록 군인이 20대 초반의 어린 청년들이었음을 알게 됐다. 그러다 이제는 아들, 자식 같은 군인으로 다가온다. 고2인 큰아들도 몇 년 뒤 군대에 가야 한다면서 이야기를 꺼내는 걸 보면 내가 이렇게 나이를 먹었구나 싶다. 언젠가 군인이 손자뻘로 느껴지는 날도 오겠지.

나이를 생각하다가 젊은 시절의 내 모습을 생각해보게 됐다. 10년 전에는 서른일곱 살이었다. 젊은 나이였지만, 이상은의 '언젠가는' 노래 가사처럼 '젊은 날엔 젊음을 모르고' 그렇게 살았다. 이때는 세 살 된 막내가 늘 옆에 붙어 있었다. 이사를 왔기 때문에 낯선 지역에 적응도 해야 했다. 초등학교에 막 입학한 큰아들 챙기랴, 전학 와서 학교를 낯설어하던 큰딸 챙기랴, 정신없이 하루하루를 보내며 살았다. 세 아이 쫓아다니느라 몸도 마음도 가장 바빴던 시간이었다.

20년 전의 나는 스물일곱 살이었다. 첫째 딸아이를 배 속에 품은 채, 병원에서 운영하던 태교 교실도 다니고, 정보처리기사 자격증을 따러 학원을 오가던 젊은 새댁이었던 모습이 떠오른다. 친구들은 아직 한창 공부하고 직장 다니던 시기, 나는 이른 나이에 결혼을 했다. 남편은 일이 많아서 항상 퇴근이 늦었다. 배 속의 아이를 기다리며, 부디 아이가 건강하기만을 기도하며 부지런히 태교 일기를 쓰던 기억이 난다.

30년 전에는 흰 블라우스에 회색 리본을 달고, 회색 치마에 남색 재킷을 입고 있던 단발머리 1학년 여고생이었다. 30년의 세월이 지났는데도 그때의 내 모습이 또렷이 생각난다. 그리 오래되지 않은 듯하다. 당시 과목 중에 교련 수업이 있었다. 다른 활동은 하지 않고 대부분 자습만 했던 수업이었는데, 어느 날 그 과목 선생님이 자신의 꿈에 대해 적고 발표하는 시간을 가져보자고 했다. 갑자기 꿈이라니. 평소 하고 싶은 일도, 딱히 관심 가는 일도 없었기에 무엇을 적어야 할지 고민됐다. 그나마 두 개가 생각났다. 친구들과 '사랑과 영혼'이라는 영화를 봤었는데, 거기서 도자기 만드는 사람이 멋있어 보여서 그랬을까, 도예가와 사람 마음을 들여다보고 상담해주는 심리상담사 직업이 생각났다. 그럼에도 꿈으로 쓰지는 않았다. 꼭 그렇게 되고 싶은 간절한 마음이 드는 일은 아니었다.

친구들은 술술 잘 적고 있는 것 같은데, 난 무엇을 써야 할지 몰라 계속 두리번거렸다. '나는 왜 하고 싶은 일이 없을까, 왜 꿈이 없는 걸까?' 답답했다. 발표도 하고, 제출도 해야 했기에 조바심이 났다. 그러다 조심스레 하나를 적었다. '현모양처'라고 썼다. 꿈이나 직업이라 하기엔 애매모호한 답변이었다. 어쩌면 눈에 띄고자 일부러 그렇게 적었는지도 모르겠다. 쓰면서 생각했다. '신사임당처럼 현모양처가 되는 건 정말 어려울 거야, 그래도 될 수만 있다면 의미 있고 가치 있는 일 아닐까?'라고. 친구들은 구체적인 직업을 꿈으로 얘기했지만, 난 현명한 엄마, 좋은 아내가 되고 싶다는 막연한 꿈을 이야기했다. 발표했더니, 처음 듣는 답변이라면서 선생님도 친구들도 웃으며 함께 박수를 쳐줬다. 갑자기 써낸 답이었지만, 언젠가 결혼을 하게 되면 꼭 그렇게 살고 싶다는 생각을 했다. 그러고는 한참을 잊고 살았다.

연애 시절, 남편과 서로의 꿈에 대해서 얘기 나눴던 적이 있다. 남편은 과학자가 되고 싶었다며, 어릴 때부터 장난감 조립하는 게 좋았다고 했다. 고장 난 라디오나 작은 전자제품 같은 걸 뜯어보고 고치는 게 재미있었단다. 시간 가는 줄 모르고 만지고 있다가, 공부는 안 하고 쓸데없는 짓 한다고 혼난 적도 있다고 했다. 구체적으로 좋아하는 게 있었다는 게 신기했다. 난 꿈이 없었다고 했다. 고등학교 수업 시간에 그나마 겨우 적어낸 게 현모양처였다고 했더니 큰 소리로 웃었다. 꿈을 현모양처라고 하는 사람은 처음 봤다나.

결혼 후 그와 함께한 세월이 21년이 되었다. 몇 년 전 전업주부로 계속 사는 게 속상하다고 얘기했더니, 남편은 잊고 있었던 현모양처의 꿈을 이야기해줬다. “그래도 애들 키우며 잘살고 있잖아. 현모양처가 꿈이었다며? 자기가 원했던 삶일 수도 있어. 꿈을 이뤘네.” 남편은 농담처럼 말했지만 나는 가볍게 들리지 않았다. 인생은 해석하기 나름이라더니, 그럴 수도 있겠다고 생각했다. 크고 뚜렷한 꿈을 가졌더라면 좋았을 텐데 하는 아쉬운 마음이 들기도 했지만, 그동안 애들 키우느라 수고 많았다고 앞으로 일하면 되니까 힘내라는 말에 위로를 얻었다.

최근 딸의 진로와 관련해 이야기를 나눌 때도 남편은 예전 이야기를 꺼냈다. 내 꿈이 현모양처라는 그 말을 남편은 마음에 담아두었다고 한다. 현모양처가 되어줄 거라고 믿고 기대도 했단다. 말하는 표정에 많은 감정이 담겨 있어 보였다. "그런데 왜? 전혀 아닌 것 같아?" "아니 뭐… 그게 아니고… 음… 좀 그렇긴 하지만… 현모양처 맞지 뭐. 흐흐흐." 같이 웃었다. '현모양처'라는 말이 때로는 위로로, 때로는 찔림으로 날 따라다니고 있다.

머리에 흰 머리카락이 꽤 늘었다. 이젠 몇 개 뽑는 정도로 감당이 안 된다. 머리숱이 적은 남편은 흰머리 한 가닥도 귀하다고 뽑지 않는다. 남편의 늘어난 흰 머리카락과 흰 수염 자국을 바라보면서 우리의 청춘이었던 때를 떠올려본다. 청년이었던 우리가 중년이 되었다. 눈가의 주름과 흰머리는 늘어났지만, 그래도 마음만은 아직 청년이다.

인생의 굽이굽이, 우여곡절을 지나며 지금까지 달려온 시간을 돌아본다. 여러모로 부족한 모습이 많았다는 걸 인정한다. 현명하지 못할 때도 많았고, 감정을 지혜롭게 제어하지 못했던 시간도 많았다. 그럼에도 또 일어서고 반성하며, 좋은 엄마, 좋은 아내가 되고자 노력했다. 그런 시간이 모여 지금의 가정을 이룰 수 있었던 게 아닐까. 수없이 흘린 눈물과 땀방울, 간절한 기도가 가정을 자라게 하는 밑거름이 되었을 거라 믿는다.

꿈이 있었든 없었든, 무언가를 향해 애쓰며 열심히 달려온 노력은 결코 헛되지 않을 것이다. 언젠가 빛을 발하게 될 거다. 꿈꾸고 있는 한 우리는 젊다. 지금의 삶이 어렵더라도, 자신의 꿈을 기억하며 끈기 있게, 꾸준히 나아갈 수 있기를 바란다.

노년을 생각하며 한 가지 꿈도 더해본다. '현모양처 + 따뜻하고 자애로운 할머니'도 되어야지. 손자, 손녀가 나를 좋아해주면 좋겠다. 내 나이 57세 때는 어떤 모습일까. 67세, 77세, 87세의 모습도 그려본다. 건강해야겠다.

❽

나는 꿈을 가졌다, 그리고 지금도 꿈이 있다

이창현

어릴 적, 학기 초마다 선생님께서는 늘 같은 숙제를 내주셨습니다. "장래 희망을 적어 오세요." 대통령, 야구선수, 의사, 판사. 친구들은 저마다 익숙한 직업을 적어 냈고, 저도 그중 하나를 따라 적었습니다. 어른들이 멋지다고 칭찬해주는 직업, 사회적으로 인정받는 직업, 혹은 부모님이 바라시는 직업들. 그때는 그것이 자연스러운 일이라 여겼고, 그 과정에서 스스로 질문해본 적이 없었습니다. 진지한 고민 없이, 단순히 성적에 맞춰 한의사와 교사를 꿈꾸었고, 결국 교사가 되었습니다. 하지만 제 선택은 온전히 제 의지에서 비롯된 것이 아니었습니다. 부모님과 주변 어른들의 기대, 사회적 안정성, 그리고 성적이라는 현실적인 조건이 만들어낸 결과였습니다.

아이들을 좋아했지만, 교사라는 직업을 선택할 때 확고한 사명감이 있었던 것은 아니었습니다. 그러다 보니 가르치는 과정에서 오는 감정 노동의 무게는 더욱 크게 다가왔습니다. 때로는 아이들을 위해 최선을 다하면서도, '과연 내가 진정 원하는 길을 가고 있는가?' 하는 고민이 끊이질 않았습니다. 수많은 고민 속에서 문득 이왕 교사를 할 거면 의미 있게 해보자는 다짐을 했습니다. 참교사가 되겠다는 목표를 뒤늦게 세웠고, 그때부터 아이들과 함께할 다양한 활동을 연구하기 시작했습니다. 학교 수업을 마치고 난 뒤 도서관으로 향했습니다. 도서관 문이 닫힐 때까지 학급 운영과 수업에 관한 책도 찾고 자료도 정리했습니다. 단순히 지식을 전달하는 것이 아니라, 아이들의 성장을 돕고, 그들의 미래를 함께 고민해줄 수 있는 교사가 되고 싶었습니다. 수업을 더 효과적으로 만들기 위해 교재를 분석하고, 아이들이 스스로 생각할 수 있도록 질문을 던지고, 수업 외에도 아이들의 고민을 들어주며 그들의 이야기에 귀를 기울였습니다. 학습의 결과뿐만 아니라, 과정에서 얻는 배움의 가치를 함께 나누고 싶었습니다.

그렇게 노력하다 보니, 저는 점점 교사라는 직업 속에서 보람을 찾기 시작했습니다. 활기차게 교실을 이끌며 아이들과 소통하는 과정에서 이 일이 '내게 의미 있는 일'이라는 걸 깨달았습니다. 처음에는 그저 '해야 할 일'이었지만, 점차 '하고 싶은 일'로 바뀌어갔습니다.

그러나 교육 공동체라는 조직은 생각보다 보수적이었습니다. 저는 아이들이 주도적으로 참여하는 수업을 만들고 싶었습니다. 그래서 아침 조회 시간에는 학생들이 돌아가며 '오늘의 주제'를 정해 발표하게 했고, 수업 시간엔 정해진 순서 없이 질문과 토론을 통해 수업의 흐름을 만들어나갔습니다. 심지어 학급 규칙도 아이들과 함께 토론을 통해 정했고, 학기 말에는 '우리 반만의 프로젝트 발표회'를 열어 학부모들에게 학생들의 성장을 공유하기도 했습니다. 하지만 모두 똑같이 해야 한다는 선배 교사들의 철학 속에서 개성을 허락받을 수 없었습니다. 조직의 문화라는 이유로, 변화의 시도조차 용납되지 않았습니다. 저는 안주하고 싶지 않았습니다. 그래서 대학원에 진학하기로 결심했습니다. 참교육자의 길을 걷기 위해 교육심리학을 공부하며, 배운 내용을 교실에 적용하고자 했습니다.

교사 생활과 학업을 병행하는 것은 쉽지 않았지만 배우는 것이 재미있었습니다. 그리고 학급에 적용할 때마다 서서히 효과가 나타나기 시작했습니다. 모두가 포기한 한 아이가 있었습니다. 그 아이는 모든 수업을 거부하고, 종일 엎드려만 있었습니다. 이전의 담임 교사들은 하나같이 "저 아이는 안 된다."라고 말했습니다. 하지만 저는 포기하고 싶지 않았습니다. 학기 초, 저는 반 친구들 앞에서 선언했습니다. "선생님이 올해 이 친구에게 변화를 꼭 줄 거야. 너희가 함께 도와주면, 학년말에는 반드시 성장해 있을 거야." 그때, 아이는 조용히 고개를 들더니 말했습니다. "어차피 선생님도 곧 저를 포기할 거예요. 지금까지 다 그래왔으니까요." 그 말은 제게 큰 충격이었습니다. '한 아이가 자신을 그렇게 단정 지을 정도라면, 그동안 얼마나 방치됐을까?' 저는 그 아이를 반드시 변화시키겠다고 다짐했습니다. 저는 깊은 고민에 빠졌습니다. 어떻게 하면 그 친구의 마음을 얻을 수 있을지 고민했고 친구들에게 몰래 질문을 던지기 시작했습니다. "진수는 무엇을 좋아하니? 어떤 활동을 즐겨

해? 좋아하는 음식은 뭐야?" 그리고 저는 꾸짖기보다는 '관계 맺기'에 집중하기로 했습니다. 아이가 '선생님이 내 이야기를 진심으로 듣고 있다.'라고 느낄 수 있도록 부단히 노력했습니다. 수업을 거부하고 엎드려 있던 아이였지만, 조별 활동과 신체 활동을 통해 자연스럽게 교실에서 움직일 수 있도록 유도했습니다. 작은 변화에도 즉각적으로 칭찬하며, 아이가 자신이 인정받고 있음을 느낄 수 있도록 했습니다. 물론 변화는 하루아침에 찾아오지 않았습니다. 몇 번 조별 활동에 참여하더니 다시 엎드려 있는 날도 많았습니다. 그러나 저는 흔들리지 않았습니다.

그리고 결국, 아이의 마음을 얻는 데 성공했습니다. "선생님처럼 끈질기게 저한테 관심 가져주는 사람은 처음이에요. 모두 저한테는 관심이 없었는데 말이에요." 그 한마디는 저에게도, 아이에게도 큰 변화를 만들어냈습니다. 마음이 열리자, 아이는 제 말에 귀를 기울이기 시작했습니다. 그리고 무엇보다 중요한 것은, 반 친구들의 칭찬이었습니다. "진수 너무 달라지지 않았니?" 제 물음에 친구들은 놀란 표정으로 대답했습니다. "맞아요, 선생님! 너무 많이 변했어요. 솔직히 저희도 놀랐어요. 선생님은 정말 대단하세요!" 그 변화는 아이에게도, 저에게도 커다란 경험이었습니다. 저는 그 순간 진정한 꿈을 찾은 것만 같았습니다. '다른 모든 사람이 포기해도, 나는 아이들을 포기하지 않겠다.'라는 다짐을 절대 놓지 않기로 했습니다.

그러나 현실은 절대 녹록지 않았습니다. 조직의 문화는 지나치게 보수적이었고, 대학 강의를 나가는 저를 향해 '초등교사가 무슨 강의냐.'라며 비아냥거리는 시선도 있었습니다. 새로운 의견을 제시할 때마다 벽에 부딪혔고, 일부 동료들은 편을 가르며 서로를 견제하는 데 더 많은 시간을 쏟았습니다. 하지만 저는 흔들리지 않았습니다. 오히려 더욱 확신이 들었습니다. '아이들을 위한 일은 꼭 학교 안에서만 할 수 있는 것이 아니다.' 더 이상 한정된 울타리 안에서 안주하고 싶지 않았습니다. 제가 꿈꾸는 교육이 단순히 정해진 틀 안에서 이루어질 필요는 없었습니다. 아이들의 미래를 위한 길은 무한히 넓고, 그 길을 개척하는 것이 바로 저의 사명이라고 생각했습니다.

하지만 결정을 내리는 것은 쉽지 않았습니다. 직장을 떠난다는 것은 저 혼자만의 일이 아니었고, 부모님과 가족들에게도 영향을 미치는 중대한 선택이었습니다. 그러나 한 가지는 분명했습니다. '우물 안에 갇혀 꿈을 펼치지 못하는 것보다 더 불행한 일은 없다.'

저는 과감히 결단을 내렸습니다. 이제 더 이상 망설이지 않고, 제 안에 품어왔던 꿈을 실현하기 위해 세상으로 나아가기로 했습니다. 만약 지금 도전하지 않는다면, 1년 후에도 저는 여전히 같은 고민을 반복하며 같은 자리에서 머물러 있을 것 같았습니다. 그 생각이 저를 움직이게 했습니다.

비록 남들보다 꿈을 일찍 찾지는 못했지만, 이제야 비로소 '저만의 꿈'을 향한 여정을 시작하게 되었습니다. 그리고 이 여정은 단순한 선택이 아니라, 진정한 꿈을 향한 첫걸음이었습니다.

9

열일곱, 봄

이해랑

고등학교 1학년 첫 담임을 만났다. 하얀 원피스 차림의 선생님이 교실에 들어왔다. 어깨에서 찰랑거리는 곱슬머리, 우유처럼 흰 피부, 볼살이 매끄러워 보였다. 높은 콧대와 또렷한 눈매, 부드러운 곡선의 입술까지…. 나도 모르게 입이 벌어졌다. '세상에, 저렇게 예쁜 사람이 내 담임이라니!' 선생님은 지우개로 칠판을 쓱 닦더니 그 위에 이름을 썼다. 김순자. 선생님의 이름이 잠시 머릿속에 머물렀다. '전원일기' 속에나 나올 법한 소박한 이름을 갖고 있었다. 하얀 이를 보이며 웃었다. 1년 동안 잘 지내보자고 하며 국어를 가르친다고 했다. 50분 수업 내내 선생님 얼굴에서 눈을 떼지 않았다. 덕분에 국어 시험은 늘 90점을 넘겼다.

5월. 학교 담을 따라 서 있는 느티나무 잎이 무성했다. 토요일 오전 수업 마치고 하교할 때쯤 선생님이 내 이름을 불렀다. 미소를 지으며 바라보고 있었다. 눈가에 잔잔한 주름이 보였다. 편지 한 통을 내게 주며 보내줄 것을 부탁했다. 우체국으로 향했다.

선생님은 결혼한 지 1년도 채 되지 않은 신혼이었다. 서울에 있는 남편에게 매주 손 편지를 보냈다. 전화나 메일도 있었지만, 편지를 더 좋아했던 것 같다. 봉투에 적힌 남편 이름과 주소만 볼 수 있었다. 보이지 않는 편지 속 내용을 상상했다. 가슴이 설렜다. 그 후로 매주 토요일마다 편지 심부름을 했다.

선생님은 매월 한두 차례 서울행 버스를 탄다. 남편을 만나러 가기 위해서다. 토요일 아침, 하얀 원피스를 입고 교실에 들어오면 단번에 알 수 있었다. 그날은 서울에 간다는 것을. 삶은 달걀 같은 양 볼이 유난히 빛나 보였다. 눈이라도 마주치면 어찌나 환하게 웃어주던지. 그런 날이면 방 청소하라고 소리 지르던 엄마의 잔소리가 잊혔다. 나만 빼고 라면 먹은 오빠도 용서했다.

나의 미래를 그렸다. 부드럽고 온화한 말씨, 눈가에 잔잔한 주름과 입꼬리가 올라간 미소…. 사랑하는 사람에게 편지를 쓰는 내 모습이 떠오른다. 그를 만나러 가는 길 원피스가 살랑댄다.

어느 날 선생님이 내게 책 한 권을 주었다. 제목은 기억나지 않지만, 선생님의 수필이 실려 있었다. 남편과 함께 만든 김치찌개 얘기부터 첫 김장의 설렘, 시어머니 생신상 차린 이야기 등의 일상 글이었다. 남편과 매주 주고받는 편지 이야기도 있었다. "주말에 그를 만나러 갈 때면 심장 뛰는 소리가 귀에 들린다."라고도 쓰여 있었다.

내 심장에서도 소리가 났다. 선생님과 조금은 다른 소리였다. '나도 언젠가 선생님처럼 글 쓰는 작가가 되어야지.' 막연하게 선생님을 닮고 싶었던 마음이 선명한 꿈으로 바뀌는 순간이었다.

선생님은 책을 준 이후로 내게 여러 기회를 주었다. 교내 시화전과 독후감 대회를 추천해주었고 문예 동아리에 들어갈 수 있게 도와주었다. 덕분에 시화전에서 학년 장원을 했다. 독후감 대회 우수상을 받았다. 방과 후 문예 동아리에 들어갔다. 지도는 입시반 국어 선생님이었다. 특별한 글쓰기 활동은 없었다. 각자 책 읽거나 자습했다. 그럼에도 그 시간이 좋았다. 나 역시 책을 읽거나 일기를 썼다. 3년의 문예 활동 시간들로 전교생이 함께 만든 시집 한 권이 남았다. 그 안에는 내 시 세 편이 실려 있다.

2학년이 되어 담임이 바뀌었고 편지 심부름은 더 이상 하지 않았다. 대학 입시가 현실로 다가왔다. 정신없는 시간을 보냈다. 늦은 밤까지 학교에 있는 날이 많았다. 가끔 선생님과 마주치면 짧은 안부를 나눴다. 여전히 환한 미소로 반겨주곤 했다. 조용히 응원해주는 선생님 마음을 느낄 수 있었다.

한번은 수업이 끝난 후 2학년 담임이 진로 조사지를 나누어주었다. 장래 희망 적는 세 칸과 그 옆에는 부모님이 바라는 직업을 적는 칸이 있었다. 집에 와 아버지께 보여줬다. 아버지는 교사라고 적었다. 펜을 건네며 내 대답을 기다렸다. 아버지의 기대가 느껴졌다. 교사, 의사, 변호사라고 썼다. 방에 들어와 적힌 글자들을 보았다. 가방에 아무렇게나 구겨 넣었다. 다시 꺼내어 글자 위에 흰 종이를 붙였다. 시인, 수필가, 소설가라고 고쳐 썼다.

까마득히 잊힐 만큼 오랜 시간이 흘렀다. 기억이 희미했다. 고등학교 1학년 시절 담임 선생님과 같은 삶을 살고 싶었다. 자기 일에 최선을 다하는 사람, 하얀 이 보이며 늘 웃는 사람, 행복한 표정 감추지 못하는 사람, 그리고 시와 글을 사랑하는 사람이다. 그 시절을 떠올려보니 제법 많은 것이 기억난다. 편지를 가슴에 안고 우체국 갈 때 친구들이 물었다. "무슨 좋은 일 있냐?" "쪽지 시험 만점 맞았냐?" 나는 마치 사랑을 전하는 파랑새가 된 기분이었다. 편지 속에 담긴 행복이 내 마음에 전해졌었다.

선생님은 책 속에서 "토요일 정오가 되면 당신을 만나러 갈 생각에 행복하다."라고 말했다. 나도 이렇게 마음이 담긴 글을 쓰고 싶다는 생각이 들었다.

아버지는 내가 쓴 시를 표구해주었다. 붓으로 글자를 쓰고 그림까지 넣어 주었다. 시간을 내어 버스를 타고 읍까지 다녀온 것이다. 시골집 마루 벽에는 오랫동안 그 시가 걸려 있었다. 그 앞에 설 때마다 그 시절 꿈이 떠올랐다. 하얀 원피스 차림으로 편지를 들고 있던 선생님 모습과 함께.

열일곱의 봄. 열네 살에 읽었던 『안네의 일기』 속 주인공처럼 시골 마을이 답답했다. 꿈도 목표도 없던 그때, 선생님을 만났다. 인생의 전환점이었다. 선생님은 세상을 다르게 보았다. 사랑하는 사람과 떨어져 있어도 행복해했다. 평범한 하루도 소중히 여겼다. 그런 일상을 글로 담아내는 모습이 부러웠다. 선생님의 삶처럼 빛나고 싶었다. 시인이 되고 싶었고, 언젠가는 진심을 담은 글을 쓰는 작가가 되고 싶었다. 꿈이 생기고 가슴이 뛰던 때였다.

돌아보면 고등학교 1학년 첫 담임을 만난 그날부터 내 인생은 한 방향으로 흐르기 시작했다. 보이지 않는다고 해서 멈춘 것이 아니었다. 때론 마음이 원하는 것보다, 현실과 타협하며 살기도 했다. 긴 세월이 흐른 지금, 열일곱 그때를 떠올린다. 선생님이 내게 준 건 단순한 꿈이 아닌 삶의 태도였다. 작은 것에 감사하고, 지금 이 순간을 사랑하는 법을 배웠다. 여전히 선생님께 간직한 마음은 그대로지만, 이제는 나만의 행복을 찾아간다. 남이 정한 길이 아닌, 내 마음이 이끄는 방향으로 걸어가려 한다. 나의 이야기가 누군가에게 등불이 되길 바라며 읽고 쓰는 삶을 산다. 서두르지 않아도 괜찮다. 두렵지 않다. 꿈이 있는 한, 길을 잃지 않을 테니까.

10

오지 여행가 한비야처럼 되고 싶었다. 되지 않아서 다행이야

조지연

"이 연사 힘차게 외칩니다!"

"아고 잘했다! 우째 그리 잘하노! 우리 딸 참 똑똑하다!"

네 살 때 웅변을 배웠다. 어린 시절 나에게 웅변은 사람들 앞에서 보여줄 수 있는 최고의 기술이었다. 동네 사람들 모아서 큰 소리로 웅변해 박수를 받았다. 외운 그대로 하면 되니 어려울 것도 없었다. 어릴 적 엄마는 내게 잘한다, 예쁘다, 똑똑하다는 말을 입에 달고 살았다. 그 말을 철썩같이 믿었다. 내가 세상에서 제일 똑똑하고 예쁜 줄 알았다. 다섯 살 때 한글도 다 읽었다. 엄마는 어린 나에게 커서 미스코리아 하면 되겠다고 했다. 어릴 적 꿈은 미스코리아였다. 그러나 미스코리아라는 꿈을 접는 데는 그리 오래 걸리지 않았다. 초등학교에 입학하고 내가 그리 똑똑하거나 예쁘지 않다는 걸 알게 되었다.

1학년 때였다. 담임은 나이가 많은 남자 선생님이었다. 그림 그리는 시간이었다. 자기가 그리고 싶은 그림을 그리라 했다. 반 아이들은 하얀 도화지에 다양한 그림을 빼곡하게 그렸다. 어린 나는 어떤 그림을 그려야 할지 막막했다. 친구들은 잘 그리는데 비교하며 더 그리지 못했다. 마치는 시간이 되었다. 완성하지 못한 그림을 보여주고 싶지 않았다. 평소 쓰지도 않던 검정 크레파스를 꺼냈다. 그렸던 그림 위에 마구 덧칠을 했다. 완벽하지 않은 내 모습이 싫었다. 선생님은 내 그림을 보더니 이게 뭐냐며 핀잔을 주었다. 다음 날 반 아이들 그림이 교실 뒤에 붙어 있었다. 내 그림은 엉망이니 없겠지 생각했다. 검은색 덧칠한 그림은 오른쪽 맨 끝에 압정으로 고정되어 있었다. 안도의 숨을 내쉬었다. 그렇게 나는 뭐든 잘하는 완벽한 아이가 아니라는 것을 알아가기 시작했다.

고등학교 때 권장 도서로 '바람의 딸' 한비야의 책을 읽게 되었다. 『걸어서 지구 세 바퀴 반』이라는 제목이었다. 걸어서 세계 일주라니 신선했다. 난민촌이나 오지를 여행하며 삶을 배우고 경험하는 일이 멋져 보였다. 한비야의 책을 보며 지금 내가 사는 세상이 다가 아니라는 것을 알게 되었다. 한비야처럼 자유롭게 세상을 누비며 오지를 다니는 여행가라는 꿈이 생겼다. 고3이 되고 수능을 쳤다. 성적이 나오고 원하는 대학과 과를 정했다. 한비야처럼 여행가가 되려면 관광학과에 가는 게 좋을까. 과연 나와 잘 맞을까. 일단 영어를 잘해야 한다. 그보다 중요한 건 길눈이 밝아야 할 것 같다. 지도를 보며 위치를 파악하고 길을 잘 알아야 한다. 나는 길눈이 어둡다. 친구들은 내게 길치라고 했다. 평생 대구에 살면서 수없이 가본 시내 길이 항상 헷갈렸다. 늘 친구와 다녀서 가는 대로 따라만 다녔다. 혼자 시내 어딘가를 찾아야 하면 혼란스럽고 걱정부터 되었다. 직업 적성검사를 했다. 나는 변화보다는 안정을 추구하는 성향이었다. 여행가가 된다면 돌발 상황이 자주 생긴다. 그런 상황에 스트레스를 받을 것 같다.

고등학교 3년 동안 치아 교정을 했다. 한 달에 한 번씩 치과에 갔다. 그때 치과의사보다 치과위생사에게 더 눈이 갔다. 가운을 입고 스케일링을 해주며 친절하게 웃어주던 치과위생사 언니가 멋져 보였다. 치과위생사가 되고 싶어 대학 치위생과에 지원했고 운 좋게 합격했다. 환자를 대하는 자세나 꼼꼼하게 진료하는 일은 왠지 잘할 수 있을 것 같았다. 그렇게 어릴 적 여행가의 꿈은 서서히 멀어져갔다.

결혼 전, 한 달 정도 여유 시간이 생겼다. 혼자 여행 한번 가보고 싶었다. 지금껏 혼자서 다녀본 적이 없었다. 유럽 여행 가보겠다고 마음먹고 여행사를 알아보았다. 발품 팔아서 비교해보고 여행지와 날짜까지 잡았다. 입금만 하면 되는 상황에서 결혼할 남자 친구에게 말했다. 혼자 마지막으로 여행 한번 가겠다고. 그는 깜짝 놀라며 유럽이 얼마나 넓은데 겁도 없다며 말렸다. 친정엄마도 마찬가지였다. 혼자서는 위험하다고. 아니, 자유여행도 아니고 패키지여행인데 주변에서 왜 그렇게 말렸는지 모르겠다. 생각해보니 어릴 적 가족끼리 달성공원 가서도 길을 잃고 울어서 방송에 나온 적 있었다. 유치원에서 소풍 가서도 길을 잃어서 선생님이 울며불며 나를 찾았다고 한다. 남자 친구는 심각한 얼굴로 국제 미아가 될지도 모른다고 했다. 나는 귀가 얇다. 막상 가려니 진짜 국제 미아가 될까 두려웠다. 그 이후 혼자 해외로 가는 건 꿈도 꾸지 않았다.

결혼 후 신혼여행을 갔다. 태국 방콕의 코사무이다. 수영장이 있는 단독 펜션에서 둘만의 오붓한 시간을 즐겼다. 관리인이 맛있는 음식도 직접 객실 안까지 가져다주고 청소도 해주었다. 시원하게 마사지도 받았다. 세상 편안하고 안락한 시간이었다. 신혼여행이니만큼 돈도 원 없이 쓰고 먹고 싶은 것도 푸짐하게 먹었다. 물 안이 투명하게 보이는 바다에서 스노클링을 했다. 뜨거운 햇볕 아래에서 땀 흘리며 일하는 한국인 부부가 있었다. 그들은 한국에서 만나 같이 코사무이로 건너와 관광객에게 스노클링을 가르쳐주고 수중카메라 파는 일을 했다. 햇볕이 따갑고 강하게 내리쬐었다. 부부의 얼굴은 빨갛게 익었고 이마와 콧등에는 땀이 맺혀 있었다. 외국에서 만난 한국인이라 더 반가웠다. 이런저런 이야기를 나누었다. 한국보다 해외에서 일하는 게 여행처럼 즐겁지 않냐고 물었다. 지친 얼굴을 한 중년 남자 가이드는 여행 온 게 아니라 일하러 온 거니 이것도 다 일이라 했다. 일하는 게 즐겁기만 하겠냐며 한국이나 여기나 똑같다고 했다. 아내 가이드도 목소리가 다 쉬었다. 화장기 하나 없는 얼굴에 주근깨가 가득했다. 여행으로 오는 외국과 일하러 오는 외국은 다르겠구나. 마냥 좋기만 할 줄 알았다. 현실은 그렇지 않다는 것을 알게 되었다.

세월이 흘러 나의 우상이었던 한비야의 인터뷰를 보게 되었다. 구호활동가가 된 그녀였다. 난민이 된 아이가 전쟁에 팔을 잃었다. 그 아이가 한비야에게 빵을 나누어주었다. 그 빵은 지금 주면 언제 다시 먹을지도 모르는 건데 한비야에게 주었다고 한다. 빵을 받은 한비야는 다시 돌려줄지 아니면 그 빵을 먹을지 고민했다. 그녀는 잠시 망설이다가 크게 한입을 베어 맛있게 먹었다. 아이들은 그 모습을 보며 기뻐서 방방 뛰었다고 한다. 자신이 준 빵을 한비야가 먹는 게 그렇게 좋았던 모양이다. 그때 한비야는 결심했다. 저 아이들을 살리는 일에 힘을 아끼지 않겠다고. 어릴 적 한때 한비야처럼 오지 여행가가 되고 싶었다. 한비야는 단지 여행을 즐기는 게 아니었다. 남을 돕고 살리는 일을 하고 있었다. 그녀의 묘비명은 '몽땅 쓰고 가다.'이다. 본인이 가진 시간과 온기, 에너지와 재능을 몽땅 쓰고 가겠다는 한비야. 벌써 묘비명을 지어둔 것에 놀랐다. 가슴이 뜨거워졌다. 한비야처럼 나도 묘비명을 지어보았다.

'방긋 웃으며 가다.'

내 삶을 사랑하며 남을 도우며 행복하게 살다 가고 싶다는 의미다. 인상 찌푸리지 말고 웃으면서 남들에게 기분 좋은 에너지를 주고 싶다. 내가 할 수 있는 글 쓰는 일로 힘들고 지친 사람에게 미소 한 번 줄 수 있다면. 비록 여행가의 꿈은 이루지 못했지만 선하고 긍정적인 에너지를 주는 작가의 삶을 살아갈 수 있어서 감사하다. 한비야가 몽땅 쓰고 가겠다는 묘비명처럼, 나는 방긋 웃으면서 남을 위하는 글을 쓰다 가고 싶다.

얼마 전 청주에서 대구로 갈 일이 있었다. 오송역에서 KTX를 타려고 집 앞 버스 정류장으로 갔다. 어렵지도 않은 길인데 실수했다. 버스를 반대 방향에서 타버렸다. 다시 버스를 바꿔 타고 역에 겨우 도착했다. 열차 타는 곳으로 갔다. 이번에는 열차를 놓쳐버렸다. 제시간에 기다리고 있는데 눈앞에서 유유히 지나가버렸다. 열차 타는 위치를 잘못 알았다. 가까운 거리 한번 가는 것도 내게는 험난하고 어렵다.

단점이 많다. 대신 장점도 있다. 직장을 꾸준히 다니고 고객에게 친절하게 대하는 일은 자신 있다. 사람은 저마다 할 수 있는 일이 있다. 나와 어울리는 일이 있다. 내가 무엇을 좋아하고 잘하는지 깊게 고민해봐야 한다. 오지 여행가 하지 않아서 정말 다행이다.

11

마흔셋, 다시 꿈을 쓰다

최향미

"꿈이 뭐예요?" 멘토가 질문했다.

새삼스럽게 마흔을 넘긴 나이에 꿈이라니, 순간 머릿속이 복잡해졌다. 갑자기 입에서 말이 툭 튀어나왔다. "작가요. 책을 쓰고 싶어요." 그 말을 꺼낸 순간, 나는 눈을 동그랗게 떴다. 내 꿈이 작가라니. 잠깐만, 왜 그런 말을 했지?

독서를 좋아하지 않았다. 일 년 동안 책을 두 권도 제대로 읽지 않았다. 살면서 일기도 몇 번 쓰지 않았다. 취직할 때 자기소개서도 친구에게 도움을 받았다. 글을 못 쓰는데 작가가 되겠다니. 순간 얼굴이 붉어졌다. 그런데도 그냥 쓰고 싶었다. 가슴 뛰는 건 어쩔 수 없었다. 글 못 쓴다고 꿈을 포기할 수는 없다.

처음 자기 계발을 시작할 때 돈을 벌고 싶었다. 나는 전업주부였다. 중소기업에 다니는 남편 월급만으로 한 달 식비, 생활비, 아이 학원비를 내고 나면 통장이 텅 비었다. 3년 전 들었던 '부자 마녀'

재테크 강의에서 엄마도 돈 공부를 해야 한다고 했다. 아이와 가족의 미래를 위해 당장 돈을 많이 벌어야겠다는 생각이 들었다. "엄마가 딱 3년만 자기 계발 해볼게." 잠든 아이 얼굴 보며 말했다. 주식에 관한 책 두 권을 도서관에서 빌리고 부동산 경매 강의도 들었다. 처음엔 무슨 말인지 몰랐지만 부자가 되겠다는 일념으로 무작정 읽기 시작했다. 오래가지 못했다. 석 달쯤 읽다가 포기했다. 글을 쓰고 싶었다.

"죽기 전에 꼭 해보고 싶은 일이 무엇인가요?" 5년 전 감정 코칭 유재희 선생님이 질문했다. 살면서 죽기 전 무엇을 하고 싶은지 깊이 생각해본 적이 없었다. 나는 사람들 앞에서 천천히 입을 열었다. "저는 딸에게 책을 써서 선물하고 싶어요. 엄마가 어떻게 살았는지, 그리고 너를 얼마나 사랑하는지 책을 써서 주고 싶어요. 좋아하는 바다가 보이는 해변에서 사랑하는 딸, 남편과 함께 맛있는 식사를 하고 싶어요." 그 말을 듣고 선생님은 부드러운 목소리로 말했다. "지금 할 수 있어요. 지금 하세요." 사랑하는 가족들과 해변에서 식사하는 것은 지금도 가능한 일이었다. 생각해 보니 돈, 명예는 중요하지 않았다. 사랑하는 사람들과 보내는 시간이 소중했다. 훗날 딸에게 책을 주고 싶다는 생각이 간절했다. 그러나 시간이 흘러 기억 속에서 잊혔다.

따뜻한 오후, 아이가 거실에 앉아서 블록 놀이를 하고 있었다. 아이는 블록으로 집을 만들다가 나를 쳐다보고 물었다. "엄마는 왜 맨날 노트북을 보면서 웃어?" "엄마가 글이 잘 써질 때면 기분이 좋아져서 그래." 미소를 지으며 대답했다. 글 쓰는 기쁨은 맛있는 음식

먹는 것처럼 행복했다. 몇 년 전만 해도 작가가 된다는 건 상상할 수 없었다. 나는 십 년 넘게 전업주부로 살아왔다. 학창 시절에도 글쓰기를 잘하지 못했다. 사람들에게 카톡 답장을 보낼 때조차 한참을 고민했다. 하지만 모든 두려움을 떨쳐내고, 글을 써보기로 결심했다. 도전하고 노력하면 이루어진다는 믿음을 가지고 조금씩 글쓰기 공부를 시작했다.

아이는 눈을 반짝이며 물었다. "엄마처럼 글을 많이 쓰면 작가가 될 수 있어?" 아이를 바라보며 고개를 끄덕였다. "그럼, 누구나 작가가 될 수 있어." 글쓰기에 중요한 건 마음가짐이다. 처음 글을 쓰기 시작할 때 두려움이 컸다. 하지만 그 두려움을 이겨내기 위해선 용기가 필요했다. 첫 번째 공저 책 『발표 불안은 어떻게 명품 스피치가 되는가』를 쓸 때 '누가 내 글을 읽어줄까?'라는 생각이 머릿속에 가득했다. 일단 부딪쳐보자는 마음으로 글을 쓰기 시작했다. 두려움을 극복하고 마침내 책을 출간한 순간, 내게는 성장이라는 소중한 보너스가 주어졌다.

처음엔 뭐든 서툴 수밖에 없다. 아기가 걷다가 넘어져도 계속하다 보면 결국은 뛰어갈 수 있듯이 글쓰기도 마찬가지다. 처음엔 완벽하게 글을 쓰고 싶었지만, 시간이 지나며 깨달았다. 배우고 여러 번 몸으로 부딪치는 과정을 해야 좋아질 수 있다. 글쓰기도 마찬가지다. 중요한 것은 완벽하게 하는 것보다 완성하는 것이다. 그렇게 생각을 하니 마음이 한결 가벼워졌다. 글은 시간이 쌓여 성장한다.

목요일 저녁 9시, 이은대 작가님 문장 수업이 있다. 카페에 글을 올리면 틀린 문장이나 문법 수정할 부분을 짚어주신다. 나도 용기를 내어 글을 올렸다. 내 글이 수업에 올라올 때면 가슴이 콩닥콩닥 했다. 틀린 부분을 지적받을 생각에 종일 마음이 쓰였다.

이은대 작가님이 내 글을 읽다가 소리 내며 외쳤다. "아이고야! 조사! 조사! 조사! 작가가 기본적인 조사를 이렇게 틀리면 어떡해요!" 책상을 더듬으며 목탁을 찾았다. 얼굴이 달아올랐다. 글을 후다닥 쓰고 제대로 읽어보지도 않고 제출한 게 티가 났다. 수업이 끝날 무렵 이은대 작가님이 웃으며 말했다. "최향미 작가님 글쓰기 실력 정말 좋아졌어요." 희망이 생긴다.

글쓰기란 처음부터 쉬운 일이 아니었다. 많이 쓰고, 많이 틀리고, 그렇게 하나씩 배워가는 것이다. 두려움이 지나야 비로소 나아갈 수 있다. 실수는 실패가 아니라, 성장의 씨앗이다. 그래서 연습한다. 한 줄씩 내 마음속 이야기를 꺼내며 써 내려간다. 글 쓰는 사람으로 살아가기 위해.

가슴 뛰는 꿈, 그 꿈에는 나이가 중요하지 않다. 나는 오늘도 강변을 걸으며 걷기 명상을 한다. 갈 때는 신나는 음악 들으며 기분 좋게 발걸음을 옮기고, 올 때는 조용히 걷는 데 집중한다. 몇 달 전만 해도 그저 무표정한 얼굴로 앞만 보고 뛰었다. 하루 운동량을 채우는 것이 목적이었다. 이제는 좋아하는 음악을 들으며 즐겁게 걸어간다. 지나가면서 나무와 인사도 하고 사람들을 보며 마음속으로 '안녕하세요.'하고 인사를 건넨다. 그 순간 미소가 저절로 지어진다. 몇 달 전만 해도 운동은 하기 싫은 일이었지만 지금은 하고 싶은 일이 되었다. 건강만을 위해 걸어가는 것이 아니라, 꿈을 향해 걸어가고 있기 때문이다. 오늘도 꿈을 향해 걸어가고 있다. 몇 년 후 딸에게 줄 책을 상상하며 그 상상만으로도 가슴이 두근거린다.

나는 느리더라도 행복하게 가는 법을 선택했다. 삶이 끝나는 순간까지 계속할 수 있는 일이 바로 내가 진심으로 좋아하는 일이다. 중요한 것은 나이가 아니라 가슴 뛰는 꿈이다. 매일 꿈을 향해 한 걸음씩 나아가고 있다. 꿈을 이루는 데 늦은 나이는 없다. 먼 훗날 꿈을 이룬 나만 있을 뿐.

12

미완성의 미학

홍영주

익살맞은 해골 모양의 발코니와 그 아래 뼈처럼 보이는 네 개의 기둥이 은은한 조명을 받아 도드라져 보였다. 건물 외벽에 장식된 파란색, 초록색, 보라색 등의 깨진 유리 조각과 세라믹 조각들은 꽃가루를 뿌려놓은 듯 반짝였다. 건물의 창문과 경계선은 부드러운 곡선으로 연결되어 물결이 흐르는 듯했다. 울퉁불퉁한 용의 등뼈 모양을 한 지붕의 타일은 붉은색에서 푸른색으로 점진적으로 변화하여 마치 용의 비늘 같았다. 2층 창문의 동글동글한 스테인드글라스에서 새어 나오는 푸르스름한 불빛은 몽환적인 분위기를 자아냈다. 이제 막 가로등 불빛이 들어오기 시작한 스페인 바르셀로나 그라시아 거리에서 까사 바트요(Casa Batlló)는 무수한 이야기를 품은 듯한 오색찬란한 빛을 뿜어내고 있었다.

누가 말해주지 않아도 한눈에 알 수 있었다. 오래전 스크랩해두었던 꿈의 건축물을 직관하는 순간이었다. 까사 바트요는 건축가 안

토니오 가우디가 지은 주택으로, 까사(Casa)는 스페인어로 집을 뜻한다. 가우디는 천편일률적인 상자 모양의 건물이 넘쳐나던 시절, 신화의 상징성을 담은 독창적인 건축물을 지었다. 이 건축물은 스페인 카탈루냐 지방의 성 조르디와 용의 전설을 담고 있다. 한 마을에 사람들을 괴롭히는 무시무시한 용이 살고 있었다. 사람들은 용에게 음식을 바쳤고 결국 사람을 제물로 바치는 상황에 이르렀다. 어느 날 공주가 희생될 차례가 되었다. 그때 성 조르디(Saint Jordi)라는 용감한 기사가 나타나 용을 무찌르고 공주를 구해냈다. 용이 쓰러진 자리에서 아름다운 붉은 장미가 피어났고 성 조르디는 그 장미를 공주에게 건넸다고 한다. 가우디는 이 신화를 까사 바트요에 녹여냈다. 용의 등을 나타낸 지붕과 사람들을 잡아먹던 모습을 나타낸 해골 모양 발코니와 뼈가 연상되는 기둥, 용이 흘린 피가 퍼지는 모습을 형상화한 외벽의 모자이크 등이 그러하다.

가이드님 설명을 들은 후 친구들과 사진을 찍었다. 셀카도 여러 장 찍었다. '내가 까사 바트요 앞에 와 있다니!' 고등학교 때 신문 기사 속 사진으로 보았던 외벽의 반짝이는 유리 조각을 잘 담고 싶어 찍고 또 찍었다. 길 건너편으로 가서 건물 전체 모습을 한참 동안 바라보았다. 옆으로 늘어선 건물 중 단연 눈에 띄었다. 다음 코스로 가야 한다는 가이드님의 안내가 들려왔다. 그토록 그리던 까사 바트요를 몇 분 만에 떠나야 한다니. 앞서가는 일행들을 따라잡으며 몇 번이고 뒤돌아보았다.

고등학교 시절 야간 자율 학습을 마치고 집에 오면 종이 신문을 읽었다. 수능 언어영역 준비를 위해 사설을 읽고 요약 정리해보겠다는 야심 찬 이유였지만 정작 내 눈길을 끄는 것은 문화면의 기사였다. 다양한 전시나 예술 작품과 작가들에 관한 기사들이 사설보다 궁금했다. 어느 날 '동화 속의 집, 스페인 가우디 건축들'이란 제목 아래 반짝거리는 건물 사진들이 눈에 들어왔다. 둥근 곡선으로 이루어진 건물 외관에 채색한 도자기 조각과 유리 조각들이 외벽에서 빛을 받아 반짝이고 있었다. 이제껏 보지 못한 건물이었다. 건축이라기보다 예술 작품 같았다. 1926년 가우디는 세상을 떠났지만, 아직도 성 가족 대성당을 짓고 있다고 했다. 어떤 작품이길래 그 정도일까. 신문 기사를 오려내어 내 방문에 붙여놓았다. 화가의 그림을 감상하듯 가우디의 건축물을 음미했다. 기사 내용처럼 가우디는 가슴 속 깊이 묻어두고 있는 꿈을 살짝 건드리고 있었다. 바로 나의 꿈이었다.

그 후로 주말 도서관에 가면 공부보다 열람실에서 건축 관련 잡지와 책들을 찾아보는 시간이 길어졌다. 잡지 속 아름다운 건축물을 보고 있으면 시간이 멈춘 듯했다. 나도 사람들에게 기쁨을 주는 건축물을 짓고 싶었다. 얼마 후 신문에 '안토니오 가우디 특별전' 기사가 실렸다. 가우디 작품을 모형과 사진으로 볼 수 있다고 했다. 실물은 볼 수 없어도 가보고 싶었다. 전시회에 가서 성 가족 성당의 축소 모형, 건축물의 사진, 설계 과정을 담은 여러 장의 스케치를 보았다. 빛바랜 누런 종이에 가느다란 연필 선을 수백 번 덧대어 그린 성 가족 성당의 스케치 앞에서 한참을 머물러 있었다. 길쭉한 종 여러 개를 엎어 놓은 듯한 성당 그림은 건축 데생이 아닌 정물화 같았다. 직선은 찾아볼 수 없었다. 가우디는 어떻게 이런 모양의 성당을 구상하고 설계했을까. 그림으로만 존재할 듯한 이 성당을 현실에선 어떻게 짓고 있을까. 축소 모형과 공사 중인 사진을 보았지만, 실제로 완성된 모습이 잘 상상이 되질 않았다.

스페인 여행을 준비하며 잊고 지내던 고등학교 시절 꿈이 떠올랐다. 가우디 건축물에 반해 건축가의 꿈을 꾸었었다. 그 시절 나에게 건축가는 세상에 없던 새로운 공간을 손끝에서 탄생시키는 마법 같은 직업이었다. 한국에서 가우디 투어를 신청하고 왔다. 바르셀로나에서 보낼 3일 동안 가우디 작품을 최대한 알차게 보고 싶어서였다. 투어 일정은 까사 비센스와 까사 밀라, 까사 바트요, 구엘 공원과 성 가족 대성당을 둘러보는 코스였다. 도마뱀 모양의 분수가 입구부터 반겨주고, 『헨젤과 그레텔』의 과자로 만든 집처럼 생긴 건물과 푸른 지중해가 한눈에 내려다보이던 구엘 공원을 둘러보고 나오는 길이었다.

프로벤시아 거리에 접어드는 순간 크레인을 세우고 아직도 공사 중인 성 가족 대성당을 마주했다. 고개를 뒤로 한껏 젖혀도 대성당의 꼭대기가 한눈에 들어오지 않을 만큼 드높았다. 하늘을 향해 뻗은 둥글고도 뾰족한 첨탑들 사이로 여러 개의 노란색과 붉은색 크레인이 성당을 감싼 채 천천히 움직이고 있었다. 성 가족 대성당은 거대하고 높아서 가까이에서는 전체 모습을 제대로 볼 수 없었다. 우리 삶에서 일어나는 일 하나하나를 코앞에서 바라보면 전체적인 조망을 할 수 없는 것처럼.

나뭇잎과 꽃, 동물들이 정교하게 조각된 탄생의 파사드(Facade)가 있는 동쪽 입구로 갔다. 파사드는 건축 용어로 건물 외관을 뜻한다. 입구에는 여러 나라에서 온 사람들이 길게 줄지어 서 있었다.

기대에 찬 얼굴들이었다. 우리도 상기된 대열에 동참했다. 돌조각이 맞나 싶을 정도로 섬세하게 조각된 성당 외관을 감상하며 기다리니 어느새 입장할 차례가 되었다. 보안 검사를 마치고 앞서가는 사람들을 따라 안으로 들어갔다. 성당 안으로 들어서는 순간, 내 입에서는 "와!" 하는 탄성이 흘러나왔고 발걸음을 멈출 수밖에 없었다. 성당 내부에는 새하얀 돌기둥들이 야자수 가지가 뻗어 올라가듯 높고 웅장한 천장을 떠받치고 있었다. 꽃 모양으로 조각된 천장의 알록달록한 스테인드글라스 창으로 빛이 쏟아져 내려 성당 안을 환하게 비추고 있었다. 마치 빛으로 가득한 숲속에 들어온 것 같았다. 스테인드글라스 창문을 통해 들어오는 빛은 나뭇가지 사이로 비치는 햇살처럼 부드럽고 따스했다. 빛의 숲을 옮겨놓은 듯한 성당 내부의 모습은 신문에서 까사 바트요를 보았을 때만큼이나 놀라웠다. 건축 사진을 보며 꿈을 키우던 어린 시절의 내가 지금 빛으로 가득한 그의 작품 안에 서 있다니! 스케치를 보며 궁금해했던 그 성당 안에 내가 들어와 있다니! 꿈의 가우디를 이제야 비로소 눈앞에서 만났다.

성 가족 대성당은 1882년 공사를 시작해 1세기가 넘게 크레인을 세우고 공사 중이다. 가우디는 세상을 떠났지만, 그의 제자와 제자의 제자들에 의해 더딘 발걸음으로 완성되고 있다. 고등학교 때 보았던 사진 속 성 가족 대성당의 모습과는 다른 미완성일 것이다. 완성을 향해 다다르고 있는 완성 직전의 미완성일 터다. 긴 시간 동안 무수한 사람들이 성 가족 대성당을 찾는 이유도 창조의 과정을 보고 싶어 하는 마음이 아닐까. 미완성이 주는 생동감과 상상의 여지는 완성이 주지 못하는 아름다움이다. 발전하고 변화하는 생명력이다. 불안한 미래를 완성해가기 바쁜 우리에게 주는 미완성의 미학이다.

비록 건축가의 꿈을 이루지 못했지만, 미완의 꿈이 나를 이곳에 데려와주었다. 꿈에 그리던 가우디의 작품들을 눈앞에서 마주할 수 있게 해주었다. 아름다운 건축물과 예술 작품에 관한 관심은 세상 곳곳을 누비며 여행하며 살도록 이끌었다. 마지막 순간까지 건축의 본질을 향해 끝까지 달렸던 가우디의 삶과 꿈을 그려본다. 그의 꿈이 아직도 실현 중인 것처럼 세상의 아름다움을 향한 나의 꿈도 아직 진행 중이다.

진정한 완성이란 어쩌면 완성에 이르는 그 과정 자체일지도 모른다. 중요한 건 완성에 다다르는 것이 아니라 그 과정에서 무엇을 배웠고 얼마나 성장하였는가이다. 깨닫고 변화하고 발전해가는 내 모습이야말로 완성을 향해 나아가고 있다는 확실한 증거가 아니겠는가. 새로운 일에 도전하며 가능성을 발견하고, 때로는 한계를 직시하거나 때로는 그것을 뛰어넘으며 진짜 나를 만나게 된다. 이러한 과정은 비록 목표에 이르지 못했더라도 값진 경험으로 남아 우리 삶을 풍요롭게 해준다. 완성을 향해 가는 여정 중에 있는, 아직 미완성인 지금의 나야말로 이미 완전한 존재이다.

제2장
실패라고 부를 만한 이야기

❶
자유와 절제, 그 사이에서

공미나

결혼 전 나는 음주를 즐기는 여자였다. 예나 지금이나 술 마셔도 얼굴색 하나 안 바뀐다. 술이 받는 여자다. 술기운이 적당히 돌면 머리가 살짝 둥둥 떠오르는 기분이 좋았다. 사람들의 말소리와 웃음, 잔 부딪히는 소리까지 어우러지는 그 분위기가 좋았다. 20대 초반 직장 동료들과 회식 때 술은 필수였다. 동기들과 카페에서 칵테일을 즐겨 마셨다. 기분 나쁜 날은 나빠서, 좋은 날은 좋아서 술잔을 기울였다. 다음 날 피곤할 걸 알면서도 잔을 또 비웠다.

대학 시절, 나보다 대여섯 살 어린 동기들과 학교생활을 했다. 학교 지하 작업실에서 도자기 실기 작업이 늦은 저녁에 끝나면 주점이나 록카페로 몰려갔다. 주점에서 동기들과 부어라 마셔라 술잔을 기울이며 웃고 떠들었다. 취기가 오르면 우리는 세상을 다 가진 듯했고 세상 고민 따위는 잊었다. 록카페에서 나이 어린 친구들의 발랄하고 귀여운 춤사위에 놀랐다. 그들에 뒤질세라 되지도 않는 몸을 흔들어댔다. 막간에 마시는 맥주는 꿀맛이었다.

남편은 음주를 안 좋아한다. 아니, 싫어한다. 혐오한다. 어렸을 때 돌아가신 아버지가 술을 즐겼고 노름으로 집안 경제를 힘들게 했다고 한다. 시골에서 시어머니는 남편 없이 여섯 남매를 힘들게 키우셨다. 남편은 아버지 때문에 가난하고 힘든 어린 시절을 보냈기에 술과는 원수로 지낸다. 게다가 술을 마시면 얼굴이 빨개진다. 결혼 전에는 내가 술 마시는 것을 막지 않았다. 얼굴이 빨개졌지만 같이 마시기도 했다. 결혼하고 나서야 남편이 술을 못 마신다는 걸 알았다. 게다가 여자가 술 마시는 걸 싫어한다는 사실도 알게 됐다.

결혼 후 한번은 남편 몰래 친구들과 술을 마시고 늦게 들어갔다. 술기운에 기분이 붕 떴다. 문 앞에서부터 가슴이 두근거렸다. 살금살금 현관을 넘었다. 남편은 거실 한가운데 앉아 나를 보고 있었다. 말은 없었다. 그 눈빛이 모든 걸 말해주고 있었다. “이제 애도 있는데, 제발 좀 적당히 하지 그래.” 한숨에 이어 내뱉은 한마디가 가슴에 콕 박혔다. 그 후 자연스레 술 마시는 것을 자제했다. 음주에 강한 여자에서 약한 여자로 바뀌었다. 당연히 남편과 술자리는 없었다. 저녁에 남편과 분위기 잡으며 술 한잔씩 마신다는 친구들이 부러웠다. 왜 나의 남편은 술을 못 마실까. 본인이 안 마시면 내가 마시는 것쯤 이해해주면 안 되나? 고지식한 남편이 미웠다. 스트레스 받고 힘든 날은 같이 허심탄회하게 대화하고 술도 한잔하면 좋으련만. 결혼 생활에 대한 회의와 실망으로 힘들 때는 남편 몰래 소주 한잔씩 홀짝홀짝 마시기도 했다. 그런다고 그 어려움이 해결되지는 않았다. 다음 날은 어김없이 몸이 힘들었고 몰래 술 마신 걸 후회했다.

호르몬이 장난질하는 생리 기간에는 잘 지내다가도 훅 터져 나오는 다운된 감정으로 마음은 지옥이 된다. 우울하고 답답한 감정에서 헤어 나오질 못한다. 만사가 귀찮고 의욕 상실이 찾아온다. 이럴 땐 어김없이 남편과 싸운다. 평상시와 같은 남편의 말에도 예민하게 반응한다. 술 생각이 간절해진다. 직업이 있으니 생리 중일지라도 출근해야 한다. 힘들지만 버티고 사무실에 나간다. 이런 날은 손님이 와도 귀찮고 고객들과의 관계도 삐걱거린다. 이 감정을 벗어나고 싶기에 술 생각을 한다. 남편은 내가 이 시기에 술 마시는 것을 극도로 싫어한다. 감성적인 나는 술 생각이 절실하다. AI 남편은 기분 나쁠 때 술 마시는 건 일시적 위안일 뿐, 신체 건강은 물론 정신 건강에도 해롭다고 이성적으로 말한다.

부동산 사무실을 개업하고 1년 정도 됐을 때의 일이다. 남편이 지방으로 일을 가서 하룻밤 안 들어온 날이 있었다. '앗싸! 자유부인이다.' 동네 친구들과 술자리를 만들었다. 당시만 해도 복비 대부분을 수표나 현금으로 받았다. 지갑엔 백만 원이 넘는 돈이 두둑하게 들어 있었다. 아들은 가까이 사는 시누이에게 맡겼다. 사무실 앞의 주점에서 소주와 골뱅이 안주를 시켜놓고 신나게 잔을 주고받았다. 술에 취해 정신이 흐려졌다. 주점에서 나와 노래방에 갔다. 술기운으로 영혼이 가출한 상태였다. 가방 안에 있던 지갑의 행방은 안중에 없었다. 화장실에 갔다 오는 사이. 누군가 내 자리에 앉아 있다 갔나. 기억이 안 난다. 기억은 흐릿하고 머릿속은 텅 비어 있었다. 다만 잘 부르지도 못하는 노래를 고래고래 목청 높여 부르던 기억이 난다.

다음 날 아침 눈을 떠보니 안방에 옷을 입은 채로 널브러져 있었다. 거실로 나가보니 현관문이 빼꼼히 열려 있었다. 순간 정신이 번쩍 들었다. 재빨리 지갑을 열어봤다. 돈이 온데간데없다. 깨끗하게 비워진 지갑이 나를 한심한 듯 바라보고 있었다. 아니, 이럴 수가! 어떻게 된 거지? 중간중간 끊긴 기억으로 어찌어찌 집에 들어온 기억만 어슴푸레 났다. '아. 내 돈 어디 간 거야. 노래방에서 없어졌나?' 기억이 안 난다. 같이 있던 친구들 얼굴이 스쳐 갔다. 그러나 증거 없이 의심할 순 없었다. '새벽에 신문 배달한 사람이 현관문이 열려 있는 걸 보고 들어와 가져갔나.' 그것도 알 수 없다. 만일 그랬다면 내가 아무 탈 없이 무사하다는 사실에 안도해야 했다. 모든 추측과 별개로 한 가지는 확실하다. 지갑 안의 내 소중한 돈이 소리소문 없이 사라졌다는 사실이다. 과음으로 영혼이 가출한 그날. 한심하게 주인을 바라보는 지갑을 망연자실하게 쳐다봤던 그때 그 순간의 기억을 난 잊을 수가 없다. 아니, 잊히지 않는다.

그 사건 이후 나는 술 마실 기회를 잘 안 만들었다. 간혹 술자리가 있더라도 지갑을 확인하는 습관이 생겼다. 지갑에 돈을 많이 넣어 다니지도 않는다. 그리고 더 이상 동네 친구들과의 술자리를 만들지 않았다. 남편이 싫어해서가 아니라, 나 자신이 싫어졌기 때문이다.

결혼 전엔 술이 나를 자유롭게 해준다고 생각했다. 하지만 그것은 착각이었다. 술은 자유가 아니라 방심이었고 실수는 한순간이었다. 지금은 남편과 맥주 한잔을 나누며 도란도란 이야기를 나눈

다. 예전보다 남편의 주량은 늘었고 나는 줄었다. 우리는 이렇게 서로에게 맞추고 배려하며 살아간다.

진짜 자유는 절제 속에서 온다. 깊은 대화와 서로를 배려하는 시간, 그리고 나를 지키는 태도 속에서 말이다. 나는 그 안에서 진정한 자유를 느꼈다. 그 자유조차도 결국은 서로를 존중하는 시간 속에서 완성된다는 걸 알게 되었다. 삶은 때로 예상치 못한 방식으로 우리를 변화시킨다. 그 변화가 결국 더 나은 나를 만들어간다고 믿는다.

❷

내 손에 이미 열쇠 꾸러미 한가득

김수아

'노력은 배신하지 않는다.'

네모진 필통을 열자마자 작은 포스트잇이 보인다. 중학교 시절 어디서 주워들었다. 열심히만 하면 뭐든 이루어질 것 같은 마법 문장 같다. 중학생이 되던 인생 13년 차, '노력'이라는 것을 처음 해봤다.

시골 살다 대전으로 전학 갔다. 대전도 큰 도시는 아니지만 내가 살던 곳에 비하면 대도시였다. 이 동네에서 갈 수 있는 중학교는 두 곳이다. 소위 뺑뺑이라 불리는 추첨 방식으로 배정받는다. 내가 갈 학교는 과학 연구소가 모여 있는 대덕 연구 단지에 있었다. 아빠는 군인이었다. 부대와 연구 단지가 가까웠다. 이 학교 학생들은 공부를 잘한다고 한다. 어차피 공부에 큰 욕심 없었다. 그동안 전학을 많이 다녔지만 시골이든 서울이든 어디를 가나 중간은 했다.

등교 첫날 정문에 들어섰다. 학교 주변이 여느 학교와 달랐다. 교문 앞 8차선 도로가 있다. 옆에는 국립중앙과학관이 있다. 건너편에는 엑스포 과학공원이 있다. 그 가운데 학교가 덩그러니 있다. 건물 모양도 독특했다. 완만한 반원 모양으로 둥그렇다. 서울에서 큰 규모 학교도 다녀봤다. 여기는 뭔가 다르게 느껴졌다. 시골 살다 와서 그런가.

부모님과 교무실에 들어갔다. 1학년 담임 선생님을 만났다. 긴 파마머리에 안경을 쓴 여자 선생님이었다. 담당 과목은 수학이라 했다. 나를 빤히 쳐다봤다. 눈을 어디에 두어야 할지 모르겠다. 죄지은 사람처럼 눈을 이리 피하고 저리 피했다.

"우리 반은 전교에서 공부를 제일 잘하는 반이야. 네가 평균 깎아 먹으면 안 된다."

웃으며 농담처럼 말했다. 농담이 아닌 것 같았다. 반으로 들어가는 길 심장이 방방 뛰었다. 군인 가족이라 전학을 많이 다녀봤지만, 유난히 더 떨렸다. 똑똑한 친구들만 모인 반이라니.

한 학기 지났다. 아직 내 학교라는 생각이 들지 않았다. 그래도 어울리는 친구도 몇 명 생겨 잘 지냈다. 원래 외향적이라 어디서든 잘 지내는 성격이다. 이 학교에서는 주눅이 들었다. 내가 바보인 줄 모르고 살았는데 여기서 나는 바보였다. 그동안 '공부'라 할 만한 것을 제대로 해본 적이 없었다. 학원도 다녀본 적 없다. 밖에서 내내 뛰어놀고도 반에서 중간은 했다. 공부의 필요성을 못 느꼈다. 중학교 오니 달랐다. 나 때는 중학교 때 영어를 처음 배웠다. 간단한 파닉스 정도는 알고 있었다. 영어를 못한다 생각한 적은 없었다. 그런데 여기 오니 바보다. 전에 다니던 중학교와는 수준이 달랐다. 같은 학년이 맞나 싶다. 수업 시간 알아듣는 척 가만히 있었다. 그래 봤자 중간, 기말고사에서 탄로 났다. 시험점수와 등수를 교실 앞에 붙여놨다. 벌거벗은 느낌이었다. 숨을 곳도 없었다. 사라지고 싶었다. 중간, 기말고사야 한 학기 두 번이지만 단원마다 보는 쪽지 시험은 곤욕이었다. 짝꿍과 바꿔 채점해 점수가 바로 공개된다. 매번 반도 못 맞혔다. 그렇게 굴욕적일 수 없다. 카세트테이프로 영어 본문을 들려주면 빈칸에 문장을 채워 넣는 시험이었다. 영어를 더듬더듬 읽어본 적은 있어도 문장을 듣고 써본 적은 없다. 쪽지 시험이라 10문제밖에 안 되는데도 내 수준에서는 어려웠다. 전날 여러 번 공부해도 비슷했다. 다른 친구들은 쉬는 시간 대충 훑어보는 것 같은데 시험을 잘 봤다. 문장마다 두 번씩 들려주고, 중간중간 일시정지도 해준다. 내가 몰라서 그렇지 그리 어려운 시험도 아니었다. 기본 점수를 주려고 만든 보너스 시험 같은 거였다. 짝꿍에게서 굴욕을 면하고자 쪽지 시험만큼은 잘 보고 싶었다.

공부를 제대로 안 했기에 못 보는 거라 생각했다. 영어책 페이지를 넘기며 다음 시험이 언제쯤일지 세어본다. 한 일주일 정도 남은 것 같다. 오늘부터 달달 외워버리면 다 맞을 수 있을 것 같다. 매일 공부하기로 결심했다. 시간 날 때마다 앉아 본문을 차례대로 달달 외웠다. 주말도 예외는 없었다. 나에게도 이런 모습이 있었나 싶다. 반복하다 보니 모르는 단어도 없었고, 줄줄 읽혔다. 안 보고 써도 쓸 수 있을 만큼이었다. 이 정도면 괜찮겠다 싶었다. 단순한 쪽지 시험 따위를 일주일 전부터 공부했다. 절대 비밀이었다.

시험 당일 비장한 마음으로 집을 나섰다. 영어 수업 전 쉬는 시간이었다. 여느 때와 같이 친구들은 본문을 대충 훑어본다. 나 역시 무심한 척했지만 하나라도 놓칠세라 눈동자를 재빠르게 움직였다. 시험이 시작되었다. 한 문장이 휘리릭 지나갔다. 헷갈렸지만 들리는 대로 적었다. 다음 문장도 재빠르게 썼다. 이렇게 빈칸이 꽉 채워진 시험지는 처음이다. 시험지를 짝꿍과 바꾸라 했다. 평소 같았으면 머뭇거리며 주는 듯 마는 듯 했겠지만 오늘은 쓱 내밀었다. 짝꿍은 다 맞았다. 시험지를 돌려주다 짝꿍과 눈이 마주쳤다. 머뭇거리는 듯했다. 곧바로 점수를 확인했다. 순간 얼굴에 뜨거운 고춧가루 국물이라도 뒤집어쓴 듯 따갑고, 뜨거웠다.

'2점.'

잘못 본 줄 알았다. 10점 만점에 2점이다. 눈을 여러 번 깜빡이며 다시 봤다. 중간중간 of, s 등을 다 빼먹었다. 사이사이 연결 부분이나 묶음을 듣지 못해 틀렸다. 영어는 한 단어씩 또박또박 말하지 않는다. 쭉 연결해서 말하니 잘 안 들리는 부분이 많다. 교과서용 듣기라 천천히 또박또박 들려주는데도 못 알아들었다. 거의 다 쓴 문장도 철자 하나 빠트려 틀렸다.

처음으로 노력이라 할 만한 것을 해봤다. 그리고 2점을 받았다. 당장이라도 뛰쳐나가고팠다. 아무렇지 않은 척했다. 쪽지 시험 그게 뭐 대수냐 할 수도 있다. 별거 아닌 일 맞다. 하지만 가슴이 따갑도록 아팠다. 2점이라는 굴욕적인 숫자보다 더 슬펐던 것이 있다. 나는 해 봤자 안 된다는 거였다. 공부를 하나 안 하나 점수가 같다니. 명언도 사람을 가리나 보다. 노력은 배신했다.

몇 차례 더 시도했다. 공부를 하나 마나 점수가 비슷했다. 이렇게 열심히 하는데 왜 맨날 똑같지. 안 하는 게 더 낫겠다. 누군가 너는

해 봤자 안 된다고 각인시켜주는 듯했다. 그렇다고 나 몰라라 할 수도 없었다. 쪽지 시험 따위에 이러고 있다니. 오기가 생겼다. 이 방법이 아닌가 싶다. '혹시 저 영어 테이프가 있다면….' 혹시나 하고 서점에 갔다. 영어 테이프 풀세트를 판매하고 있었다. 교사들만 살 수 있는 것이 아니었다니. 복권에 당첨된 것처럼 심장이 부풀어 올랐다. 당장 2학기 세트를 샀다. 당시 일반 도서가 오천 원 정도 하던 시절이었다. 테이프 세트는 사만 원대로 기억한다. 테이프 늘어질 때까지 듣겠다 결심했다. 집에서 문장마다 들으며 쓰기 연습을 했다. 틀린 부분 고치고 또다시 들었다. 모의시험을 보는 듯이 공부했다.

2점 맞은 것을 계기로 몰랐던 나의 모습을 알게 되었다. 보통 뭐든 하다가 잘 안되면 포기가 빨랐다. 잘하지 못할 것 같으면 안 해버렸다. 나는 끈기가 없는 줄 알았다. 하겠다 마음먹은 일만큼은 몰입했다. 나도 집요하게 파고드는 모습이 있었다. 이제는 나도 한두 개 틀리는 사람이 되었다. 비록 쪽지 시험이었지만 이것이 공부의 시작이 되었다.

이러한 공부 태도를 고등학교 때도 이어갔다. 알 때까지 했다. 예술고등학교 특성상 실기와 공부 비중이 반반이었지만 공부도 소홀히 하지 않았다. 대학교도 마찬가지다. 계절학기 들어가며 아쉬운 성적은 모두 재이수했다. 그 결과 한 학기를 조기 졸업할 수 있었다.

작은 실패만 해도 끝인 줄 알았다. 영원한 실패는 없다. 과정이었다. 과정 자체로만 흘러가지 않는다. 그 속에 힌트가 있다. 과정을 겪어내야만 무엇이 문제인지 발견할 수 있다. 떠먹여주지 않는다. 넌지시 방향만 알려준다. 스스로 찾아내고 깨달아야 한다. 중학교 시절 처음 겪어본 노력의 배신이었다. 나 나름대로는 심각했다. 그때는 몰랐다. 앞으로 얼마나 많은 실패와 노력의 배신이 기다리고 있을지를. 실패와 성공은 늘 함께하는 짝꿍이라는 것을. 이러한 것들이 나를 얼마나 강인하게 만들어줄 것인지도 말이다.

문고리마다 필요한 열쇠가 다르다. 똑같은 열쇠로 문을 열려고 했다. 내 앞에 있는 문은 열쇠도 달랐고, 여는 방법도 달랐다. 하나의 열쇠로만 백날 돌려 봤자 소용없다. 애꿎은 문만 탓한다. 열쇠가 맞지 않을 수 있다. 열쇠 꾸러미를 꺼내어 이렇게도, 저렇게도 돌려봤다. 여러 시도 끝 부드럽게 딸각 열리는 소리가 났다. 애꿎은 노력만을 탓하지 않기를. 노력이라는 것도 요령이 필요했다. 같은 열쇠로 문고리를 돌리며 허탕 칠 때가 있다. 아무리 돌려도 안 된다면 묵직한 열쇠 꾸러미를 집어 든다. 내 손엔 이미 열쇠 꾸러미가 한가득 있다. 맞는 열쇠가 몇 번째에 나올지 모른다. 계속 돌려본다. 언젠가 부드럽게 열리는 순간이 온다.

❸

시련과 역경을 넘어 희망으로

김순이

여섯 남매 중 큰딸이다. 어려서부터 식구들에게 인정받기 위해 책임감 있게 행동했다. 친정어머니는 20년 넘게 암과 당뇨 합병증으로 고생하셨다. 나는 가족을 지키는 울타리가 되어야겠다고 생각했다. 서울에서 바쁘게 살다 보니 고향에 자주 내려가진 못했지만, 마음만은 시골집에 있었다.

둘째 남동생이 있다. 정확한 명칭을 물어보지는 않았다. 다만 자동차 차체 조립 관련, 공구나 부품 등을 다루는 사업을 한다고 했다. 내 동생이지만 대단하다는 생각이 들었다. 다행히 남동생의 사업은 날로 번창했다. 가족 사이에서도 자랑거리였다. 어머니가 많이 좋아하셨다. 큰오빠도 카센터를 운영하고 있었는데 동생의 부탁으로 기존에 하던 일을 접고 함께 일하게 되었다. 자식의 사업이 잘되니 부모님 얼굴이 환해졌다.

그즈음 어머니는 시골 논을 사업하는 남동생에게 넘겨주고 싶다고 여러 번 말씀하셨다. 다른 형제들과 나는 모두 반대했다. 왜냐하면 어머니가 살아계실 때까지는 그대로 두는 게 좋다고 생각했기 때문이다. 나는 애써 어머니를 진정시켰다.

"아이구, 엄마! 그냥 갖고 계세요. 그래야 저희가 잘할 수 있어요."

어머니는 둘째 아들이 오랫동안 당신을 돌봐드렸다는 이유로 고집을 꺾지 않으셨다. 둘째는 사업 수완이 좋았고, 무엇보다 마음도 넉넉해 기부도 많이 하고 살아왔다. 내 아들과 여동생의 아들까지 살뜰하게 챙기던 동생이다. 그런 마음을 알기에 나는 형제들을 설득할 수밖에 없었다.

"엄마 소원이라잖아. 그냥 해드리자!" 그렇게 여섯 남매가 모였고, 시골 논은 남동생 명의로 등기 처리되었다.

여전히 바쁜 일상을 살았다. 남편이 걷지도 못할 때라 마음이 무거웠던 시기다. 어떻게든 남편이 좋아지기를 바라는 마음에 네 살 된 딸의 손을 잡고 경동시장으로 향했다. 한 손에는 짐을 들고, 다른 한 손은 딸 손을 꼭 잡고 있었다. 지나가다 눈에 띈 약재를 살펴보느라 나도 모르게 딸의 손을 놓았다. 딸이 없다. 순식간에 일어난 일이라 어안이 벙벙했다. 아무것도 보이지 않았다. "지혜야! 지혜야! 우리 딸 좀 찾아주세요. 딸이 보이지 않아요." 지나가는 사람들을 붙잡고 애원했지만 소용없었다.

제정신이 아닌 사람처럼 시장 바닥을 돌아다녔다. 옷은 땀으로 뒤범벅이 되고 머리는 헝클어지고 눈은 퀭했다. 시장 골목 골목을 한참을 돌았을 때 버스 타는 큰길 옆에서 요구르트를 손에 든 채 울고 있는 딸이 보였다. 어떻게 달려갔는지 모른다. 딸을 와락 끌어안으며 땅바닥에 주저앉았다. 다리가 풀려 걸을 수가 없었다. "다행이다. 다행이다. 고맙습니다."를 연신 중얼거렸다. 사는 게 쉽지 않았다. 그럼에도 불구하고 살아지더라.

그렇게 무탈하게 잘 지나가는 듯했다. 남동생에게서 연락이 왔다. 세금 폭탄을 맞았다고 한다. 그로 인해 사업은 부도가 났고, 우리 터전이던 고향 집과 논은 다른 사람 손에 넘어갔다는 사실을 알게 되었다. '이게 무슨 날벼락인가?' 믿기지 않았다. 마음속에 분란이 일었다. 남동생 위로할 생각은 하지도 못했다. 형제들 원망이 내게로 쏟아질 텐데 그게 두렵기만 했다.

만약 내가 끝까지 어머니를 말렸다면 어땠을까. 동생에게 이런 일이 생겼을까. 오빠가 카센터를 접고 동생에게 갈 일도 없었을 테고, 파산 신고를 할 이유가 있었을까. 나는 또 형제들에게 원망을 들었을까. 어머니가 살아 계셨다면 어떻게 받아들이셨을까. 그때 형제들 설득하여 동생에게 논을 주도록 주도한 걸 후회했다. 나는 죄책감에 시달려야 했다. 아직도 마음 한구석이 아린 건, 돌아가신 어머니와 뿔뿔이 흩어졌던 형제들의 고생과 방황이다.

더구나 사업 쫄딱 망하고 남동생은 교통사고까지 당했다. 베풀고 살던 동생에게 이런 일이 생기다니. 가족 중 한 명이 넘어지니 온 식구의 생활에 문제가 생겼다. 가슴에 돌덩이 하나가 세게 박힌 듯 쓰라렸다. 내가 할 수 있는 게 아무것도 없다고 생각하니 앞이 캄캄했다. 서로의 안부를 물을 수도 없었다. 그렇게 시간만 흘렀다.

형제들에게 먼저 손을 내밀었다. 대화부터 시도했다. 어색했다.

풀리지 않는 매듭을 어찌 풀어내야 할지 막막했다. 그래도 해야 했다. 가족이니까. 오빠와 동생들도 마음의 응어리를 조금씩 풀기 시작했다. 자주 만나 서로의 상처를 나누고 화해하기 위해 노력했다. 미안한 마음에 울기도 하고 다시 시작해보자며 그간의 미운 마음 용서도 오갔다. 깨달았다. 한번 무너진 신뢰를 회복하기는 어렵다. 시간과 노력이 필요하다. 다시 손을 잡고 갈등을 뒤로하고 용서, 화해, 희망이라는 단어를 떠올릴 수 있었던 것은 '가족'이라는 이름이 주는 끈끈한 정이라는 사실을 알게 되었다.

이번 일을 통해 나는 세 가지를 배웠다. 첫째, 재산 문제는 신중하게 결정해야 한다. 나로 인해 식구들 전체가 고통을 겪었다. 감정에 휘둘리거나 눈앞의 상황만 보고 결정하면 탈이 생긴다. 둘째, 가족 간의 신뢰는 중요하다. 한번 깨진 마음을 회복하는 데는 많은 시간과 노력, 용기가 필요하다. 모두를 위한다는 것이 결국은 좋지 않은 결과로 이어질 수 있다는 것도 기억해야 한다. 셋째, 뭔가 잘못되었다 싶으면 바로 문제를 해결하기 위해 노력해야 한다. 우왕좌왕 고민과 슬픔에 빠져 시간을 허비하고 가족과도 단절했던 것이 서로에게 씻을 수 없는 상처를 줄 수 있다.

남동생과의 일로 실패의 경험이 있다. 실패를 무조건 나쁘게만 생각할 게 아니라 그 실패를 통해 나를 돌아보는 계기가 되었다. 흔들리던 내 마음이 단단해졌다. 가족 간 무너졌던 신뢰를 다시 쌓는 법을 배웠다. 남 탓을 하고 후회를 하며 마음속 서운한 감정을 가득 가지고 있었으나 내 마음을 선택할 수 있다는 것도 알게 되었다.

지금 가족과의 갈등으로 마음이 무거운 이가 있는가? 또 '어떻게 그럴 수 있어.' 하며 배신감을 느끼고 있는가? 나도 그랬다. 용서할 수 없고, 후회스러웠고, 남보다 더 못하다고 생각한 적 있다. 그러나 가족이기에 시간이 걸리더라도 '용서'라는 마음을 내어주는 것이 어떨까. 시간이 걸리더라도 괜찮다. 지금 마음을 열고 한 걸음 다가가보는 건 어떨까. 분명히 돈독해질 수 있는 싹이 틀 거라 믿는다.

❹

500만 원의 수업료 두 번 치른 인생의 레슨

박상림

시간이 빨리 흘러 어른이 되길 바랐다. 돈을 벌고 싶었다. 가난에서 벗어나는 유일한 방법은 일해서 돈을 버는 것뿐이라 믿었다. 그 생각은 오래가지 못했다. 스무 살 직장을 갖고 돈을 벌었지만, 늘 지출이 수입보다 많았다. 저축을 하는 것도 힘들었다. 100만 원이 모이면 꼭 쓸 일이 생겼다. 일상생활을 하기 위해서 들어가는 돈이 부족했다. 버는 사람은 한 사람이고 쓰는 사람은 세 사람이다 보니 돈은 없었다. 고정 지출은 갈수록 늘어났다. 건강보험료 연체 이자, 주택 대출 이자, 아버지의 음주로 인한 다툼에서 발생한 물건 파손비, 치료비, 합의금 등 불필요한 지출이 줄을 이었다.

2001년, 스물한 살. '여러분, 부자 되세요.'라는 광고 카피로 신용카드는 누구나 편하게 만들 수 있던 시절이었다. 은행 직원의 권유로 신용카드를 만들었다. 신용카드를 사용하면서, 마치 부자가 된 듯한 착각에 빠졌다. 신용카드가 마치 무한한 소비의 자유를 보장

해주는 것처럼 느껴졌다. 당장 급하게 돈이 필요할 때 현금서비스를 받아서 썼다. 신용카드는 마치 '마법의 지니'처럼 뭐든지 해결해줄 것만 같았다. 하지만 그 대가는 곧 찾아왔다. 월급의 절반 이상이 카드 대금으로 빠져나갔다. 고정적으로 지출되는 돈이 줄어든 것도 아니고 나가야 할 돈은 늘어나서 다른 신용카드를 만들어서 돌려막게 되었다. 어느새 감당할 수 없는 수준까지 빚이 늘어나 있었다.

신용카드 빚이 점점 커지면서 결국 독촉 전화까지 받게 되었다. 카드사에서 오는 독촉 전화를 받을 때마다 가슴이 철렁 내려앉았다. 하루에도 몇 번씩 울리는 전화벨 소리가 두려웠다. "고객님, 이번 달 카드 대금이 연체되었습니다. 빠른 시일 내에 상환해주세요." 단순한 문장이었지만, 내게는 공포였다. 돈을 갚지 못하면 신용불량자가 될 수도 있다는 두려움에 초조했다. 회사 월급까지 차압당할 수 있다고 했다. 회사에 알려진다는 것 자체가 무서웠다. 창피하기도 하고 앞으로 어떻게 회사에 다니나 싶고 우울한 마음이 그득했다. 어떻게든 해결책을 마련해야 했다. 계속 신용카드로 돌려막으며 버틸 수는 없었다.

직장을 6시에 마치고 추가로 아르바이트를 시작했다. 퇴근 후 집에서 가까운 호프집으로 달려가 새벽 1시까지 서빙을 했다. 머릿속에는 카드 독촉 전화와 월급 차압을 막아야 한다는 생각뿐이었다. 몸은 천근만근, 바위처럼 무거웠다. 계속 서 있으니 다리가 저리고 발바닥엔 통증이 밀려왔다. 호프집에서 나와 비슷한 20대 친구들이 술 마시며 웃고 떠드는 모습이 부러웠다. 나도 저들처럼 신나게 웃고 여유로운 삶을 누리고 싶었다. 신용카드의 굴레에 갇힌 내가 스스로도 초라하고 불쌍하게 느껴졌다. 그럼에도 불구하고 퇴근 후 밤늦게까지 일하고 받은 돈으로 신용카드 빚을 조금씩 갚아나갈 수 있으니 위안이 되었다. 몸은 힘들지만 내 손으로 직접 빚을 해결해나간다는 것에 감사했다.

그 과정에서 소비 습관을 바꾸기 시작했다. 더 이상 필요하지 않은 물건을 사지 않았고, 당장 급하지 않은 지출은 배제했다. '할부'와 '무이자'로 유혹하는 달콤한 말들에 넘어가지 않았다. 그동안 빚을 돌려막기하며 썼던 신용카드들을 하나둘 가위로 잘라냈다. 1년 동안 아르바이트와 절약을 병행하며 모든 카드 빚을 청산했다. 카드 빚으로부터의 해방감은 이루 말할 수 없었다. 독촉 전화가 울리지 않았고, 통장을 확인할 때마다 느꼈던 불안함도 사라졌다. 마침내 빚의 굴레에서 벗어나 자유로운 삶을 시작할 수 있었다. 돈을 버는 것보다 중요한 건 '돈을 어떻게 쓰는가'였다. 그것이 내 인생의 진짜 레슨이었다.

그러나 인생은 때로 같은 시험을 반복해서 치르게 한다. 결혼 후 아이들을 키우며 전업주부로 지내던 시기, 체중이 늘면서 자존감은 바닥을 쳤다. 아이 낳기 전 몸으로 돌아가고 싶다는 생각에 다이어트를 결심했다. 20대 직장 동료였던 친한 언니가 자신이 다이어트에 성공한 방법을 알려준다며 소개한 다이어트 챌린지에 참여했다. 프로그램에 매일 참석만 해도 다이어트를 위한 메타번 슬림핏, 단백질 보충을 위한 채움 프로틴, 배변 활동을 원활하게 하는 데 도움을 줄 수 있는 비움 클렌즈까지 3개의 건강 기능 식품을 준다고 했다. 여기에 식단 조절과 운동을 통한 관리를 총 6주간 받을 수 있다고 했다.

도전 기간 종료 후 체지방률과 골격근량을 측정해 최종 200명을 선정, 약 2억 원 상당의 리워드를 제공한다고 했다. 다이어트에 성공해 내가 주인공이 될 수도 있겠다는 기분 좋은 상상을 했다. 챌린지 참여만으로도 45,000원 상당의 유니베라 슈퍼겔 W(971㎖) 1병을 받을 수 있다고 해서 도전했다. 놀랍게도 한 달 만에 7kg 감량하는 데 성공했다. 비록 순위권에 들지는 못했지만, 몸도 가벼워지고 건강의 중요성을 다시 깨닫게 되어 만족스러웠다.

이 경험을 통해 건강에 대한 교육과 관리, 제품 판매를 병행하면서 돈도 벌 수 있겠다는 생각이 들었다. 강의 듣고, 가족들에게 필요한 제품을 구입했다. 처음엔 신중히 비교하며 조심스럽게 시작했다. 시간이 지날수록 하나씩 구매하다 보니 먹는 양보다 쌓이는 양이 더 많아졌다. 누가 구매하라고 강요하지도 않고 시키지도 않았는데 다양한 프로모션에 현혹되어 점점 더 많은 제품을 구매하기 시작했다. "1년에 단 2번 있는 프로모션입니다. 이번 달 100만 원 이상 구매하시면 47만 3천 원 할인됩니다. 거기에 무료 증정까지! 어마어마한 혜택 꼭 가져가세요!" 이런 말에 마음이 흔들렸다. 카드값 걱정은 뒷전이었고, 신용카드를 꺼내 할부로 결제하기 일쑤였다.

가족 건강과 제품 판매를 통해 수익을 기대했지만, 어느새 신용카드 빚은 500만 원을 넘고 말았다. 20대에 벗어났던 악몽이 다시 찾아온 셈이었다. 카드사에서 빚 독촉을 받지는 않았지만 이번에는 내 능력으로 감당할 수 없었다. 남편에게 들킬까 봐 두려워 밤잠을 설쳤다. 20대처럼 알바를 해서 갚을 수도 없었다. 여동생과 남동생에게 도움을 청했다. 동생들이 반씩 힘을 보태 빚을 갚을 수 있었다. 그 순간, 부끄러움보다 가족의 소중함이 더 크게 다가왔다.

실패는 고통스러웠지만, 그 안에는 두 가지 소중한 교훈이 있었다. 첫째, 20대 시절 신용카드 돌려막기로 빚의 늪에 빠졌던 경험은 '능력 밖의 소비는 결국 몸과 마음의 고통으로 되돌아온다.'라는 사실을 일깨워주었다. 둘째, 30대에도 잘못된 소비 습관으로 같은 실수를 반복하며 '돈을 다루는 방식'에 근본적인 문제가 있음을 절감했다.

돈을 얼마나 버느냐보다, 어떻게 쓰느냐가 더 중요했다. 충동적 소비와 신용카드의 무절제한 사용은 결국 같은 실패를 되풀이하게 만들었다. 돈을 다루는 방식 하나가 삶의 방향을 결정한다. 소비에 대한 작은 습관의 변화가 경제적 자유와 불안의 갈림길이다. 소비를 통제하는 순간, 삶도 균형을 되찾는다.

❺

입바른 소리로 자기애를 채우는 병

박용진

취미로 역도를 한다. 크로스핏에 빠지며 역도에 발을 들였다. 2022년도 9월부터 31개월째다. 다니는 크로스핏 박스(체육관) 코치님이 만든 역도 동호회에 들어간 게 시작이었다. 식사 자리에서 같이 역도를 하자고 제안받았다. 대회도 나가보잔다. 보통 역도라고 하면 덩치 큰 선수들을 떠올린다. 초등학교나 중학교 때부터 운동을 한 사람들이 하는 종목이라 생각한다. 육상, 배드민턴, 탁구, 골프 등 생활 속에서 많이 접할 수 있는 운동과 대비된다. 나 역시 역도를 하자는 말을 들었을 때, 주변을 둘러보고 손가락으로 나를 가리켰다.

크로스핏에는 역도 동작이 들어간다. 이 운동이 인기를 끌며 체육관이 전국에 많이 생겼다. 역도를 접하는 사람이 늘었다. 역도인만 하던 운동이었는데 크로스핏터까지 합세했다. 다른 스포츠처럼 역도도 일반인과 동호인을 위한 대회가 열린다. 전국에서 연 10회

이상, 참가 인원이 200명이 넘는 큰 시합도 있다.

사람들과 같이 운동하고 역도 대회를 뛰면서 빠져들기 시작했다. 대회에 나가는 것과 운동에 빠지는 게 무슨 상관인가. 같이 대회 참가를 신청한 동지들과 경기 날만 보고 달린다. 훈련하고 응원한다. 전력을 다해야 가능한 무게를 들어본다. 대회에 나갈 수 있는 몸 상태로 끌어올린다. 체급에 맞게 몸무게를 맞춘다. 단 하루를 위해 컨디션을 관리하고 집중한다. 대회에서 준비해온 모든 것을 쏟아붓는다. 성취감을 맛본다. 이어지는 뒤풀이로 대회를 매듭짓는다. 다음엔 더 잘하겠지. 더 하면 얼마나 오를까. 빠져들 수밖에 없다. 동호인은 운동이 생업이 아니라, 결과에 대한 부담이 없다.

내가 사는 청주에서 멀리 떨어진 지역에서도 대회가 열린다. 전남 보성군, 경남 고성군 등. 이럴 땐 1박 2일을 잡고 대회를 곁들인 여행을 떠난다. 친하고 자주 얼굴 보고 운동해온 사람과 함께. 서로에 대한 이해도가 높아 관계에선 속 썩을 일이 없었다.

일반인은 취미와 동호회 활동보다 본업이 우선이다. 일이 생기거나 바빠지면 발길이 뜸해진다. 2023년 4월에 입대했다. 역도와 강제 거리 두기(?)가 시작됐다. 그해 한창 대회가 열릴 시기에 훈련소 뙤약볕 아래 군복 차림으로 서 있었다. 36일간 기본 훈련을 마치고 충주로 자대 배치를 받았다. '군대에서는 크로스핏과 역도를 못 하겠네.' 하며 아쉬워했다. 놀랍게도 부대에 크로스핏 동아리가 있었다. 군대에서 계속 좋아하는 운동을 할 수 있다니. 대회도 휴가 기간을 맞추면 나갈 수 있었다.

대한역도연맹에서 주관하는 큰 대회는 동호인 등록이 필수다.

2024년에는 동호인 등록을 군대에서 나 혼자 했다. 먼 지역에서 열리는 대회는 홀로 나가기 힘들다. 청주에 2024년 1월에 생긴 역도 전문 체육관으로 소속을 바꿔서 그해 대회를 나가기로 했다.

2024년 7월 13일과 14일에 '제1회 양구 국토 정중앙배전국 역도 경기대회'가 열렸다. 참가 신청 인원이 115명이라 큰 대회 축에 속한다. 이 대회는 몰랐거나 안면만 트고 지낸 여자 A, K, P 세 명, 같이 운동하던 C형, 역도 체육관 코치님과 함께 나가게 됐다.

청주에서 양구 역도경기장까지 거리는 230㎞가 넘는다. 휴게소에 들르지 않고 내달려도 2시간 반이 걸린다. 체육관에서 이 대회를 나가는 사람 체급은 모두 달랐다. 경기 시간은 이틀에 고르게 나뉘었다. 이런 경우 선발대와 후발대를 나눠서 간다. 토요일에 경기를 치르는 사람이 선발대다. 전날 가서 컨디션을 맞춘다. 일요일에 출전하는 선수는 후발대. 토요일에 이동한다. 당일에 가도 되지만 장거리 이동은 사람을 피폐하게 만든다. 먼 곳까지 왔는데 제 실력을 뽐내지 못하는 불상사는 막아야 한다. 역도 체육관 팀 단위로 움직였다. 마지막 일요일 경기가 끝나면 다 같이 놀기로 했다. 토, 일, 월, 2박 3일 일정을 잡았다.

사건은 마지막 날에 터졌다. 체급에 맞춰 2킬로그램 빼느라고 다이어트를 했다. 군인이라 술을 먹을 기회가 적었다. 휴가 중에 열린 그해 첫 대회, 처음 와본 곳이었지만 잘 끝냈다. 1차는 오겹살로 배를 채웠다. 배가 부르고 분위기가 무르익자 호프집에서 2차를 했다. 거기서 안면만 있던 사람들과 이야기하다 말실수를 했다. 몇 병이나 마셨는지 모를 정도로 마셨다. 어떤 행동과 말을 했는지 정확히 기억나지 않는다. 그 상황이 이미지로 띄엄띄엄 남아 있을 뿐이다. 끝에는 한 명과 언쟁이 오갔다. 그 말싸움 끝에 여자 세 명은 자리를 박차고 호프집에서 나갔다. 얼마 지나지 않아 그들은 다시 돌아왔지만 대화하지 않았다. 술자리가 끝나고 바깥으로 나와 바람을 쐬니 술이 깨 기억이 드문드문 났다. 나와서도 찜찜한 기운이 나뒹굴었다. 나는 당당하지 못할 이유가 없다는 특유의 자기애로 무장했다. 아무 일도 아니라는 듯 행동했다. 편의점에 들러 술과 주전부리를 사서 숙소로 돌아왔다.

다음 날 정신을 차리니 방바닥이었다. 어제 어떻게 잠들었는지 모르겠다. 무슨 일이 있었는지 사진 몇 장처럼 떠올랐지만 흐릿했다. 점심때 파로호 육개장 식당 앞에서 만난 그들의 분위기는 싸늘했다. 인사조차 제대로 하지 않았다. 무슨 큰일이 있었구나 싶었다. 기억나지 않으니 눈치를 반찬 삼아 밥을 먹었다. C형과 한 차를 타고 청주로 돌아왔다. 무슨 일이었나 슬며시 떠보았지만, 형은 말을 아꼈다.

이후 사건의 내막을 들었다. 좁은 청주 크로스핏판에서 아는 사람이 겹쳤다. 나는 상대가 알고 싶지도 않은 이야기를 자세하게 했다. 그 여자들은 이야기를 불편해했다. 안면이 있던 A의 표정이 굳어졌다. 난 분위기를 파악하지 못했다. 장난을 쳤다. 술 때문에 반응을 민감하게 알아차리지 못했다. 분위기가 이상해졌다. 옆 테이블에 있던 코치님이 심상치 않은 분위기를 느꼈다. 나를 자기 테이블로 불러 A와 떨어뜨려놓았다. K는 내가 한 말을 되짚으며 말을 던졌다. 나는 굽히지 않고 "이런 이야기가 불편하면 크로스핏은 어떻게 하는 거예요?"라는 망언을 했단다. 그들은 밖에 나갔다 돌아왔다. 코치님은 자리를 정리했다.

부대로 돌아와 코치님에게 사과 연락을 했다. 함께 대회에 다녀와주셨는데 불미스러운 일을 만들어 죄송하다고. 나는 괜찮으니 여자 세 분에게 사과하는 게 좋겠다는 답장이 돌아왔다. 동감하여 각자에게 장문의 카톡을 보냈다. 이렇게 사과를 하니 술자리에서 생긴 하나의 해프닝으로 생각하고 넘어가겠다. 다음에 만나면 인사하자는 답을 받았다. 이로써 이 일은 끝났다고 생각했다. 전부 기억하면 속 시원하게 훌훌 털어버릴 텐데. 드문드문 기억이 나니 뭔가 더 있나 싶어 답답했다. 그렇다고 물어볼 수도 없는 노릇이다. 그들도 기분이 좋지 않았겠지만 대단한 잘못을 한 것도 아닌데 이렇게까지 신경을 쓰나 싶었다. 그 주 일기를 계속 이 이야기로 채웠다.

10월 25일 동호회 활동을 같이하던 J형과 전화를 했다. 양구에서 그런 일 있었다며, 어쩌다 그랬어 하는 말을 들었다. 같이 대회에 나간 A가 이야기를 해줬다고 한다. 몇 개월이 지난 후에 제3자에게까지 말하다니. 사과 이후 끝난 이야기인 줄 알았는데, 그날의 일이 다시 떠오르기 시작했다.

역도에 지나치게 빠졌다가 이런 일이 벌어졌다 싶었다. 한 걸음 떨어져 생각해보았다. 왜 이렇게 운동에 빠져들었을까. 이유는 크게 세 가지였다. 첫 번째는 인스턴트식 욕구 충족. 빠르게 성취감을 주고 성과가 나오는 운동을 다른 일보다 먼저 하고 싶은 마음. 두 번째는 현실도피. 운동을 생산적인 일이라고 합리화하며 죄책감 없이 일을 미루려는 성향. 깊게 생각하기 싫을 때 운동으로 도망가려는 심리. 세 번째는 자기합리화. 시간 투자한 만큼 성장하는 과정이 보이니 최소한 내가 통제할 무언가가 존재한다는 생각.

그들에게 술 먹고 한 이야기는 자기애를 채우려는 과정에서 비롯된 것이리라. 29살 먹고 군대에 와서 인간관계에 신경이 곤두서 있었다. 생존하기 위해서 내 색깔을 죽였다. 좋은 게 좋은 거지 하며 분위기에 휩쓸렸다. 늘 마음속은 찜찜하고 답답했다. 나에 대한 사랑에 굶주렸다. 술자리에서 그들에게 이야기하며 자존감을 채우려 들었다. 우뚝 서려는 마음에 자기중심적인 이야기를 일삼았다.

잘 아는 사람과 나간 역도대회는 내 자아를 확장하고, 추억을 공유하는 의미 있는 경험이었다. 그것을 익숙하고 당연하게 여겼던 게 아닐까. 이번 사건이 취미가 아니라 직장에서 벌어졌다면 훨씬 뼈아팠을 것이다. 다행히도 스스로 돌아볼 기회를 얻었다.

익숙한 사람들과 함께여도 입조심은 필요하다. 내 이야기를 상대가 듣고 싶은지 먼저 헤아리는 마음이 있어야 한다. 가까운 사이일수록 더 조심하고 존중해야 한다. 감정적으로 힘들고 자꾸 떠올라 신경이 쓰였지만 그만큼 소중한 것을 알게 된 시간이었다. 이제 나를 사랑하듯, 다른 사람의 마음도 들여다볼 수 있는 사람이 되고 싶다.

6

나는 사람 관계가 참 힘들다

박호숙

자폐성 장애 학교에서 근무할 때다. 함께 일하던 선생님 세 명과 저녁 모임 약속을 했다. 이전에는 다른 사람들이 약속한 모임에 따라다녔다. 늘 사람들 사이에 조용히 섞여서 지냈다. 그런 수동적인 내 모습에서 벗어나 보고자 며칠 전부터 용기를 냈다. 내가 먼저 약속을 정했다. 학생들이 모두 집으로 돌아가자 교실을 정리하고 업무를 마무리했다. 그리고 집으로 퇴근했다.

그날 나는 약속 장소에 나가지 않았다. 긴장되고 걱정돼서 숨어버렸다. 약속 시각이 지나도 오지 않는 내게 선생님들로부터 전화가 왔다. 전화를 받을 수가 없었다. 내가 먼저 약속을 정하고 숨어버린 나의 행동에 나도 적잖이 혼란스러웠다. 전화벨이 계속 울렸다. 나는 전화기를 옷장 안으로 던지듯 넣고 옷장 문을 닫았다.

진작에 내가 자리를 마련하고 싶은 마음이 있었다. 그런데 막상 주도적으로 사람들과 관계를 만들어가려고 하니 두려웠다. 식당은 어디로 갈까, 시간을 어떻게 보내지, 무슨 이야기를 하지, 이런저런 걱정으로 불안감이 커지자 집으로 숨어버린 것이다. 그날 내 행동을 이해할 사람이 있을까. 다음 날 뭐라고 변명했는지 기억이 나지 않는다. 회피였다. 모임 자리는 누구 한 사람이 주도해나가는 것이 아니라, 함께 만들어간다는 것을 생각하지 못했다.

사람들에게 먼저 다가가는 용기를 냈지만 낭패였다. 학교에 다시 나가지 못할 것만 같았다. 그날의 어처구니없는 나의 행동에도 불구하고 다시 용기를 냈다.

앞에 서야 할 일이 있을 때 걱정되지만, 두려워하지 않는다. 준비를 꼼꼼히 하고 연습하면 된다는 것을 경험했다. 독서 모임도 하나 이끌고 있다. 여전히 겁도 많고 걱정도 많다. 길을 가다가 사람들이 싸우는 모습을 보거나, 깜깜한 골목길에서 길고양이의 부스럭거리는 소리에도 놀란다. 나는 콩알만 한 간을 가지고 태어났을까.

인상 좋다, 친절하다, 미소 천사 선생님. 그동안 학교에서 내가 들은 말들이다. 그 안에 저런 어처구니없는 모습도 있다. 남들에게는 평범할 수 있는 일이 내게는 용기가 필요한 일이었다.

지체 장애 학교에서 수업할 때다. 독서 교과 수업 시간에 질문했다. 목적은 독서의 중요성을 강조하기 위한 것이었다.

"살아가는 데 중요하다고 생각하는 것 세 가지는 무엇이라고 생각합니까?"

질문에 아이들이 대답했다.

제일 필요한 것은 돈과 직업 아닐까요. 남자는 명예라고 생각합니다. 긍정적인 마음 자세입니다. 친구입니다. 가족입니다. 취직하는 것입니다. 결혼입니다.

아이들은 저마다 중요하다고 생각하는 것을 말했다.

"선생님은 살아가는 데 가족과 친구, 책, 이 세 가지를 중요하게 생각합니다. 셋 중 하나만 내 옆에 있어도 힘든 시기가 있을 때 삶을 헤쳐 나가는 데 힘이 됩니다."

친구가 좋은 이유 중 하나는 동시대 문화를 정서적으로 공유한다는 것이다. 저절로 이해되고 공감되는 것. 나는 그런 친구가 곁에 있는 사람이 부러웠다. 남편은 친구가 많다. 남편은 신기하게도 다양한 사람들과 쉽게 친구 관계를 맺는다.

십여 년 전쯤이다. 교통사고로 병원에 입원했다. 안와 골절 수술을 받았다. 그때 함께 병실을 사용했던 사람들과 지금도 만남을 이어가고 있다. 남편의 그런 대인관계와 사회성이 부러워 가끔 푸념했다. 나는 왜 친구가 많이 없을까. 남편이 위로한다. 중고등학교 시절에 회사에 다녔으니 그렇지. 주변에 좋은 사람들 많잖아 하며 몇몇 이름을 댄다. 그 사람들하고 연락해서 만나고 하면 되지. 먼저 연락하는 것을 잘 못하는 것 같더라. 생각날 때 안부 전화라도 먼저 하면 되지.

남편 말처럼, 주변에 좋은 사람들과 관계를 지속하지 못하는 것이 나의 문제다. 지금 만나고 지내는 사람들은 대부분 내게 먼저 다가오는 사람들이다.

교직원 회의에서 내 업무를 안내할 때가 있다. 그런 날은 발표 내용을 토씨 하나까지 수첩에 써 와서 읽는다. 내 차례가 다가오면 쿵쿵 뛰는 심장 소리가 내 귀에 들리는 것만 같다. 겨우 두세 문장의 내용도 마찬가지다. 이렇게 앞에 서는 것이 힘든데 나는 어떻게 교사가 되려고 했을까.

삼 년 전 입학식 날, 학사보고와 교직원 소개를 했다. 긴장한 나머지 두 사람 소개를 빠트렸다. 목소리도 떨렸다. 식이 끝나고 아이들이 내게 말했다. 선생님, 목소리 너무 떨리던데요.

"그래, 나도 앞에 서면 긴장되고 떨려. 그래도 내가 할 일이라서 연습하고 용기를 낸단다. 너희들도 무슨 일이든 필요하면 용기를 내서 도전해봐."

다음 해 입학식 날, 기억력 좋은 한 아이가 말했다. 올해는 작년보다 조금 덜 떠시던데요.

나이와 함께 자신감도 생겼다. 세월이 준 선물 같다. 두 번 다시 숨는 일은 없었다. 사람들에게 먼저 다가간다. 노력하면 조금씩 개선된다는 것을 경험하고 있다.

대학 3학년인 딸이 있다. 한 달 전이다. 피곤했던지 렌즈를 빼지 않고 잠이 들었다. 아침에 일어났는데 눈이 빨갛다. 오후에 전화가 왔다. 눈이 아파서 수업을 들을 수가 없다고 했다. 수업을 뺄 수가 없고, 마치고 나면 병원에 갈 시간이 안 나서 약국에만 들르기로 했다. 저녁에 집에 왔는데 눈이 심상치 않았다. 아니나 다를까. 밤 여덟 시가 넘어가면서 응급실이라도 가봐야겠다고 했다. 남편이 119에 전화를 걸었다. 구급대원의 말로 이 정도로는 종합병원 응급실에서 받아주지 않을 것이라고 말했다. 어떻게 해야 하나 고민하다 지난해 함께 근무했던 선생님께 전화했다. 딸아이의 눈 상태를 말해줬다. 각막에 염증이 생겼을 수도 있다고 했다. 마침 선생님에게 각막염에 넣는 약이 있어서 받아 왔다. 선생님과 나는 아이 눈 상태에 대해 열한 시 넘어서까지 연락을 주고받았다. 딸은 한 시가 지나서 겨우 잠이 들었다. 다음 날 안과 병원에 가서 각막염 진단을 받았다.

그리고 삼 일이 지났다. 문득 딸아이가 물었다. 엄마, 그 선생님께 감사 인사했어? 응, 했지. 카톡으로 커피 쿠폰 같은 작은 선물이라도 보냈어? 민지야, 엄마랑 그 선생님은 서로 도움 주고받는다고 그렇게 감사 선물을 하는 그런 사이 아니야. 말로만 해도 마음 다 알아. 엄마, 그래도 밤늦게까지 신경 써주고 그러셨는데, 그렇게 말로만 고맙다고 하면 안 되지. 엄마는 그렇게 해서 어떻게 사회생활을 해!

커피 쿠폰을 보냈다. 딸의 말을 들어보니 그 말도 맞다. 다시 한 번 감사하다는 인사말을 했다.

직장인들은 대부분 일보다 사람 관계가 어렵다는 말을 많이 한다. 내게 닥친 일이 제일 힘들게 생각되는 것은 당연하다. 나는 유독 사람 관계에서 주도적으로 하는 것이 서툴다. 떨리고 두려워 자꾸 뒤에 서는 습관이 있다. 그렇지만 늘 그 상황을 깨트려보는 노력을 한다. 용기 냈으나 낭패한 일도 있었지만 자꾸 노력했더니 조금씩 나아진다.

절망할 때도 있다. 그럼에도 나를 믿고 다시 한번 노력한다. 내가 부족한 부분을 잘 알고 있다. 나의 장점도 안다. 꾸준히 노력하는 것이 나의 장점이다. 노력은 비록 작은 것일지라도 내게 긍정의 답을 가져다준다. 약속해 놓고 숨어버렸던 날, 뒷감당이 안 돼서 학교를 그만두고 싶은 마음도 들었다. 부끄럽고, 잘 안되고, 유독 내게는 어려운 일도 있다. 그럼에도 변화하고 싶다면 노력하자. 천천히, 꾸준히 노력하는 순간 신기하게도 앞으로 나아간다.

❼

멈춰 선 그곳에서 드리는 감사

이은혜

굳이 구구절절 이 이야기를 꺼내야 할까, 고민이 됐다. 쓰면서도 영 마음이 내키지 않았다. 그래도 넘어가야 할 산이 아닐까 생각하며 자판을 두드려본다.

고등학교 2학년에 올라가려면 문과, 이과 둘 중 하나의 과정을 선택해야만 했다. 요즘도 그렇지만, 그때도 문과보다는 이과가 취직이 잘된다고들 했다. 딱히 되고 싶은 꿈이 없었던 나는, 나중에 결혼해서도 일하기에는 약사라는 직업이 좋다는 아버지 말씀에 이과를 선택했다. 고1까지는 암기만으로도 어느 정도 잘 따라갈 수 있었다. 2학년이 되어 이과에 가니 물리와 화학, 수학 등이 더 어려워졌다. 이해가 잘되지 않았다. 친구들이라도 옆에 있었으면 좋았을 텐데, 친한 친구들은 거의 다 문과 성향이라 다른 반에 있었다. 이과 반에서 혼자 외롭고 힘든 시간을 보냈다. 공부보다 딴생각을 할 때가 많았다. 복잡한 마음은 일기를 쓰면서 달랬다. 일기장은 내 마음을 솔직하게 털어놓을 수 있는 유일한 공간이었다. 이런저런 생각들을 몇 페이지에 쭉 적고 나면 그나마 마음이 정리되곤 했다.

고2, 고3은 자기 자신과 싸움의 시간이었다. 어렵고 힘들어도, 잠이 오고 피곤해도 계속 이해하려고 노력하고 공부해야 했지만, 난 그런 노력이 부족했다. 나 자신과의 싸움에서 질 때가 많았다. 학업이며 가족 관계, 친구 관계에서 오는 스트레스 등을 지혜롭게 처리하지 못했다. 성적이 잘 나오지 않았다. 수능 시험 성적도 잘 받지 못했다. 재수라도 하고 싶었지만, 아버지가 반대하셨다. 아래로 동생들이 네 명이나 있고, 가정 형편도 어려우니 재수할 상황이 아니라고 하셨다. 대학원서도 고민하다가 아버지가 권하는 쪽으로 지원했다. 건설업을 하시는 아버지 일과 연관 지을 수 있을 것 같아서 다양한 전공이 있는 건축학부로 들어가게 됐다. 입학하고 보니, 대학도 전공도 다 마음에 들지 않았다. 뒤늦은 후회가 들었다. 더 열심히 공부할걸, 괜한 희망 품지 말고 문과로 갈걸, 다른 전공이나 좀 더 좋은 대학에 갈걸, 하루에도 여러 번 후회가 되었지만 돌이킬 수 없었다. 아버지의 말을 어기고 재수를 할 만한 용기가 없었다.

일단 입학했기에 성실히 학교에 다녔다. 결석하는 일 없이 꼬박꼬박 출석하고, 주어진 수업을 들었다. 부지런히 과제도 하고, 리포트도 정성껏 냈다. 중간, 기말시험을 치르고 1학년 1학기를 마칠 때쯤 낯선 번호로 전화가 걸려 왔다. 학교였다. 내가 전 장학금을 받게 됐다고 했다. 초등학교 때 이후로 1등은 처음이었다. 아버지가 기뻐하셨다. 2학년이 되니 세부 전공을 정해야 했다. 성적이 좋을수록 건축과를 지원하는 분위기였다. 조경 쪽을 생각하며 들어갔는데, 생각에도 없던 건축공학과를 들어가게 됐다. 처음엔 건축도 공부하고 조경도 같이 공부하면 좋겠다고 생각했지만, 수업을 들을 수는 있어도 복수 전공으로 인정되지는 않았다.

건축 전공을 택하면서부터 고행이 시작되었다. 건축설계, 건축구조, 구조역학, 공업수학 등 나와 맞지 않는 어려운 과목들을 배워야 했다. 주어진 것에 성실히 따라가는 스타일이었기에 열심히 배우고 익히긴 했지만, 대학 시절 내내 과제에 치여 살았다. 건축 도면 그리는 일은 왜 그리도 많던지, 특히나 설계 관련 과제가 가장 버거웠다. 잠도 얼마 못 자며 도면을 그려 가도 교수님 지적에 다시 그려야 했다. 커다란 제도판 위에 기다란 T자를 걸치고 삼각자와 모양 자를 들고서, 그리고 지우기를 반복했다. 그 위에 다시 제도펜으로 긋는 작업을 했다. 도면 한 장을 그리려면 시간이 꽤 오래 걸렸다. 어쩌다 미니 모형도 만들어야 할 때면 얇은 스티로폼 판과 칼, 철제 자, 접착제 등을 들고서 한참을 씨름해야 했다. 힘겨웠지만 계속할 수밖에 없었다. 어떻게든 졸업은 해야 했다. CAD로 건축 도면 그리는 일도 섬세함을 요구했는데, 깔끔하게 잘하지 못했다. 졸업 전시회가 다가오면서부터는 몇 달을 그렇게 고생했다. 조금 여유가 생겼을 땐 건축기사 자격증을 공부했다. 졸업하는 동기 중에 가장 먼저 취득했다는 말이 들렸다.

그럼에도 건축 관련 일은 하고 싶지 않았다. 나와 맞지 않는 일을 하면서 사는 건 고역이라 생각했다. 대학 졸업을 앞두고 아버지께 딱 일 년만 재수할 수 있게 해달라고 부탁드렸다. 아니면 대학원이라도 서울로 가고 싶다고 말씀드리니, 집에서 통학할 수 있는 가까운 곳으로 가라고 하셨다. 그동안 받은 장학금으로 보내주시겠다고 했다. 그나마 허락해주신 게 대학원 진학이었다. 우여곡절 끝에 건축설계를 다루지 않는 건축설비 관련 전공으로 진학하게 됐다. 도면을 그리지 않는 것만으로도 훨씬 부담감이 덜했다. 처음에는 집에서 통학하다가 기숙사에 들어가게 되었다. 그곳에서 기숙사 사람들과 같이 밥을 먹게 됐다. 남자 세 명과 여자 세 명이 같이 먹을 때가 많았다.

그해 2002년 여름, 한일 월드컵이 개최됐다. 전국에 응원 열풍이 불었다. 붉은 악마라고 호칭했던, 빨간 옷을 입은 사람들이 경기가 열릴 때마다 거리로 엄청나게 쏟아져 나왔다. 시내 한복판 전광판에도 축구 중계를 해줘서 사람들이 거리를 꽉 채울 정도로 모여들었다. 우리나라는 월드컵 4강까지 올라갔다. 월드컵이 열리는 기간 동안 우리 국민들은 내내 열광했다. 경기가 있는 날이면 거리의 자동차와 오토바이 경적도 "대~ 한민국! 짝짝짝~ 짝짝!" 응원박수에 맞춰 울렸다. 함께 밥을 먹던 우리는 축구 응원도 같이 다녔다. 그 중에 유달리 선해 보이는 사람이 있었다. 안경 너머로 보이는 눈망울이 소눈을 닮은 듯 크게 껌벅이는 사람이었다. 한 번씩 안 보이면 어디 갔나 궁금했고, 왠지 허전하게 느껴졌다. 점점 정이 들어가면서 문자와 편지도 주고받게 되었다. 그때 우리 나이 스물넷, 스물여덟이었다. 학교 캠퍼스를 거닐던 그 시절이 가장 자유롭고 행복한 시간이었다.

그러다 다음 해 겨울, 갑자기 결혼을 서두르게 됐다. 어르신들 나이가 많으시고 몸이 편찮으신 관계로 빨리 결혼을 했으면 한다고 했다. 농번기가 되기 전에 하는 게 좋겠다고 하셔서 시댁 쪽의 의견을 따르게 됐다. 부모님은 못마땅해하셨지만, 다른 선택은 몰라도 결혼만은 아빠가 반대하셔도 하고 싶었다. 박사 과정을 고려하며 진학했지만, 시어머니 되실 분은 여자가 굳이 박사 과정을 할 거 있냐고, 그냥 취직해서 돈도 벌고 하루빨리 자리 잡는 게 더 낫다고 말씀하셨다. 눈치를 살피다 나중에 공부하는 방향으로 마음을 바꿨다. 급히 알아보니 취직할 곳이 마땅치 않았다. 몇 곳에 원서 냈다가 건축설계 회사에 들어가게 됐다. 1월 초에 인턴으로 취직했고, 2월에 졸업식을 하고, 3월에 결혼식을 올렸다. 설계 회사는 업무가 많았다. 야근은 기본이고, 주말에도 나오길 요구했다. 캐드로 계속 도면을 그리고 수정하는 설계 일은 역시 나와 맞지 않았다. 5개월 정도밖에 다니지 못했다. 거의 6년간 건축 분야에 머물렀는데 퇴사 이후로는 전혀 전공을 살리지 못했다.

되돌아보니 학교를 오간 시간, 과제 하느라 들인 노력과 수고, 학비 등을 생각하면 헛수고를 한 거 같았다. 왜 결혼을 일찍 했을까, 제대로 직장을 잡고서 늦게 결혼할걸, 공부라도 더 해볼걸, 이런저런 후회에 속앓이할 때가 많았다. 어느 날, 속상해하는 나를 보며 남편이 얘기했다. "그게 다 나를 만나려고 그랬나 보지 뭐. 나를 만나기 위함이었다고 생각해. 허허허." 남편이란 사람을 만나기 위해 그렇게 맞지 않는 전공을 공부하며 힘든 길을 걸어왔던 것일까? 답을 알 수도 없고, 남편 말이 맞다고 동의할 수도 없었지만, 뚱딴지 같은 그 말이 한편으로는 위로가 됐다. 남편을 만났기에 지금의 가정을 이루었고, 사랑하는 딸과 두 아들을 만날 수 있었던 것은 분명하니까.

일찍이 꿈이 있었더라면 적성에 맞는 전공을 택하고, 더 좋은 직장을 들어갔더라면 시간 낭비하지 않고 후회도 덜했을 텐데 하는 아쉬움이 없지는 않다. 가보지 않은 길이라 어떤 일이 생겼을지는 모르겠지만, 그래도 후회 없는 인생이 어디 있을까. 좋은 회사에 다니며 경제적 여유를 누리고 살았더라면 좋았겠지만, 우리 아이들을 다 만날 수 있었을지는 잘 모르겠다. 여행스케치의 '운명'이라는 노래 가사처럼, 이렇게 넓은 세상과 수많은 사람 가운데서 남편과 자녀들을 만난 건 행운이고, 기쁨이다.

때로 다투고 시끄러울 때도 있지만, 가족은 그 어떤 직업, 그 무엇과도 바꿀 수 없는 소중한 존재들이다. 우리가 살아 있는, 살아 숨쉬는 이유 아닐까.

살아가다 보면 힘든 일을 만난다. 실패를 거듭하기도 하고, 원치 않는 일을 하게 되기도 한다. 지난 시간에 대한 후회와 한숨이 마음을 억누를 때도 있다. 인생이 원하고 바라는 대로 흘러갈 수 있다면 좋겠지만 그렇지 않더라도 마냥 후회 속에 힘들어하지 않기를 바란다.

사방이 다 막힌 것 같아도 하늘만은 열려 있다. 주도적이지 못했고 사람들 말에 흔들렸던 나였지만, 그 가운데도 섭리와 인도하심이 있었다. 또 다른 길을 열어주셨다. 멈춰 선 그곳에서 감사를 떠올릴 수 있었다. 감사로 힘을 내는 우리네 삶이면 좋겠다.

8

끝이 아니라 시작이었다

이창현

어린 시절부터 저는 공부를 열심히 했습니다. 아이들에게 '학습 동기'를 가르치면서 깨달았지만, 돌이켜보면 제 공부의 원동력은 순수한 배움의 즐거움이 아니었습니다. 남에게 지기 싫은 마음, 더 나은 성과를 내고 싶다는 경쟁심이 저를 움직였습니다. 공부도 잘하고 싶었고, 친구들과도 좋은 관계를 맺고 싶었습니다. 시험 기간이 되면 잠을 줄이며 벼락치기에 몰두했습니다. 좋은 성적을 받고 싶었기 때문입니다. 노력의 결과로 중학교를 우수한 성적으로 졸업하고, 고등학교를 최상위권으로 입학했습니다.

하지만 문제는 그때부터였습니다. 언제나 그렇듯, 가장 경계해야 할 순간은 '잘하고 있을 때'라는 사실을 저는 미처 알지 못했습니다. 자만했고, 어린 시절부터 너무 달려온 탓인지 고등학교에서는 모든 것이 뜻대로 되지 않았습니다. 국어, 수학, 영어 어느 것 하나 예전처럼 쉽게 성적이 나지 않았습니다. 그러나 포기할 수는 없었습니다. 원하는 대학에 가기 위해서는 반드시 좋은 결과를 얻어야 했습니다. 부족한 부분을 하나씩 채워나갔고, 점차 학습에 몰입하면서 마침내 고3 때는 만족할 만한 성적을 거두었습니다.

하지만 진짜 시험은 이제부터였습니다. 그동안 치러온 모든 시험이 '수능'을 위한 연습이었다고 믿었습니다. 시험 두 달 전부터는 실제 수능 시간표에 맞춰 철저히 준비했고, 컨디션을 조절하는 방법도 연습했습니다. 하지만 모든 계획이 무너진 것은 시험 전날이었습니다. 극도의 긴장감과 부담감 때문이었을까요? 도무지 잠이 오지 않았습니다. 머릿속에는 온갖 생각들이 뒤엉켰고, 불안감은 점점 커졌습니다. 밤새워 뒤척이다 결국 한숨도 자지 못한 채 시험장에 들어섰습니다.

첫 과목은 언어영역이었습니다. 하지만 문제를 읽어도 머릿속에 문장이 들어오지 않았습니다. 컨디션이 좋지 않았던 탓인지, 작은 실수가 꼬리를 물고 이어졌습니다. 시간이 갈수록 조바심이 났고, 결국 예상했던 것과 전혀 다른 결과를 받아들여야 했습니다. 시험장을 나서며, 그동안의 노력이 주마등처럼 스쳐 지나갔습니다. 가채점 결과는 충격적이었습니다. 평소 받던 점수의 반에도 미치지 못했습니다. 재수하고 싶었지만, 부모님의 반대가 완강했습니다. 결국 선택한 길은 '일단 대학에 가자.'라는 것이었습니다. 지역에서 이름 있는 대학에 입학했지만, 제 마음속에는 '도전'이라는 단어가 계속 맴돌았습니다. '지금이 아니면 다시는 도전할 수 없을지도 몰라.'

부모님의 반대를 무릅쓰고 5월에 휴학을 결정한 후, 재수 학원으로 들어갔습니다. 이번이 마지막이라는 각오로 임했습니다. 공부는 힘들었지만, 오히려 지난번보다 마음은 편했습니다. 이미 한 차례 실패를 경험했기에, 어떻게 준비해야 할지 더 잘 알고 있었습니다. 기존의 학습을 기반으로 부족한 부분을 보완해나갔고, 점수도 빠르게 올랐습니다. 그러나 문제는 다시 '수능 전날'이었습니다. 트라우마처럼 작년의 기억이 떠올랐습니다. 몸을 이리저리 뒤척여보았지만, 끝내 깊은 잠에 들지 못했습니다. 초조함은 걷잡을 수 없이 커졌고, 불안한 마음은 더욱 잠을 방해했습니다. 결국, 두 번째 수능도 컨디션이 완벽하지 않은 상태에서 치르게 되었습니다.

다행히 철저한 준비 덕분에 첫 번째보다 훨씬 좋은 점수를 받을 수 있었습니다. 오랜 시간 꿈꿔온 '한의사'라는 목표도 현실이 될 수 있다는 희망이 보였습니다. 면접까지 무사히 마쳤고, 후보 16번이라는 결과를 받았습니다. 작년 합격 데이터를 보니 20번 대까지 추가 합격이 이루어졌기에, 합격할 수 있어 보였습니다. 그러나 결국 추가 합격은 후보 15번까지였습니다. 단 한 자리 차이로, 저는 그 기회를 놓치고 말았습니다. 그 순간, 세상이 무너지는 것 같았습니다. '왜 하필 나에게 이런 시련이 닥친 걸까? 이 중요한 순간에, 왜 나만 이런 결과를 받아야 하는 걸까?'

받아들이기가 너무나 힘들었습니다. 저는 노력하는 사람에게 반드시 좋은 결과가 따를 것이라 믿었습니다. 그러나 현실은 달랐습니다. 노력만으로는 어쩌지 못하는 일이 존재한다는 사실을 깨달아야 했습니다.

이후, '시험'이라는 단어 자체가 트라우마가 되었습니다. 운이 없었다고 생각하니 도무지 잠을 잘 수도 없었습니다. '딱 한 명만, 단 한 명만 빠져주었더라면!' 그 생각이 머릿속을 맴돌았고, 아픈 기억은 쉽게 잊히지 않았습니다. 시간이 흐르면서 마음은 조금씩 진정되었지만, 평소에 늘 자신감 넘치던 저였기에 상처는 쉽게 아물지 않았습니다.

혼자 감당하기 힘들었던 저는 오랜 멘토이신 선생님을 찾아갔습니다. 흔들리는 마음을 안고 고민을 털어놓자, 선생님께서는 조용히 저를 바라보시더니 흐르는 강물에 빗대어 말씀하셨습니다.

"강물은 위에서 아래로 흐르지만, 가는 길이 모두 같지는 않단다. 어떤 물은 웅덩이에 고이고, 어떤 물은 바다로 흘러가며, 또 어떤 물은 잠시 멈춰 있다가 다시 흐르기도 하지. 우리네 인생도 다를 게 없어. 지금은 멈춰 있는 것처럼 보일 수도 있고, 남들과 다른 길을 걷는 것처럼 느껴질 수도 있겠지. 하지만 지나고 보면 이 순간조차도 하나의 과정일 뿐이야. 그리고 중요한 건, 멈춰 있는 물이 흐르기를 포기하지 않는다면, 결국 다시 바다로 향하는 길을 찾게 된다는 거란다."

그 말을 듣는 순간, 가슴 깊이 울림이 왔습니다. 비록 피하고 싶었던 경험이었지만, 저는 그것이 제가 반드시 넘어야 할 과정이라는 것을 알게 되었습니다. 그동안 저는 강물처럼 쉼 없이 흘러가야만 한다고 믿어왔습니다. 멈추는 것은 실패라고 생각했습니다. 하지만 선생님의 말씀을 통해 알게 되었습니다. 강물은 때로는 웅덩이에 고일 수도 있고, 예상치 못한 장애물에 막히기도 하지만, 결국 다시 흐를 길을 찾는다는 것을 말입니다. 우리의 삶도 마찬가지가 아닐까요? 때로는 웅덩이에 고이고, 예상치 못한 장애물에 막히기도 합니다. 하지만 포기하지 않는다면 반드시 다시 흘러갈 길을 찾게 됩니다. 길만 있다면, 우리는 끝까지 나아갈 수 있습니다. 그리고 강물이 결국 바다를 향하듯, 우리 인생도 결국 우리가 가야 할 방향을 찾아 흘러가게 될 것입니다.

❾

결국, 해피엔딩

이해랑

6천만 원이면 살 수 있었던 집이 몇 년 전 최고가 18억 원을 찍었다. 호가는 그 이상이었다. 20년도 더 지났지만, 아직도 기억이 생생한 것은 그때 놓친 기회가 두고두고 아쉬운 까닭이다.

결혼 후 2년의 신혼집 전세 만기가 끝날 무렵이었다. 새로운 보금자리를 찾기 위해 집을 알아보고 있었다. 형편에 맞는 집 구하기가 쉽지 않았다. 당시 둘째 언니는 암사동에 작은 아파트를 가지고 있었다. 여유 자금으로 투자한 낡은 아파트였다. 재건축 이야기가 나오던 때였다. 내 사정을 들은 언니는 가진 돈이 얼마냐고 물었다. 결혼 전부터 붓고 있던 남편 적금과 전세금을 합해 육천만 원이 전부였다. 그 집 시세는 1억 5천이었다. 언니는 나에게 육천만 원에 팔겠다고 했다.

며칠 후 아파트를 보러 갔다. 좁고 낡은 아파트였다. 방 두 칸이지만 하나는 사실상 쓰기 어려웠다. 첫째는 아직 돌이 안 됐고, 둘째는 배 속에 있었다. 불편한 생각이 먼저 들었다. 언니는 수리해서 살라고 했다. 재건축될 때까지만 참으라면서. 그때만 해도 돈에 관한 개념이 없었다. 돈보다 살기 편한 곳을 더 좋아했다. 망설이다 포기했다.

6년 뒤, 재건축되어 새로운 아파트가 들어섰다. 방 두 칸 낡은 아파트가 40평으로 바뀌었다. 6천만 원이면 내 것이 될 수 있었던 아파트였다. 그때 배 속에 있던 둘째가 대학생이 되었을 무렵, 그 집은 18억이 되어 있었다. 지금이야 웃으며 '내 집이 될 운명이 아니었나 보다.' 하고 말하지만, 집값 이야기가 들려올 때마다 발등을 찍었다.

부동산과 좋지 않은 인연은 신혼 때부터였다. 결혼을 앞두고 집을 구할 때였다. 예비 신랑이었던 남편은 분당에서 신혼 생활을 하고 싶어 했다. 퇴근 후 남편과 함께 분당에 갔다. 꽃샘추위가 시작되고 있었다. 1990년대 후반, 분당에는 막 아파트가 생겨나고 있었다. 새 아파트들이 줄지어 서 있었다. 아파트 사이 공간들 조경은 미완성이었다. 포장 안 된 도로가 많았다. 상가는 드문드문 있어서 생필품 살 곳이 마땅치 않아 보였고 버스조차 잘 다니지 않아 불편했다. 날이 어두웠지만 도시 불빛이 없었다. 휑한 도시가 마음에 들지 않았다. 발길을 돌렸다.

최근에 신분당선을 타고 분당에 갔다. 커다란 시계탑 있는 서현역 주변을 보았다. '천당 아래 분당'이라는 말이 실감 났다. 신혼집을 구하러 갔을 때와는 차원이 달랐다. 현대적 디자인 건물들, 복합 상가와 아파트가 조화를 이루어 살기 편리해 보였다. 공원과 녹지 공간이 많아 쾌적했다. 강남권과도 가까워서 듣던 대로 젊은 세대가 좋아할 만했다. 교육을 위해 이사하는 사람도 많다고 들었다. 정자동 카페 거리, 상업 시설, IT 기업들이 눈에 들어왔다. 이제 분당은 나에게 넘볼 수 없는 곳이 되었다.

결국 남편 회사 가까운 곳에 신혼집을 구하기로 했다. 우리 두 사람 통장 합쳐도 아파트는 무리였다. 올림픽공원 근처 방 두 칸짜리 빌라 전세를 얻었다. 5층짜리 신축 빌라였다. 1층은 부동산이었고, 2층은 한의원이었다. 옆 건물 역시 같은 구조의 빌라였고 건물 1층에는 치킨집이 있었다. 휴직 중이었던 나는 종일 닭 튀기는 냄새를 맡았다. 역한 냄새가 코를 찔렀다. 임신 초기에는 닭 냄새가 올라올 때마다 화장실로 달려갔다.

불편함은 그뿐만이 아니었다. 주차 문제가 컸다. 좁은 주차장으로 인해 매번 차를 빼달라고 해야 했다.

한번은 2층 한의원 원장의 쏘나타가 우리 차를 가로막고 있었다. 원장에게 차를 빼달라고 부탁했다. 원장은 바빠서 내려올 수 없다고 했다. 차 열쇠를 줄 테니 남편더러 빼고 나가라 한다. 한의원 원장이 차 열쇠를 건넸다. 남편은 차를 빼려다 맞은편 담벼락을 받았다. 이마가 운전석 앞 유리에 부딪혔다. 현관 앞에 서 있는 남편을 보았다. 이마에서 피가 흘러내리고 있었다.

사고의 이유가 있었다. 오른쪽 다리가 불편했던 한의원 원장의 쏘나타는 개조된 장애인용이었다. 가속 페달과 클러치 페달이 일반 차와 달랐다. 가속 페달은 넓고 낮다. 자동변속기(기어를 자동으로 변속해주는 것)가 있어서 클러치 페달은 아예 없었다. 하지만 원장은 아무 말 없이 키를 내주었다고 한다. 남편은 멈추기 위해 브레이크 페달에 발을 올렸지만, 그것은 가속 페달이었다. 한의원 원장 차와 앞집 담을 원상 복구해주는 것에 수백만 원이 들었다. 장애인용으로 개조된 차량인 것을 알리지 않은 채 키를 건네준 원장이 야속했다. 2년 전세 만기를 간신히 채웠다.

빌라에 질린 나는 대출을 받아 25평 아파트를 장만했다. 주차 걱정 없고 아이 키우기에도 만족스러웠다. 5년쯤 살고 난 후 더 넓은 집에 살고 싶어졌다. 용인 신도시에 34평 청약을 넣었고 당첨되었다. 처음엔 운이 좋았다고 생각했다. '드디어 운이 터지려나 보다!' 라는 생각조차 들었다. 분양가 2억 3천만 원에서 입주 시점에는 5억 원까지 올랐으니 말이다. 부동산 전문가는 더 오를 거라고 자신했다. 그 말에 솔깃해진 나는 2년간 전세로 내준 뒤 매도하리라 마음먹었다. 막상 전세 만기가 되었을 땐 집값이 내려가기 시작했다. 매도하려던 마음 접고 다시 전세를 주었다. 집값이 오르길 기대했지만, 5억 원까지 올랐던 가격은 3억 원 초반을 살짝 웃도는 정도였다. 6년 동안 오르기를 기다리다가 결국 3억 대에서 팔았다. 애꿎은 부동산 전문가만 탓했다.

2020년 겨울, 부동산이 술렁였다. 당시 서울에서 의정부로 이사해 살고 있었다. 아파트 상가 공인중개사는 젊고 싹싹했다. 그녀를 통해 당시의 집을 계약했었다. 오며 가며 자주 마주쳤다. 처음엔 인사만 하다가 이야기도 나누게 됐다. 2021년 새해가 밝자마자 그녀가 말했다. "요즘 우리 아파트 매물이 없어요." "가격이 하루가 달라요." "전셋값이 자고 나면 오르네요." 마주칠 때마다 집값 이야기였다. 공인중개사의 말이 신경 쓰였다. 방송 매체나 부동산 전문가들도 하나같이 서울이 답이라고 했다. 나 역시 다시 서울로 갈 기회인 것만 같았다. 종잣돈은 따로 없었다. 집을 팔기로 했다. 큰딸 유이는 대학을 졸업했고 둘째 재이는 대학 졸업 2년 남은 상황이었다. 마지막 기회라고 남편을 설득했다. 하지만 비싼 값에 팔아서 싼값에 사려고 머뭇대다가 타이밍을 놓쳤다. 봄을 지나 여름에는 부동산 최고점이었다. 썩어가는 집도 오르고 강아지 집도 오른다는 말이 있을 정도였다. 폭염이 한창인 7월에 집을 매도하고 꼭대기에서 샀다. 오래된 아파트였고 재건축을 기대했다. 두세 달 후 집값이 내려가기 시작했다. 4년이 지났지만, 회복하지 못하고 있다.

삶은 예상치 못한 일의 연속이다. 부동산 투자, 실패만 거듭한다고 생각했다. 실수했고 실패했다. 하지만 실패를 통해 알았다. 노력 없이는 부자가 될 수 없다는 것을. 부동산 경제를 공부했다. 재테크 관련 책 읽고 경제 신문도 읽었다. 부동산에 대해 알지 못했던 시절 다른 사람 말에만 의존했었다. 이제는 남이 아닌 나를 믿는다. 시간을 내어 현장을 직접 찾아가고 건물 상태, 주변 환경, 교통, 상권 등을 눈으로 확인한다.

긴 인생에서 실수와 실패는 내가 성장하는 과정이었다. 실패한 후에야 실패하지 않을 방법을 배웠다. 머피의 법칙이라는 말이 있다. 잘해보려고 최선을 다하지만, 자꾸 일이 꼬이고 나쁜 결과가 생기는 것을 두고 하는 말이다. 한쪽 문이 닫히면 다른 문이 열린다는 말처럼 머피의 법칙에도 다른 문은 있다. 샐리의 법칙이다. 영화 '해리가 샐리를 만났을 때'에서 여주인공 샐리의 모습에서 생겨난 말이라고 한다. 얽히고 엇나가도 삶은 결국 해피엔딩이다. 내 인생 머피의 법칙보다 샐리의 법칙으로 살아보자.

10

불안해도 괜찮아, 다시 일어서기만 한다면

조지연

동네 작은 치과에서 일했다. 몸과 마음이 편했다. 일도 손에 익어서 익숙했다. 치과위생사로서 이름을 알리고 돈도 많이 벌고 싶었다. 우물 안 개구리 같다는 생각을 했다. 5년 차 치과위생사가 되었다. 웬만한 일은 자신 있었다. 여기 말고 더 큰 곳에서 임플란트 수술도 많이 하고, 상담도 전문적으로 하겠다며 자신 있게 퇴사했다. 규모가 크고 새로운 K 치과에 일자리를 구했다. 내 목소리는 크고 눈빛은 초롱초롱했다. 환자가 오면 환하게 웃으며 인사했다. 원장은 나를 보며 흐뭇하게 미소 지었다. 출근하면 가만히 앉아 있는 일이 없었다. 다른 직원들이 쉬고 있을 때는 더 할 일은 없는지 살폈다. 쓰레기를 찾아 바로 버리고 보이지 않는 먼지도 꼼꼼하게 청소했다. 남들은 금방 할 일도 나는 세심하게 하느라 시간이 오래 걸렸다. 출근도 가장 먼저 했다. 집에서 치과까지 버스로 한 시간 걸렸다. 출근 전에는 새벽 수영을 가기도 했다. 아침 버스에 앉자마자 잠들었다. 내리기 직전 눈을 뜨는 날이 종종 있었다. 어떤 날은 졸다가 한 정류장 더 가서 내리기도 했다. 다행히 남들보다 일찍 집에서 나섰기에 지각한 적은 한 번도 없었다. 완벽하게 보이고 싶었고 잘하고 싶었다. 한 번의 실수로 인해 낙인이 찍혔다. 하루는 실장이 임플란트 수술 준비를 시켰다. 다른 사람이 하는 거 한 번 보고 바로 혼자 하라고 했다. 소독된 석션팁을 비닐에 씌우려다 꽂혀 있던 석션기를 바닥에 떨어뜨렸다. 소독된 장갑을 끼고 있었기에 소독된 거 외에는 함부로 만지면 안 된다. 다른 사람을 불러서 주워달라고 하면 되는데 다들 바빠 보였다. 혼자서 해내는 모습을 보여주고 싶었다. 고민하다가 소독된 장갑을 낀 채 떨어진 석션기를 잡았다. 어차피 소독된 비닐을 씌우면 되니 괜찮다고 생각했다. 그 모습을 실장이 봤다. 바로 불호령이 떨어졌다.

"지금 뭐 하는 거야!"

크게 소리쳤다. 소독된 글러브로 바닥에 떨어진 걸 잡으면 어떡하냐, 앞으로 어떻게 믿고 맡길 수 있겠냐고 했다. 그때부터가 시작이었다. 내가 일을 하면 믿지 못해 다시 확인했다. 환자는 쉴 틈 없이 몰렸다. 임플란트 수술 어시스트도 많이 하고 싶었지만, 이미 원장과 손발이 맞춰진 직원을 대신할 수는 없었다. 오히려 지난 규모 작은 병원보다 배우는 게 더 한정적이었다. 몰려드는 환자를 쳐내기 급급했다. 대표원장과 페이닥터 원장 두 명, 총 세 명의 원장이 있었다. 직원도 많고 환자도 많았다. 상담은 상담실장이 대부분 상담실에서 했다. 배우고자 하는 의지로 가득했다. 그 열정도 점점 사라져갔다. 반복되는 진료에 기계적으로 일했다. 위계질서가 엄격했다. 선배들은 단호하게 대했다. 실수 한 번이라도 하는 날은 불러서 눈물이 쏙 빠지도록 혼냈다. 나와 나이가 같은 동기가 있었다. 그 친구는 얼굴도 예쁘고 선배들과도 잘 지냈다. 선배들이 예뻐하니 더 즐거워 보였다. 나도 사랑받고 싶었다. 더 열심히 일만 했다. 성실하면 잘해줄 줄 알았다. 달라지는 건 없었다. 선배들은 여전히 그 동기에게만 친절하게 대했다. 동기는 일보다 사람들과 대화하는 시간이 많았다. 일보다 더 중요한 건 친밀감을 쌓는 것이었다. 어떤 방식으로 관계를 맺고 지내는지가 중요했다. 그때는 알지 못했다.

엄마가 뇌출혈로 쓰러졌다. 직장 사람들과 관계도 편하지 않은 그 시기 엄마는 중환자실에 입원했다. 면회도 아무 때나 되지 않았다. 아침과 저녁 7시, 딱 두 번만 면회할 수 있었다. 중환자실에서 엄마가 깨어나지도 못하고 있을 때조차 직원들에게 힘들다고 말하지 못했다. 사람들에게 약한 모습을 보이기 싫었다. 말하면 더 힘들어질 것 같았다. 최대한 괜찮은 척하며 밝게 지냈다. 4년을 버텼다. 실장이 나를 불렀다. 우리 병원과 맞지 않는 것 같다고 했다. 힘들게 일했지만 돌아온 건 권고사직이었다. 차라리 마음이 편했다. 이제 눈치 보며 견디지 않아도 되겠구나 싶었다. 마음 한구석은 허무하고 허탈했다. 그동안 버티며 일해온 결과가 맞지 않는 것 같다니.

실업급여를 신청하고 한 달 정도 집에서 쉬었다. 재충전의 시간이었다. 쉬고 있어 몸은 편했지만, 가만히 있자니 불안했다. 다시 교차로를 찾았다. 집에서 가까운 곳에 치과가 있었다. 면접을 보러 갔다. 치과위생사는 경력이 인정되고 재취업이 쉽다. 다행히 바로 일자리를 구했다. M 치과에 출근했다. 처음에는 분위기가 좋았다.

사람들과 잘 지내기 위해 노력했다. 일보다 중요한 건 관계라는 것을 전 직장을 통해 깨달았기 때문이다. 사람들과 사소한 이야기도 많이 하고 친하게 지냈다. 직원들과 잘 지내니 병원 생활이 즐거웠다. 하루하루 일하러 가는 발걸음이 가벼웠다. 이제 직장 생활은 문제가 없을 것 같았다. 딱 하나 문제가 있다. 원장과의 관계다. 그 전 직장에서 원장이 하던 업무를 이 직장에서는 직원이 했다. 법적으로 문제 되지 않는 선에서 원장은 직원에게 일을 맡겼다. 해보지 않았던 일을 하니 남들보다 시간이 걸렸다. 원장은 빠르게 하길 바랐지만 좀처럼 손에 익지 않았다. 몇 개월이 지나고 원장이 나를 불렀다. 우리 치과와 맞지 않는 것 같다고 했다. 연속으로 두 번 권고사직을 당했다. 결혼을 한 달 앞두고 있었다. 예비 남편인 남자 친구에게도 이 사실을 말할 수 없었다. 부끄럽고 자존심 상했다. 어린 나이도 아니고 서른이 넘었는데 내가 설 자리는 없는 것 같았다. 능력 있는 여자라고, 치과위생사는 전문직이라고 남자 친구에게 당당하게 말했는데 한숨만 나왔다. 직장에서 짐을 싸서 집으로 갔다. 거실에 엄마가 있었다. 고개를 숙이고 엄마에게 있었던 일을 말했다. 엄마는 인상을 찌푸리며 한숨을 내쉬었다. 예민해서인지 지저분한 집이 눈에 거슬렸다. 엄마에게 집 좀 깨끗하게 하고 살자고 깔끔하게 치우라고 말했다. 엄마는 내게 짜증 섞인 목소리로 말했다.

"직장에서 짤린 주제에! 니 일이나 똑바로 해라!"

기분이 나빴다. 맞는 말이라 아무 대꾸도 하지 못했다. 마음이 급했다. 당장 다음 주 결혼이다. 면접을 보러 다녔다. 두 번이나 내쳐진 상황을 받아들이기 힘들었다. 내게 어떤 문제가 있는 것일까. 인정하기 싫었다. 결혼 일주일 앞두고 면접 보러 왔다 하니 원장이 나를 이상한 눈으로 쳐다보았다. 면접 질문도 하지 않았다. 알겠다는 말만 한 뒤 나를 보냈다. 당연히 연락이 오지 않았다. 인생은 내 마음대로 되지 않는다. 나는 직장에서 내쳐진 사람, 별 볼 일 없는 사람이라는 생각이 가장 괴로웠다.

지금 내 나이 마흔이다. 이제는 스스로 비하하고 자책하는 행동은 하지 않는다. 아침마다 책을 읽고 긍정적인 말을 나에게 한다. 책을 보면 힘든 상황을 꿋꿋하게 이겨낸 사람들 이야기로 가득하다. 거울을 보며 나는 괜찮은 사람이라고 말한다. 조금 부족한 나를 인정하고 받아들이기로 했다. 내가 나를 못 믿고 미워했다. 지금은 나를 충분한 사람이라고 있는 그대로 예뻐하기로 했다. 내가 바뀌니 환경도 바뀐다. 우여곡절을 겪었으나 여전히 치과위생사로 일하고 있다. 지금은 이제껏 다닌 직장 중 가장 만족스러운 곳에 다니고 있다. 원장과 직원들 다 같이 일본 여행도 다녀왔다. 원장은 직원들에게 늘 고맙다고 한다. 매일 커피를 사주신다. 서로 돕고 지내야 한다며 말 한마디도 따뜻하게 해준다. 서로 감사하다는 말을 자주 한다. 출근하는 날이 기대되고 설렌다.

실패와 좌절은 앞으로 잘되기 위한 과정이다. 편하게만 지내왔다면 절실한 게 있었을까. 더 강해질 수 있었을까. 힘들었던 직장 생활이 있었기에 지금이 얼마나 소중한지 안다. 인생은 어떻게 넘어지느냐보다 어떻게 일어나느냐에 달려 있다고 한다. 넘어지더라도 다시 일어나고 도전하면 더 좋은 곳이 기다리고 있다. 포기하지만 않는다면 결국 원하는 것을 이룰 수 있다.

11

아픔이 지나간 자리

최향미

"나 이제 죽고 싶어." 남편에게 힘없이 말했다.

아파트 17층에서 살았다. 그날은 거실 창문을 열자 미세먼지로 하늘이 온통 흐릿했다. 뿌연 풍경을 바라보며 내 마음도 저 하늘 같다고 생각했다. 다리를 절뚝거리며 안방으로 들어가 침대에 누웠다. 저녁이 되자 현관문이 열리는 소리가 들렸다. 남편이 들어와 조심스럽게 물었다. "몸은 좀 괜찮아?" 내 손을 꼭 잡았다. 나는 말없이 남편을 바라보다 말했다. "나 이제 정말 죽고 싶어." 남편은 다크서클 짙게 내려앉은 눈으로 깜짝 놀라 나를 보았다. 침묵이 흘렀다. 내 손등 위로 차가운 무언가가 떨어졌다. 남편의 눈물이었다. "그러기만 해봐. 나도 바로 창문 열고 뛰어내릴 거야." 남편은 눈물을 흘리며 단호하게 말했다. 처음엔 남편이 죽지 말라고 할 줄 알았다. 곧 몸이 나을 거라고 위로할 줄 알았다. 아이처럼 서럽게 울고 있는 남편을 보았다. 결혼식 날 웃으면서 손을 잡았던 우리에게 이런 일이 생길 줄은 몰랐을 것이다. 남편의 손을 잡고 말했다. "그만 울어. 안 죽을 거야. 살 거야. 누구보다 잘 살 거니까 울지 마."

시작은 자궁 외 임신이었다.

2012년 7월, 임신 테스트기에 두 줄이 나왔다. 남편은 임신 테스트기와 나를 번갈아 보며 "정말? 임신이라고?" 환하게 웃었다. 우리는 서로를 꽉 껴안았다. 결혼 3년 만에 임신이었다. 매일 한 줄만 보이던 임신 테스트기에서 두 줄을 보니 행복했다. 하지만 기쁨도 잠시, 희미한 선이 마음에 걸렸다. '혹시나 임신이 아닌 건 아닐까?' 하는 생각이 들었다. 다음 날 아침, 다니던 대학병원을 찾았다. 피 검사를 하고 진료실에 들어갔다. "임신입니다. 다만…." 의사가 말했다. 피검사 수치가 다른 사람들보다 좀 낮다고 했다. 임신이라는 말에 세상을 다 가진 듯 행복했다. 한 달 전, 시험관 시술에 실패했다. 그런데 다음 달에 바로 자연 임신이라니 기적 같았다. 의사는 피 수치가 낮아서 다시 피검사를 하자고 했다. 세 번째 피검사 결과를 보고 의사는 미간을 좁히며 말했다. "피 수치가 원래 두 배, 네 배로 올라야 하는데 너무 조금씩 오르고 있어요." 다음 검사에서도 피수치는 많이 오르지 않았다. 초음파 검사를 했다. 초음파 기계를 이리저리 움직였지만, 자궁 속 아기집은 확인할 수 없었다.

2주 후, "자궁 외 임신이에요. 유산을 해야 합니다." 의사의 차가운 목소리가 들렸다. 피 수치가 너무 낮았고 아기집도 보이지 않는다고 했다. 심장이 떨리고 눈물이 흘렀다. 그대로 두면 나팔관이 파열될 수 있다는 인터넷 기사를 봤다. 결국 의사 말대로 유산을 유도하는 MTX 주사를 맞기로 했다. 보통은 한두 번만 맞으면 피

수치가 떨어질 거라고 했다. 하지만 내 경우는 주사를 맞을 때마다 피 수치는 오히려 조금씩 올라갔다. 검사 결과를 들을 때마다 배 속에서 살아가려고 애쓰는 작은 생명을 살릴 수 없는 것 같아 마음이 아팠다. 아침 일찍 대학병원에 가서 피를 뽑고, 검사 결과를 듣기 위해 오후 늦게까지 기다렸다. 네 번째 MTX 주사를 맞던 날, 간호사가 흥분한 목소리로 말했다. "드디어 피 수치가 떨어졌어요." "다행이네요." 나는 씁쓸한 미소를 지으며 말했다. 8주 만에 유산이 되었다.

집으로 돌아와 현관문을 열자마자 참았던 눈물이 쏟아졌다. 거실 바닥에 털썩 주저앉아 소리 내며 울었다. 뱃속에서 품지 못한 아이가 떠났다는 사실이 너무 가슴 아팠다. 눈물이 멈추지 않았다. "복땡아, 엄마가 품어주지 못해서 미안해." 그날 미소를 지었던 내 모습이 용서되지 않았다. 나는 평소에도 잘 웃는 사람이었다. 아파도 얼굴을 찡그리기보다 웃으면서 아프다고 말했다. 상처가 많은 사람은 그걸 감추기 위해 웃음을 짓는다는 말이 떠올랐다. 평소 잘 웃는 습관이 있었다. 그렇더라도 그런 나를 용서할 수 없었다. 침대에 누워 종일 나 자신을 원망했다. "왜 하필 나에게 이런 일이 일어난 거야? 어떻게 그 순간에 웃을 수 있어." 매일 밤, 머릿속에서 끊임없이 나 자신을 미워했다.

한 달이 지났다. 침대에서 내려오려다 발이 바닥에 닿는 순간 아픔이 밀려왔다. 병원에 가보니 지간 신경종이라고 했다. 발가락 사이에 염증이 생기는 병인데 한두 군데가 아닌 네 군데에 신경이 부어 있다고 했다. 걸을 때마다 찌릿한 통증이 느껴졌다. 잘 걷지 못해서 남편은 가끔 나를 업고 다녔다. 침대에 누워 지내는 시간이 길어지자, 허리에도 척추 불안정증이라는 병이 생겼다. 몇 달 지나자 족저근막염까지 생겼다. 만성 후두염, 위염, 안구 건조증, 알레르기성 결막염까지 생겼다. 자동차 문을 닫다가 실수로 손가락이 골절되어서 왼쪽 손가락 수술을 받았다. 한 손으로 무거운 프라이팬을 들다가 손목에 건초염과 손목 터널 증후군이 왔다. 눈은 염증으로 따갑고 손은 찌릿했고, 허리 통증으로 일어날 수도 없었다. 허리에서 발목까지, 위장까지, 온몸이 아프지 않은 곳이 없었다.

남편이 웃으며 말했다. "우리 마누라 머리카락 빼곤 안 아픈 데가 없네. 얼굴은 이십 대처럼 예쁜데 몸은 할머니야." 농담했다. 나는 매일 병원에 갔다. 하나의 약을 먹고 나면 또 다른 약을 처방받았다. 약은 점점 늘었고, 속이 아프다고 하면 위장약만 처방해줬다. 그렇게 일 년 동안 고통은 멈추지 않았다. 강했던 마음이 무너졌다.

남편의 눈물을 본 그날, 다시 삶을 살아가기로 결심했다. 인터넷에서 건강해지는 방법을 하나씩 찾아서 실천했다. 재활센터에서 운동도 열심히 했다. '몸살림' 운동도 배웠다. 발은 스트레칭하고 기능성 운동화도 신었다. 1년 동안 어려웠지만 몸은 좋아졌다. 오랜만에 정형외과에 갔을 때, 의사가 깜짝 놀란 얼굴로 물었다. "도대체 어떻게 했길래 이렇게 좋아진 거예요?" 그 말을 듣고 미소를 지었다. 운동 덕분에 그 누구보다 건강한 몸을 가지게 되었다. 2022년 부산 마라톤 대회에 나갔다. 5㎞를 쉬지 않고 뛰었다. 그리고 지금 세상에서 가장 사랑스러운 내 딸아이가 신나게 뛰어노는 모습을 바라본다.

힘든 폭풍을 지나면 희망의 새싹이 돋아난다. 왜 나에게 이런 일이 일어났는지 원망하기도 했다. 모든 상황이 마치 나에게만 주어진 불행처럼 느껴졌던 시기도 있었다. 하지만 시간이 지나면서 그 순간들도 결국 지나간다는 걸 알게 되었다. 몸과 마음은 연결되어 있었다. 나 자신을 미워하고 분노하자 몸은 아팠다. 어둠에서 헤어나올 수 없을 것만 같았다. 하지만 인생에서 일어나는 일들은 그냥 일어나는 게 아니었다. 나는 새옹지마라는 말을 좋아한다. 좋은 일이 나쁜 일 될 수 있고 나쁜 일이 결국 좋은 일 될 수도 있으니깐. 내가 아파보기 전까지 사람들이 얼마나 아픈지 알 수 없었다. 이제는 누구보다 그 마음을 이해할 수 있다. 지금은 세상에서 가장 소중한 아이와 함께 행복한 시간을 보내고 있다. 그 고통스러운 시간이 없었다면, 삶의 소중함도 일상의 소소한 기쁨도 몰랐을 것이다. 아픔이 지나간 자리에 희망의 새싹이 돋아났다.

12

언젠가 사라질 것들

홍영주

내가 다시 걸을 수 있을까. 언제 회복할지 모른다는 절망감이 가장 힘들었다. 정형외과, 한의원, 한방병원 등 유명한 병원을 찾아다닌 지 3개월이 지났는데도 통증이 가실 기미가 보이지 않았기 때문이다. 정형외과에서 주는 진통제 기운이 떨어질 때쯤이면 어김없이 통증이 찾아왔다.

"수술하지 않을 거면 회복하는 데 시간이 필요할 겁니다. 이번 기회에 쉬어 간다 생각하고 누워서 많이 쉬세요." 입원 치료를 하기 전 들었던 말이다. 누워 있을 때 통증이 몸속을 쑤시고 다니는데 쉬다니! 몸에 칼을 대는 것이 무서워 허리 디스크 진단을 받고 시간이 걸리더라도 보존적 치료를 하기로 했다. 한 달 동안 병원에서 매일 목부터 허리까지 수십 개의 약침과 봉침을 맞았다. 몸을 누르고 당겼다 비틀었다 하는 추나 치료도 받았다. 전기 자극 치료와 물리치료에 재활 운동까지 했다. 뼈에 좋다는 전갈과 지네가 들어간 한약은 퇴원 후에도 몇 달을 먹었다.

'여행을 그렇게 다니던 나였는데 어쩌다 이 지경이 되었지? 어디서부터 잘못된 걸까. 병가도 많이 써서 학교로 복귀해야 하는데 과연 돌아갈 수나 있을까? 회복하지 못하면 어떻게 되는 거지? 학교로 돌아가지 못하면 무엇을 하면서 살아야 하나.' 몸에 온갖 치료를 들이부으며 수만 가지 걱정을 했다.

병원에 있을 땐 좋아지나 싶었는데 퇴원하고 나서도 여전히 걷고 앉아 있기가 힘들었다. 운전도 근무도 어렵겠다는 생각이 들자 절망감은 더 커졌다. 그럴수록 더 눕고만 싶었다. 밥맛도 없었다. 누워 있는 시간이 길어지며 체력은 더 약해져 갔다. 기력이 떨어지자 서 있는 것도 힘들어졌다. 물건을 들어 올리는 건 겁부터 났다. 주눅 든 몸과 함께 내 마음도 쪼그라들었다.

아프기 전엔 아무 생각 없이 걸었는데 이젠 살기 위해 걸었다. 재활이라는 말처럼. 잘 걷는 데에도 방법이 있었다. 고개를 들어 정면을 응시하며 양팔을 적당히 흔들며 보폭을 크게 하며 걸어야 한다. 복부에 힘을 주어 안정적인 자세를 유지한다. 발은 발뒤꿈치부터 착지한 후 발바닥 전체로 체중을 옮기고 마지막으로 발가락으로 밀어내야 한다. 좋다고 하는 건 다 따라 해보았다. 걷기에 좋다는 비싼 운동화도 사서 신고 걸었다. 통증 없이 걸을 수 있는 시간이 조금씩 늘어났다. 복직할 수 있으리란 희망이 생겼다.

용기를 내서 복직했다. 전담을 희망했는데 담임을 하게 됐다. 학교 나름대로 사정이 있었다. 어쩔 수 없었다. 할 수 있을지 없을지 부딪혀봐야 했다. 아이들 생활 지도, 학부모 상담, 수업, 학교 업무 등 전에는 늘 해오던 일이었는데 이제는 한 가지도 제대로 해내지 못했다. 이렇게 학교 일이 거칠고 버거웠나 싶었다. 약해질 대로 약해진 몸과 마음으로는 도저히 학급을 이끌어갈 수 없었다. 처음으로 학기 중에 학급 경영을 포기했다. 아이들에게 미안했다. 또 한 번의 실패였다.

다시 어디에도 속하지 못한 사람이 된 것 같았다. 건강도 잃고 일도 중간에 포기했다. 바쁘게 출퇴근하는 거리의 사람들을 부러운 눈으로 바라보았다. 나는 낙오자였다. 학교에서 힘든 아이와 학부모를 겪고 외상 후 스트레스 증후군도 생겼다. 낯선 사람이 곁에 다가오면 심장이 쿵쾅거렸다. 우울감이 커지며 허리 통증도 다시 커졌다. 몸과 마음은 연결되어 있었다.

어딘가 있을 희망의 지푸라기라도 잡고 싶었다. 주변에서 좋다는 곳을 다시 찾아다니기 시작했다. 종로3가에 있는 허름한 한의원에 가서 추나를 받고 한약을 지었다. 소화가 잘되면서 몸이 좋아질 거라고 했다. 강남 한복판에 있는 운동 치료소에서는 팔다리를 묶고 재활 운동을 했다. 각종 운동 기구를 사 와서 집에서도 매일 했다. 허리에 좋다는 보약은 가리지 않고 먹었다. 영양 섭취를 위해 식단도 신경 썼다. 척추를 지탱하는 기립근이 튼튼해지길 바라며 식사 때마다 고기, 두부, 달걀, 우유 등 단백질을 챙겨 먹었다. 이러다 진짜 건강해지겠다 싶었다.

친구의 소개로 찾아간 치료 센터에서 도수 치료받고 나서 거짓말처럼 통증이 사라졌다. 아픈 지 1년이 다 되어갈 무렵이었다. 도수 치료해주시는 원장님 손이 '신의 손' 같았다. 그 손으로 내 몸에서 오랫동안 틀어지고 뭉쳐 있던 근육들을 찾아내어 제자리로 돌려보내주고 풀어주셨다. 몇 달간 정기적으로 치료받으러 다녔다. 근육들이 편안하게 자리 잡으며 몸도 마음도 차분해졌다. 그동안 헤매던 시간이 야속했다. 아니, 고마웠다. 그 시간이 있었기에 이렇게 통증이 사라지는 날도 오는 거겠지. 몸이 건강해지며 마음도 함께 밝아지고 강해졌다.

아프고 난 후로는 꾸준히 운동을 해오고 있다. 산책, 요가, 필라테스, 발레 등 내 몸에 맞는 운동을 찾아서 하고 있다. 운동하며 근육량이 늘고 건강해졌다. 해보니 힘들거나, 오히려 건강을 해치는 운동은 하지 않는다. 헬스장에서 기구를 사용하는 운동이 그렇다. 몸속 통증에 예민해져서 내 몸의 임계점을 곧잘 알아차린다. 운동에 대한 강박, 좋게 말하면 습관이 생겼다.

아프기 전보다 식단도 신경 쓴다. 내가 먹는 것이 곧 나라는 말을 잊지 않으려 한다. 내가 삼킨 음식이 내 몸을 구성한다고 생각하면 아무거나 먹지 않게 된다. 영양가 있는 음식을 먹고 부족한 부분은 영양제로 보충해준다. 아프면서 한약과 몸에 좋다는 약을 하도 먹어 몸이 더 건강해진 것 같다. 그 후로는 아프지 않아도 주기적으로 챙겨 먹고 있다.

이제는 마음 건강도 함께 살피려 한다. 절망, 좌절, 우울, 두려움 같은 감정들은 친한 친구들을 곧잘 불러들인다는 사실을 경험에서 배웠다. 그래서 부정적인 감정이 스며들기 시작할 때면 의식적으로 환기하고 다양한 방법으로 기분을 전환한다. 마음도 끊임없이 돌봐줘야 한다. 기분도 마음도 관리 대상이다. 인생이란 결국 기분 관리의 연속이다.

다시 걷지 못할 것 같아 좌절하던 과거의 나에게 지금의 내가 찾아갈 수만 있었다면 얼마나 좋았을까. 다 지나간다고, 건강하게 지구 위를 퐁당거리며 여행 다니며 잘 지내게 될 거라고 알려줄 수 있었더라면. 끝나지 않는 통증은 없다고 말해주었더라면. 그러니 힘든 시간을 그저 잘 버티면 된다고 말이다.

이제는 가보고 싶은 곳이라면 지구 반대편 어디라도 갈 수 있다. 나의 호기심이 발동하고 내 발걸음이 닿을 수 있는 곳이라면 어디든 찾아갈 수 있다. 지금 나에게 필요한 건 잘 걷지 못했던 그때를 기억하는 일이다. 그리고 걸을 때마다 내가 걷는 한 걸음 한 걸음이 행복이고 축복임을 감사하는 일이다.

돌아보면 추락이라고 여겼던 시기는 몸과 마음이 건강하게 재탄생하는 시간이었다. 행운의 추락이었다. 그 시간을 통해 나의 어떤 부분을 보완해야 하는지 깨달을 수 있었다. 그 당시 나는 몸이 보내는 신호를 외면한 채 오직 머리가 원하는 방향으로만 달렸다. 그리고 몸이 무너지면 마음도 따라 무너진다는 사실을 알게 되었다. 다행히 재생할 수 있는 행운의 시간이 주어졌고 나는 새롭게 태어날 수 있었다. 삶이 건네준 고마운 선물이었다.

실패는 추락의 끝이 아닌 비상의 발판이다. 두려워할 필요 없다. 새롭게 시작할 때를 알려주는 신호탄으로 여겨 나의 한계를 인식하고 부족한 점을 보완하면 된다. 부정적 결과로 단정 짓지 말고 더 나은 방향으로 나아가는 계기로 삼으면 된다. 고통과 인내의 시간을 보내는 동안 우리는 지혜로워지고 단단해진다. 강해진 마음으로 더 나은 결정과 선택을 하고 도전할 수 있다. 이제 다시 힘차게 날아오를 일만 남았다.

제3장

지금의 내가 있기까지

❶ 예상치 못한 선택, 나를 만든 길

공미나

나는 초등학교 저학년 때까지만 해도 집에서나 학교서나 존재감이 없던 아이였다. 내성적이고 공부도 못했다. 그래서인지 초등학교 저학년 기억이 별로 없다. 그런 나에게 자존감이 조금 높아졌던 계기가 있었다. 공부를 반짝했는지 초등학교 4학년 때 갑자기 성적이 쑥 올랐다. 생애 최초 노력상이라는 것을 받았다. 선생님이 칭찬을 해주었고, 가족들 특히 부모님의 표정이 환해졌던 기억이 생생하다. 이후로 부모님이 나를 바라보는 시선도 달라졌다. 그 느낌이 좋았나 보다. 공부가 재밌어졌고 계속 성적이 올라갔다. 한 번의 성취감으로 내 발걸음이 활기차졌다. 자신감이 생겼고 자존감도 높아졌다.

어렸을 때는 외모에 대한 열등감이 있었다. 엄마는 미인이시다. 예전에도, 팔십이 넘은 요즘도 사람들은 엄마에게 "젊었을 때 엄청 미인이었겠어요?"라고 이야기한다. 다섯 살 아래 막내 여동생도 인형같이 예뻤다. 세 명의 여자 중 나만 못난이였다. 동네 사람들은 동생과 내가 밖에 나가면 "언니보다 동생이 훨씬 예쁘네." 소리를 수시로 했다. 아무리 좋은 말도 자꾸 들으면 싫어지기 마련이다. 하지만 사람들은 내가 받는 상처 따위는 안중에 없는 듯 외모 비교를 해댔다. 내가 정말 못생긴 줄 알았다. 의기소침해졌다. 게다가 엄마는 나에게 코가 낮다며 "코납작이"라고도 하셨다. 엄마 성품을 보면 그럴 분이 아닌데 어린 나에게 왜 그런 말로 상처를 주었을까? 커서 엄마에게 그땐 왜 그런 말 했었느냐고 따진 적이 있다. "엄마가 그랬니? 잘 기억이 잘 안 나네!"라는 말에 어이가 없었다. 공부를 잘하기 시작하면서 외모에 대한 열등감은 조금씩 사라졌다. 초등학교 6학년 때 나의 꿈이 스튜어디스였으니 말이다. 예순의 나이인 지금도 164센티미터 키에 54킬로그램 몸무게, 남들에게 호감 가는 이미지를 가지고 있다고 생각한다. 나 스스로 자아도취에 빠져 살고 있을지도. 뛰어난 미모를 부러워하지 않는다. 남들 눈에 띄는 외모는 오히려 불편할 것 같다. 남자들이 원치 않는 시선과 말들로 다가오면 꽤 피곤하지 않을까. "편안하다." "부담 없다."라는 말을 들으면 괜히 뿌듯하다. 지금의 나, 있는 그대로의 내가 좋다.

가까운 중학교에 배정받은 친구들은 걸어서 학교 다녔다. 초등학교 6학년 같은 반에서 두 명만이 버스를 타고 다니는 중학교에 다니게 되었다. 실업계 고등학교와 같은 운동장을 사용하며 붙어 있는 학교다. 중학교 1학년 때 나는 앞에서 두 번째 줄에 앉았다. 작은 키에 교복을 입고 도시락이 든 가방을 들고 30여 분을 버스 타고 산 넘고 물 건너 학교에 갔다. 아침잠이 많았던 나는 늘 아슬아슬하게 집을 나섰다. 버스 정류장까지 10분 넘게 걸어야 했다. 지각이 걱정될 때면 아버지께 자전거로 데려다달라고 졸랐다. 아버지는 쯧쯧 하시면서도 기꺼이 자전거 뒤에 나를 태워주셨다. 아버지 허리를 꼭 끌어안고 머리를 등에 기대어 버스 정류장까지 달리면 온 세상이 내 편 같았다.

중학교 3학년 때 우리 집 형편은 나쁘지 않았다. 성적은 상위권이었고, 나는 당연히 인문계고등학교 가서 대학에 가는 줄로 알고 있었다. 아버지도 실업계에 보낼 생각이 없었다. 그러나 나의 인생에 커다란 변수가 생겼으니! 어느 날 아버지 지인이 집에 놀러 오신 거다. 그분은 아버지께 "여자는 대학에 보낼 필요가 없다. 시집만 잘 가면 된다."라고 말씀하셨다. 그리고 고등학교 졸업 후 바로 돈 벌 수 있는 여상에 보내라고 하셨다. 그 말에 딸이라도 당연히 대학에 보내야지 했던 아버지의 마음이 흔들렸을까. 고등학교 원서를 쓸 무렵이었다. 담임 선생님이 아버지께 나를 중학교 옆 실업계에 3년 장학생으로 보내는 게 어떻겠냐고 물으셨다. 아버지는 선생님 이야기에 혹해 나에게 단호하게 실업계 고등학교에 입학하라고 했다. 내 인생이 아버지의 한마디에 이리저리 흔들렸다. '이게 아닌데' 생각하면서도 나는 실업계 고등학교를 다니고 있었다.

아버지는 나의 3년 장학 증서를 액자에 넣어 안방 한가운데에 걸어놓았다. 집에 손님이나 친척이 오시면 "우리 딸 3년 장학생이야." 장학 증서를 가리키며 자랑했다. 좋아하는 아버지의 모습에 나도 덩달아 기분이 좋았다. 어느새 우리 집안의, 아니 우리 아버지의 자랑거리가 되었다. 근처 고등학교에서 우리 학교 교복이 제일 예쁘다고 소문이 나 있었다. 예쁜 교복을 입었는데도 왠지 창피

한 마음이 들었다. 하지만 새로운 친구들을 사귀며 학교생활에 적응해갔다.

고등학교 입학 후 높은 경쟁률을 뚫고 방송부에 들어갔다. 내 목소리가 좋은가. 들뜬 기분으로 방송실을 드나들었다. 교내 방송부는 신세계였다. 방과 후 선배에게 방송 설비에 대한 교육을 받으며 색다른 경험을 했다. 그 시간이 즐거웠다. 짧게 방송하는 기회도 주어졌다. 내가 교내 방송을 하다니 신기하기만 했다. 방송반 동기들과 어울리는 것도 무척 즐거웠다. 새로운 세계에 눈뜨면서 공부에서는 서서히 멀어지고 있었다. 어느 날 담임 선생님이 나를 교무실로 부르셨다. 성적이 떨어지는 것에 대해 걱정하시며 방송반을 그만두라고 하셨다. 나는 말 잘 듣는 학생. 미련은 있었으나 그만두었다. 허공에 떠 있던 내 마음은 다시 안정을 되찾았다. 마음을 다잡고 공부에 매진해 예전의 성적을 되찾았다.

2학년에 올라갔다. 고1 때 담임 선생님이 고2 때도 담임이 됐다. 보통 학년이 올라가면 전 학년에서 반장 했던 아이가 반장이 되는 경우가 많다. 우리 반에는 1학년 때 학급 반장을 했던 애들이 없었다. 선생님께서 은근히 나를 밀어주셨다. 선거를 통해 뜻밖에도 내가 2학년 반장이 되었다. 그때부터 내 삶은 조금씩 달라지기 시작했다. 내성적인 성격이었기에 앞에 나서 반을 이끄는 것은 두려움이 앞섰다. 하지만 성실히 반장의 임무를 수행하여 아이들의 마음을 얻을 수 있었다. 3학년에 올라가서도 한 번 더 학급 반장을 했다. 2년간의 반장 경험은 나를 성장시켰고 리더십이 생겼다. 자신감도 자라났다. '나, 이래 봬도 2년 동안 반장 했던 사람이야.' 속으로 혼잣말하듯 외치며 살며시 웃었다. 마음이 뿌듯했다.

고등학교 3년을 돌아보니 방송부 활동을 계속하지 못했던 것은 못내 아쉽다. 계속했다면 TV 화면 속에서 뉴스 원고를 읽고 있었을까? 2학년 담임 선생님 덕분에 내 팔자에 없던 학급 반장을 맡았던 시절은 나의 빛나는 순간이었다. 그 선생님과는 졸업 후에도 계속 연락을 주고받으며 가끔 찾아뵈었다. 내 인생의 방향을 바꾸어 준, 몇 해 전에 돌아가신 유병두 선생님. 여전히 그분 생각이 난다.

돌아보면, 자의든 타의든 나의 삶은 예상하지 못한 선택과 변화의 연속이었다. 때로는 아쉬움이 남기도 했지만 그 모든 경험이 나를 만들었다. 내 안의 가능성을 발견하고 한 걸음씩 나아갔던 순간들이 쌓여 결국 지금의 내가 되었다. 지금도 나는 멈추지 않고 새로운 도전을 이어가고 있다. 새로운 도전은 언제나 낯설고 두렵다. 하지만 나는 안다. 그 두려움을 넘어서면 나는 더 단단해지고, 더 나다워진다는 것을. 그래서 나는 앞으로도 계속 나아간다.

2

재미없는 선생님

김수아

발레를 전공했다. 대학 졸업 후 대학원에 갔다. 일도 병행했다. 유아 발레 수업을 시작했다. 내가 누군가를 가르칠 자격이 될까. 무얼 가르쳐야 하나. 수업 준비는 어떻게 해야 하나. 선배에게 조언을 구했다. 아이들은 놀아주듯 수업하면 된다고 했다. 노는 것도 아니고 '놀아주듯'이라는 말이 뭔지 모르겠다.

첫 수업에 갔다. 진땀 뺐다. 수업이 아니라 전쟁이었다. 무언가를 가르칠 수 있는 상황이 아니었다. 수업 준비를 걱정했더니 아이들의 집중을 유도하는 것이 더 급했다. 열다섯 명 남짓 되는 아이들을 혼자서 이끌어야 한다. 여기저기 뛰어다니는 아이들을 어떻게 붙잡아야 할지 모르겠다. 갑자기 한 아이가 엄마가 보고 싶다며 주저앉아 울었다. 한 명은 화장실 가고 싶다 했다. 그사이 또 한 명은 뛰다 넘어졌다. 모든 일이 동시에 일어났다. 탈의실도 전쟁이다. 쉬가 마렵다며 그 자리에서 실례를 해버렸다. 다른 아이가 양말 한쪽이 없다고 찾아달라 한다. 발레복이 똑같아 종종 바뀌기도 했다. 모든 가방을 하나하나 열어보며 되찾아줬다. 두 시간 수업이 순식간에 지나갔다. 수업 끝나고 원장에게 주의를 들었다. 나더러 잘 좀 해보라 했다. 걱정 하나 얹고 왔다. 유아 수업은 어디를 가나 상황이 비슷했다.

2년 차 강사가 되었을 무렵, 수업이 더 늘어났다. 유치원 원장님이 우리 반 아이들이 제일 집중을 잘한다며 칭찬했다. 전보다 조금 나아진 것 같기도, 아닌 것 같기도 하다. 여전히 아이들은 넘어졌고 집중을 못 했다. 원래 그런 것이려니 하루하루 견뎌냈다. 어느 날 한 아이가 이제 발레하러 못 온다 했다. 아쉬운 마음에 이유를 물었다. 아이가 면전에 이런 말을 했다.

"발레가 재미없어서요."

마트 문화센터에서 성인을 대상으로 한 발레 수업을 개설했다. 성인은 처음이다. 무턱대고 한다 했다. 어떻게 가르쳐야 할지 모르겠다. 성인에게 어느 정도까지가 쉬운지 어려운지 감이 없었다. 빳빳한 성인들에게 다리를 쫙쫙 늘리거나 허리를 뒤로 젖히는 동작을 시켰다. 전공생에 비하면 쉬운 동작만 시켰기에 이 정도는 할 수 있을 줄 알았다. 나는 당시 대학원에서 공연 연습을 병행하고 있었다. 동작이 안 되는 느낌을 잘 알지 못했다. 열심히 하다 보면 될 거라는 뻔한 말을 했다. 동작이 왜 안 되는지, 잘하려면 어떻게 해야 하는지 설명하지 못했다. 안 그래도 별로 없던 회원이 더 줄었다.

아주 못 가르치는 것은 아니었다. 초등 수업이나 전공 수업은 괜찮았다. 아이들 실력 향상이 눈에 보였다. 학생들도 나를 잘 따랐고, 나 또한 재미있었다. 잘 안되던 동작이 개선되니 성취감이 느껴졌다. 무용 경연대회에 참가해 좋은 상을 받아오기도 했다.

결혼 후 두 아이 엄마가 되었다. 육아로 몇 년간 수업을 쉬다가 아이들 어린이집 보내고 다시 시작했다. 아파트 커뮤니티 시설에 발레 수업을 개설했다. 예전에 힘들었던 기억이 떠올랐다. 게다가 오랜만이라 쉽지 않을 걸 알았다. 수업 전 크게 심호흡했다. 두 시간이 금방 지나갔다. 의외로 수월하게 끝났다. 이제 우는 아이쯤은 금방 달랠 수 있다. 화장실도 미리 다녀오게 했다. 옷은 각자 알아서 갈아입을 수 있게 하나하나 순서를 가르쳐줬다. 아이들이 딱딱 잘 해냈다. 엄마가 되고 보니 아이들 다루는 게 능숙해졌다. 쉬었던 기간이 오히려 득이 되었다. 성인반도 시작했다. 세 명밖에 없었지만 일단 시작했다. 어느 달은 두 명이 되기도, 한 명이 되기도 했다. 오히려 좋았다. 부담이 덜했다. 이렇게도 가르쳐보고 저렇게도 가르쳐봤다. 월급은 적어도 이 수업에서 여러 실험을 해보기로 했다. 매트에 앉아서 하는 발레, 제자리에 서서 하는 발레, 팝송에 맞춰 피트니스와 접목한 발레 등 여러 가지 방법을 시도했다.

이렇게 자리 잡나 싶었다. 코로나 팬데믹이 시작됐다. 강제 백수가 되었다. 쉬는 김에 공부했다. 전부터 관심 있었던 R.A.D.(Royal Academy of Dance의 약자)라는 영국 발레 교수법이다. 유아부터 전공까지 다양한 레벨로 순서가 정해져 있다. 그동안 무용수 양성을 중점으로 한 교수법에 익숙했다. 이 과정은 '교육'에 초점을 둔 교수법이다. 그간 교육에 관해 진지하게 공부해본 적이 없었다. 대상과 수준에 따라 어떻게 접근해야 할지 이해할 수 있었다. 발레 교육에 대한 새로운 관점이 생겼다.

발레 시간이라고 발레만 하지 않았다. 계절에 맞는 주제를 만들었다. 여러 소품을 이용해 발레 동작을 구성했다. 발레는 모든 동작에 정해진 규칙이 있다. 정석대로 하면 아이들은 금방 지루해한다. 똑같은 동작이라도 계절에 따라, 소품에 따라 새롭게 느껴지도록 했다. 발레를 접목한 게임도 만들었다. 시간이 금방 지나갔다. 끝날 시간이 다가오니 아이들이 더 하고 싶다며 아쉬워했다. 수업이 끝나면 출석 스티커를 붙여줬다. 열심히 한 날에는 보너스 스티커를 붙여줬다. 스티커 50개를 모으면 선물을 줬다. 또래 딸을 키우고 있으니 뭘 좋아하고 싫어하는지 잘 알았다. 어떤 아이는 발레 시간을 일주일 내내 손꼽아 기다린다 했다. 울고불고 발레 안 하겠다는 아이도 내 수업은 잘했다. 어떤 달은 정원이 꽉 차 대기자가 생기기도 했다.

한 자리에서 수업한 지도 벌써 5년 되었다. 고정 수강생이 생겼다. 아파트 커뮤니티였지만 큰마음 먹고 개인 비용으로 발레바까지 구비했다. 성인반 신청이 많아졌다. 성인반은 처음으로 정원이 꽉 찼다. 이 외에 다른 곳 역시 정원 마감 수업이 많아졌다. 우연이었을지 모른다. 그런 우연이 계속 들어갔다. 일요일까지 수업했다. 목이 쉬어 목소리가 제대로 나오지 않았다. 힘든 줄도 몰랐다.

모든 시작은 당연히 서툴다. 당연한 것에 좌절하면 안 된다. 경험이 쌓이면 달라진다. 처음에는 혼란스러웠다. 열정과 다르게 결과는 정반대였기 때문이다. 재능이 없고 적성에 맞지 않다고 생각했다. 이제는 알게 되었다. 어렵기 때문에 어려웠던 것이 아니었다.

'몰랐기에' 어려웠다. 단연코 경험 부족이다. 여러 경험을 통해 얻은 지혜로 더 나은 수업을 만들 수 있었다. 시간이 지나며 깨달은 점이 있다.

첫째, 교육은 공감과 소통이 중요하다. 잘 가르친다는 것은 단순한 지식 전달만이 아니다. 학생들이 몰입하고 즐길 수 있도록 이끄는 능력도 포함한다. 공감과 소통이 밑바탕이 되면 그들이 무엇을 원하는지, 무엇이 필요한지 그리고 중점을 어디에 두어야 할지 알 수 있다. 상호 소통하는 교육은 집중을 돕는다. 무언가에 집중하고 몰입하면 즐겁다. 모두에게 만족스러운 수업이 된다. 두 아이의 엄마가 되고 나서야 유아의 특성을 더 잘 이해하게 되었다. 주부가 되고 나서야 성인 수강생들의 신체적 한계를 알게 되었다. 공감이 소통을 더 수월하게 했다. 쉽게 받아들일 수 있게 여러 단계로 세분화했다. 수업 내용을 잘 소화하고 있는지, 설명이 부족하지는 않은지, 어떻게 더 구체적으로 전달할 것인가 고민했다. 이렇게 공감과 소통을 통해 어떻게 다가갈지 고민한다면 그 수업은 교육자, 학습자 모두가 몰입할 수 있는 수업이 된다.

둘째, 실패는 가능한 한 빨리 하는 게 좋다. 경력이 쌓이면 나름의 주관이 있고 체면도 있다. 실패를 인정하고 받아들이기 쉽지 않다. 초반에 미리 하는 실패는 만회할 기회가 많다. 실패를 인지하는 순간부터 기회가 된다. 야심차게 시작한 첫 수업이 엉망이었던 순간이 떠오른다. 원장님이 잘 좀 해보라고 주의를 줬던 것, 성인 수강생들의 찌푸리는 표정, 몇 명의 아이가 흥미를 잃고 그만둔 일…. 내게는 큰 상처였다. 하지만 계속되는 실패는 더 발전하라는 신호였다. 아픈 상황을 되풀이하지 않도록 더 신경 쓰고 연구하게 되었다. 신호를 준 사람들에게 고맙다. 어쩌면 실패는 또 다른 형태의 기회가 아닐까.

셋째, 유연한 태도가 중요하다. 수업에서 대상과 목표에 따라 다양한 접근을 했다. 그 경험이 모여 최적의 방법을 찾을 수 있었다. 앞서 언급했듯 발레 동작은 정형화된 규칙이 있다. 있는 그대로 전달해야만 하는 줄 알았다. 가르치려는 것은 같아도 그 방식은 달라야 한다. 내가 전공 수업에서 가르치기 쉬웠던 이유는 있는 그대로의 지식 전달만 하면 되었기 때문이다. 하나의 방식만을 고수하는 것은 한계가 있다. 경험이 없어 무엇이 좋은 방법인지 몰랐다. 머릿속에 스쳐 간 막연한 아이디어들을 순차적으로 실행에 옮겼다. 실패 연연하지 않고 열린 마음으로 시도했다. 그러자 경험이 답을 줬다.

노력의 씨앗은 언젠가 결실을 맺지만, 노력만으로는 안 된다. 실패를 포함한 여러 경험을 쌓아가며 나만의 방식을 만들어가야 한다. 내가 처음부터 타고난 선생님이었더라면 어땠을까. 현실에 안주하며 도태되었을 것이다. 실패했기에, 모자랐기에 성장할 수 있었다. 그때 그 재미없던 선생님에게 고맙다.

❸

나눔과 봉사는 감사로 이어진다

김순이

지금의 내가 있기까지 삶은 결코 순탄하지 않았다. 시련과 고난이 때때로 찾아왔고, 앞이 보이지 않을 정도로 캄캄한 날도 많았다. 그럴 때마다 단단하게 살아올 수 있었던 것은 스스로에 대한 신념과, 다른 사람을 돕고자 하는 나눔과 봉사였다. 이웃 사람들의 손을 잡으며 살아왔고, 내가 그들의 편이 되어 살아가고 있다. 누군가를 도우며 살아가는 삶이 내 인생을 구했다.

중매로 결혼했다. 시어머니를 모시고 3년간 살았다. 시어머니의 안색이 좋지 않았다. 시숙의 가정에 어려움이 있어 집으로 들어와야 한다는 말씀을 하셨다. 자식이 힘들어하는 모습을 외면할 수 없었던 모양이다. 시어머니를 원망할 시간도 없이 서울 사는 고향 언니에게 사정 이야기를 했다. 고향 언니는 일자리를 마련해주었다. 청바지 세탁 공장이었다. 남편은 공장에서 일하고 나는 공장 식구들 식사를 담당하기로 했다. 시어머니가 물려주신 논 한 필지를 팔아서 600만 원을 가지고 서울 생활을 시작했다. 명절에도 고향에 내려가지 않고 공장을 지키며 열심히 일했다. 2년 반 동안 성실하게 일한 덕분에 돈을 모을 수 있었고 사장님의 신임도 얻을 수 있었다.

좋은 일이 있으면 나쁜 일도 같이 온다고 했던가. 남편의 건강이 악화되었다. 청바지 공장의 화학 약품 냄새 때문에 일을 하지 못하겠다고 했다. 하루는 다리가 아프다고 하여 병원에 가서 검사했는데 '무혈성 괴사' 병이라고 했다. 다리 통증으로 저녁마다 소리를 질렀다. 마음이 무겁고 두려워 교회에 가서 기도했다. 내가 할 수 있는 최선의 방법은 기도밖에 없었다. 간절하게 기도했다. 하루 2만 원씩 감당해야 하는 병원비와 생활고에 시달렸다. 더구나 환자를 놔두고 직장은 꿈도 꾸지 못했다. 재봉틀 하나 사서 부업을 시작했다. 밤낮으로 일하며 하루를 버텼다. 절실함이 나를 움직이게 하는 동력이 되었다.

힘든 날을 보내고 있던 내게 위층 통장님은 주민센터를 찾아가보라고 했다. 초라한 모습으로 방문했던 주민센터에서 사회복지사의 도움으로 생활 보호 대상자가 되었다. 남편의 병원비를 지원받을 수 있게 되었고, 임대 아파트까지 당첨되어 가족이 살 수 있는 공간까지 얻을 수 있었다. 주민센터 직원의 도움이 새로운 삶을 살 수 있는 계기가 되었다. 나도 누군가에게 도움을 줄 수 있기를 소망하게 되었다. 이후 동네 반장과 학교 녹색 어머니 봉사활동을 시작했다. 내가 가진 재봉 기술로 동네에서 수선 일도 하면서 '나눔과 봉사'를 실천해나갔다. 성장의 씨앗을 뿌리기 시작했다. 그러면서 지역사회에 대한 애정과 책임감을 느꼈다. 기술을 더 익히고 싶어 낮에 일하고 야간에 한남직업전문학교를 다녔다. 6개월 이수하면서 양장봉제 자격증도 취득했다. 집에서는 재봉틀로 수선 일도 했다. 배움은 언제나 나를 설레게 했다. 여러 사람의 도움으로 상가 2층에 세 평 남짓한 공간을 얻어 작업실로 꾸몄다. '복음자리'라고 이름 지었다. 그리고 아파트 앞의 좋은 가게를 지날 때마다 오래전부터 남편이 외쳤던 말, "너는 내 땅이다." 드디어 현실이 되었다. 16년 걸렸다. 1층에 가게가 나왔는데 당첨이 되었다. '지혜옷수선'이라는 간판을 내걸었다. 가게는 동네 사랑방이 되었다. 이웃들이 말한다.

"여긴 옷 수선집이 아니라 사람의 마음을 꿰매는 곳이네요."

다양한 사연들이 오가고, 정보를 공유하며 서로에게 힘이 되어주는 위로의 공간이 되었다. 나는 이웃들과 소통하고 지역사회에 기여할 수 있다는 사실에 보람을 느꼈다. '내 공간'은 내가 살아온 증거이자 이웃과 마음을 나누는 따뜻한 휴식처였다.

2015년 메르스 사태는 내 삶을, 우리 가족을 힘들게 한 시기였다. 남편의 갑작스러운 발병과 격리, 그리고 나 역시 메르스 확진 판정을 받아 절망했다. 기저질환을 앓고 있던 남편과 함께 격리된 병원에서의 시간은 공포와 불안의 연속이었다. 이제 죽는가? 두려움에 떨어야 했다. 극한의 두려움 속에서 나는 다시 간절한 마음으로 '기도'했다. 믿음을 선택했다. 간절한 기도가 하늘에 닿았을까. 절망의 순간에서 삶의 의미를 발견하면서 메르스를 극복하고 남편 역시 무사히 퇴원할 수 있었다.

죽음의 문턱에서 살아온 나는 이전과는 다른 삶을 살기로 결심했다. 봉사활동과 나눔을 더 활발하게 했다. 복지관 반찬 배달, 홀로 사는 어르신들을 위한 죽 배달, 환경 봉사 등 다양한 봉사활동에 참여하며 나눔의 기쁨을 경험했다. 특히 강남구자원봉사센터 수서동 자원봉사 캠프장을 맡아 지역의 외롭고 힘든 이웃들을 발굴하고 돕는 일을 이어갔다. 나눔과 봉사는 거창한 일이 아니다. 시작은 작게 해도 괜찮다. 내가 실천했던 나눔을 소개한다.

첫째, 동네 봉사를 시작했다. 반장과 통장 역할로 이웃들과 연결하여 소통했다. 둘째, 학교 봉사로는 녹색 어머니 활동이나 급식 도우미 등 작은 일부터 참여했다. 셋째, 수선 일을 하기 위해 공부해서 자격증을 땄다. 자신감을 얻어 동네에서 의류 수선 일을 했고, 청소나 식사 준비 등을 도왔다. 넷째, 이웃의 말에 귀 기울이고 위로의 말을 건네주었다. 다섯째, 지역 복지관, 자원봉사센터, 주민센터에서 운영하는 봉사활동에 참여했다. 내 마음을 기꺼이 낸다는 것에서 출발해도 충분하다고 생각한다.

나의 삶을 바꾼 건 돈도 아니고 억세게 좋은 운도 아니었다. 고된 삶 속에서도 '나눔과 봉사'를 멈추지 않았고, 내가 나눈 삶이 다른 나눔을 불러일으켜 지금의 나를 만들었다. 지금 힘든가? 나 역시 사는 게 고역이었다. 그럼에도 불구하고 다른 사람에게서 살 수 있도록 도움을 받았기에 내가 받은 것을 나누고 싶었을 뿐이다. 그 작은 마음이 인생을 바꿨다.

"지혜옷수선집에선 옷만 고치는 게 아니라, 마음도 함께 꿰매고 있었어요."라는 한 마디가 살면서 느낀 큰 위로였고, 보람 있었다. 나눔과 봉사는 나를 살리고 상대방을 살린다. 지금 이 글을 읽게 될 여러분도 자신에게 딱 맞는 위로의 말을 듣는 날이 오기를 마음 담아 응원한다.

❹

자격증 수집가에서 코치와 작가 그리고 대학생

박상림

대학교에 대한 꿈이 있었지만, 가정 형편 때문에 바로 취업을 선택했다. 20대는 일하고 살아가는 데 집중했다. 30대에는 아이를 키우면서 학업에 대한 미련은 자연스럽게 사라졌다. 그러던 어느 날, 아이에게 더 좋은 그림책을 읽어주고 싶다는 생각이 들었다. 그것이 새로운 배움의 시작이었다. '그림책 놀이 지도사' 자격증 공부를 시작했다. 지식을 쌓는 일이 이토록 즐거울 줄 몰랐다. 단순한 자격증 공부가 아니라, 잊고 있던 학습의 기쁨과 자기 성장에 대한 갈망을 되살리는 계기가 되었다.

2019년, 새로운 세계를 만나게 되었다. 아이들을 위한 책뿐만 아니라, 나를 위한 자기 계발 서적을 읽기 시작했다. 다양한 줌 강의를 접하게 되었고, 새로운 멘토들을 만났다. 코로나19로 인해 모든 강의가 온라인으로 전환되면서, 서울에서만 들을 수 있었던 강의를 집에서 편하게 수강할 수 있었다. 처음에는 무료 강의만 찾아서 듣기 시작했다. 유료 강의로 점점 더 깊이 있는 배움을 원하게 되었다. 책을 쓰고 싶다는 목표도 생겼다.

김성희 스피치 수업에서 이은대 작가의 '책 쓰기 특강'을 듣게 되었다. 그 이후에 '자이언트 책 쓰기' 교육을 신청했다. 프로그램에 참여하다가 자이언트 공저 1기 모집에 신청하여 열 명의 공저자와 함께 첫 책을 출간했다. 책을 쓴다는 건 단순한 성취가 아니라 내 삶을 깊이 들여다보는 여정이었다. 다섯 편의 글을 쓰는 동안, 살아온 길을 되짚으며 얼마나 많은 것을 경험하며 성장했는지를 깨달았다. 처음으로 '작가'라는 이름을 갖게 된 순간이었다.

"배우기만 하고 돈은 언제 벌어 오냐."라는 남편의 말을 듣고 현실을 직시하게 되었다. 자기 계발을 계속하는 것은 좋지만, 결국 나의 목표는 경제적 독립이었다. 노후를 스스로 책임지고, 가족이 돈 걱정 없이 자유롭게 살아가는 것이 최종 목표였다. 하지만 강의를 들을수록 점점 비교의 늪에 빠지게 되었다. 멘토들은 대단했고, 그들에 비해 난 부족해 보였다. 아직은 더 배워야 한다는 생각에 실행보다 학습에만 매달렸다.

그러던 중, 코칭이라는 전환점을 만나게 되었다. 코칭은 내 안에 문제가 있지만, 동시에 해답도 있다는 사실을 일깨워주었다. 열등감에 짓눌려 있던 나에게 코칭은 마치 희망의 동아줄 같았다. 코치는 나를 평가하지 않았고, 스스로 답을 찾을 수 있도록 도와주었다. 코칭을 받으면서 바닥이었던 자존감도 조금씩 회복되었다. 있는 그대로의 나를 인정하기 시작했다. 이 귀한 경험을 바탕으로 다른 사람들을 돕고 싶다는 생각이 들었다. 한국코치협회의 KAC, KPC

코치 자격증을 취득해서 코치로 활동을 시작했다. 나처럼 자존감이 낮고, 자신을 사랑하지 못하는 사람들에게 도움을 주고 싶었다. 코칭을 통해 누군가가 자신의 가능성을 발견하는 모습을 지켜보는 일은 내게 큰 보람이 된다.

처음 돌봄 교실 특성화 선생님으로 일한 초등학교에서 4년간 근무했다. 2년에 한 번씩은 다시 서류를 제출하고 심사 후에 통과하면 면접을 보는 구조였다. 당연히 2025학년도 무리 없이 통과해 계속 근무할 줄 믿었다. 그러나 예상은 보기 좋게 빗나갔다. 서류에서 탈락해 면접을 볼 수 없게 되었다. 결국 익숙했던 학교를 떠나, 새로운 학교로 옮겨야 했다.

특성화 교육 선생님들 사이에서 이번 서류 심사 기준에 대한 말이 많았다. 독서 관련 과목은 국어국문학과 전공자가 더 높은 점수를 받는다는 이야기를 들었다. 교육학과를 졸업한 나는 그 점이 탈락의 주요 이유였으리라 짐작했다. 이 일을 계속하면 2년 뒤에 또 같은 일이 벌어질 거라 예상이 되었다. 고민 끝에 2025학년도 한국방송통신대학교 국어국문학과에 편입을 신청했고 합격했다. 등록 절차를 마치고 교재를 받고 온라인으로 수업을 듣기 시작했다.

3월 8일, 대전충남지역본부에 출석 수업을 들으러 갔다. 서산, 천안, 공주, 대전 등 다양한 지역에서 학생들이 모였다. 30대부터 70대까지 다양한 연령의 학생들이 있었다. 배움에 대한 열정이 대단했다. 아침 9시부터 저녁 7시까지 이어지는 강행군 수업에도, 교수님들의 말 한마디도 놓치지 않으려는 집중력이 인상적이었다. 교수님들 역시 학생들의 열의에 감탄했다.

3학년 대표, 학생회, 졸업한 선배님, 4학년 선배님들이 김밥, 떡, 오이, 방울토마토, 비타500 등을 다양하게 준비해주시고 반겨주셔서 감사했다. 스터디 그룹에 대한 안내도 있었고, 매년 학우들의 시, 소설, 수필을 묶어 발간하는 국문학과 문예지 『등불』에 대한 설명도 들었다. 앞으로 2년을 함께할 학우들의 열정을 온몸으로 느낄 수 있는 소중한 시간이었다. 온라인으로만 수업을 듣던 때와 달리, 실제 교수님과 마주한 강의는 지루할 틈이 없었다. 같은 내용이라도 현장에서의 몰입감은 전혀 달랐다.

익숙한 곳에서 벗어나 새로운 문을 두드리는 일은 언제나 두렵다. 하지만 그 두려움을 넘을 때, 우리는 더 깊은 '나'를 만나게 된다. 지금의 나는 또 하나의 시작 앞에 서 있다. 이 배움의 시간이 내가 쓸 책에 담길 문장과 사유의 깊이를 더욱 풍성하게 만들어줄 것임을 믿는다.

또 한 번 도전에 나섰다. 이번에는 AI를 활용한 동화 작가로 데뷔하고, AI 예술 전시회에 참여하는 일이었다. AI가 창작의 동반자가 된 시대, 누구나 자신만의 작품을 만들어낼 수 있는 기회가 열렸다. 재노북스에서 AI 기반 동화 작가 교육을 받았고, 이를 바탕으로 『마법의 문구점 — 반짝이는 연필의 비밀』 동화 작가로 등단했다. AI를 활용한 예술 작품을 전시하는 프로젝트에도 참여했다. 서울에서 APT 전시회 '치유'를 주제로 24명의 아티스트와 함께했다. 배움에만 머물지 않고, 직접 창작하여 결과물을 완성하는 여정은 무척 흥미로웠다. 새로운 배움과 도전이 더 나은 나를 만들어갔다.

배움은 끝이 없다. 하지만 실천하지 않으면 아무 의미가 없다. 지식은 머리에만 남을 뿐, 삶은 바뀌지 않는다. 지금부터 해야 할 일은 단 하나다. 배운 것을 직접 실천해보는 것이다. 작게라도 실행하자. 책을 읽었다면, 한 문장이라도 삶에 적용해보자. 강의를 들었다면 배운 내용을 글로 정리하고 행동으로 옮겨본다. 새로운 기술을 배웠다면 사용해보고 연습한다. 실패를 두려워하지 말자. 완벽하게 준비될 때까지 기다리기보다는, 시작하는 용기가 중요하다. 실수하더라도, 그 경험 속에서 또 다른 배움을 찾을 수 있다. 배움과 실행이 함께 가야 성장할 수 있다. 배운 것을 머릿속에만 두지 말고, 행동을 통해 내 것으로 만들자. 반복된 실천이 결국 나를 바꾼다. 배움과 실천이 함께 갈 때, 진짜 성장이 시작된다. 실행하는 순간, 삶은 달라진다.

❺

쓰지 않고 채워만 넣으려는 관성

박용진

이것저것 배운 것은 많은데 삶은 별로 달라지지 않았다. 알고 나니 익숙해졌다. 처음처럼 설레고 두근거리지 않는다. 다시 보고 싶지 않다. 같이 배운 사람이나 알려준 사람은 저 멀리 나아가고 있다. 나만 제자리인 것처럼 느껴진다.

자기 계발을 하며 무언가를 배운다. 위 유형과 비슷한 굴레에 빠진다. 이렇다 할 성과나 결과물이 없어 허탈하다. 입력(Input)만 하고 출력(Output)은 하지 않았다. 입력에 비해 출력은 불편하다. 투입을 결과로 바꾸는 과정이 버겁다. 다시 새로운 자극을 찾아 나선다. 작게는 윌라 오디오북을 다 듣고 나서 한 줄도 쓰지 않고 다음 책으로 넘어가는 일. 크게는 돈과 시간 들여 서울까지 가서 들은 강의 내용을 다시 살피지 않는 일까지. 미래의 내가 하겠지 해버린다.

들었으니, 배웠으니 어떤 결과를 낼 수 있겠지, 어떤 능력이 생기겠지 상상만 한다. 현실과 점점 멀어진다. 아무런 일도 하기 싫고 무기력해진다. 현실과 거리를 두고 싶어진다. 침대 옆 휴대폰 거치대에 스마트폰을 끼우고 눕는다. 아무 생각 없이 유튜브나 OTT를 본다. 무언가 눈에 들어오는 데 빠져든다. 시간을 허비한다. 새벽까지 영상을 보며 블루라이트에 눈을 혹사시키다가 그대로 잠이 든다.

점심때쯤 일어난다. 깨면 다시 현실. 책 편집, 집필, 프랑스어 공부, 독서 등 해야 할 일이 산더미다. 다이어리에 뭘 해야 한다고 써두었다. 즉흥적으로 별로 중요하지도 않은 일에 손을 먼저 댄다. 일단 무언가 하기 시작하면 시간은 흐른다. 해야 할 일은 하지 않는다. 전에 비해 형편이나 실력이 나아질 리 없다. 그러면서 왜 달라지지 않을까 고민한다.

할 일을 미룬다. 궁지에 몰리면 하기 시작한다. 끝내고 나선 더 잘할 수 있었는데 후회한다. 이 레파토리는 자기 계발과 본업을 가리지 않고 나타난다. 내가 직접 절판 도서를 복간하면 얼마나 좋을까 싶었다. 출판 에이전시에 연락했다. 판권 계약을 하려면 출판사가 필요하단다. 구청에서 출판사 신고를 하고, 세무서에 들러 개인사업자를 냈다. 처음으로 일본 서적 독점 계약을 따냈다. 그 책은 찾는 사람들이 많았다. 출간하면 무조건 팔릴 책이라고 직감했다. 출판에 대한 아무런 지식도 없었다. 출판 편집을 배워서 책을 내자고 마음먹었다. 역발상이다.

결과물을 만들기 위해 강의를 듣기 시작했다. 실상은 배우는 데 급급했다. 빈틈없이 지식을 채우고 나서 작업에 들어가고 싶었다. 수단과 목적이 뒤바뀌어버렸다. 그러다 계약서에 쓰여 있는 18개월

의무 출간 기간이 흘러버렸다. 에이전시를 통해 일본 출판사의 양해를 구했다. 시간에 쫓기며 작업물을 세상에 내놓았다. 공부 중독, 완벽주의, 게으름이 합쳐져 굳이 겪지 않아도 될 일을 마주했다.

좋다는 책이나 심리 이론을 보고 들었다. 알기만 하고 실천하지 않는다. 작심삼일로 그치는 일이 많았다. 원하는 목표 100번 쓰기, 매일 아침 목표를 쓴 종이를 보고 상상하기. 좋다는 건 안다. 해서 성과를 낸 사람이 있다. 결과는 달콤하다. 과정은 유쾌하지 않다. 며칠 하다가 성과가 바로 나오지 않으니 집어치워버린다. 이런 일이 반복된다. 일기에 반성과 자책이 들어찬다. 앞으로의 각오 위주로 써 내려간다. 경험이나 그날 관찰한 내용의 비중은 줄어든다. 공자님 말씀이나 뜬구름 잡는 소리만 남는다. 이런 굴레에 빠지니 죄짓는 기분이 든다.

처음에는 의지를 불태우면 각오한 일을 모조리 해낼 수 있을 거라 믿었다. 하고 싶은 일을 나열해두면 하겠지 싶었다. 그 일을 할 시간은 따로 떼어두지 않았으면서. 내 시간은 상대적으로 중요하지 않은 일의 차지였다. 남의 일에 의해 지배당했다. 언젠가 하겠지, 할 수 있겠지 하는 바람은 이뤄지지 않는다. 못 한다고 인정해야 한다. 하지 못할 상황까지 미루지 않았다면, 미리 끝냈다면 하는 상상은 씁쓸하다. 많은 경험을 할 수 있었을 텐데 하는 후회. 그 후회를 반복하지 않기 위해서는 돈 아깝다 생각하지 말고 결과에 초점을 맞춰야 했다. 끝까지 집중하며 밀어붙였어야 했다.

일을 진행하고 굴리려면 뭐가 중요한지 알아야 한다. 돈이 들더라도 비중이 높은 일을 먼저 할 수 있게 만들어야 한다. 본인의 의

지력을 믿어서는 안 된다. 그딴 건 없다고 생각하는 게 마음 편하다. 러닝메이트는 달리기할 때뿐만이 아니라 모든 일에 도움이 된다. 출판 일은 마감에 쫓기며 계속 미루다가 편집 작업 경험 많은 외주 편집자를 구했다. 지금까지 미루고 하지 않은 상황을 전했다. 부족하고 모르는 부분도 가감 없이 물어보았다. 마감일까지 설정하니 1년 반이나 미뤘던 일이 3개월 만에 끝났다.

하지 못했다는 사실에 집착한다. 몇 번 보다가 안 되면 그냥 때려치운다. 다시 시작하는 데 오랜 시간이 걸린다. 또 제자리걸음인 기분이 든다. 어떻게든 시작해도 부정적인 마음이 생긴다. 전과 다르지 않을 것만 같다. 이럴 땐 작지만 소중한 행동을 정해서 해야 한다. 책으로 백날 읽어봤자 직접 경험해보지 않으면 그 힘을 알 수 없다.

일단 침대에서 일어나면 씻는다. 누굴 만나도 괜찮은 상태를 만든다. 사소하지만 자존감을 올려줄 수 있는 행동이다. 집에서 일하고 작업을 해도 외출복을 입는다. 스스로 긴장감을 부여하니 좋았다. 쉬는 날도 있어야지 어떻게 매번 그렇게 하냐고 말할 수도 있다. 일어나서 자존감과 긴장감을 다듬지 않아 봤자 월등히 나은 행동을 하지 않는다. 시간만 축낼 뿐이다. 실패도 해봐야 안다.

삼월 첫날부터 늦잠을 잤다. 침대 위에서 빈둥거리며 스마트폰을 했다. 방에서 나와 동생이 때마침 준비한 밥을 같이 먹었다. 드라마 '선의의 경쟁'을 봤다. 오전 시간이 사라져버렸다. 분명 계획한 일이 많았는데, 하나도 하지 않았다. 첫 단추를 잘못 꿰니 오후 시간도 아무것도 하지 않은 채 사라져버렸다. 거울 속 씻지 않고 옷도 갈아입지 않은 내 모습. 다시 루틴으로 돌아가야겠다 마음먹었다. 다음 날에는 정신 차리고 돌아왔다. 꼭 잘한 것을 통해 나를 바라보지 않아도 괜찮다. 실수하거나 제대로 하지 않은 모습을 통해 반추할 때도 있다. 맨날 해야 한다고 생각만 하지 말고, 작심삼일을 여러 번 하는 게 낫다. 계획한 일을 하지 못하고 쉽게 잊어버려 넘어져도 훌훌 털고 여러 번 일어난다. 이 또한 거듭하면 아무렇지 않게 반복할 수 있었다.

배웠다고, 알았다고, 익숙해졌다고 그게 내 것이 되진 않는다. 결과를 내려면 러닝메이트가 필요하다. 그게 꼭 사람이 아니어도 좋다. 습관이나 시스템이라도 괜찮다. 중요한 것은 거기에 집중할 수 있게 해주느냐 아니냐이다. 수없이 넘어지고 다시 일어난다. 아무 일도 아니라는 듯이. 그리고 다시 나아간다.

❻

실천해야 배웠다고 말할 수 있다

박호숙

수어 기초반 수료증을 출력했다. 남들은 한 달 만에 받는데 나는 두 달 걸렸다. 그래도 기초반을 수료하고 지금은 중급반 수업을 듣고 있다. 나이 탓인지 손가락이 내 마음대로 잘 움직이지 않는다. 수어 '산'을 표현할 때마다 버퍼링이 걸린다. '산'의 수어는 한자 뫼 산(山)자의 모습을 본뜬 모양과 비슷하다. 엄지와 중지는 세우고 검지는 절반을 접어서 중지 옆에 붙인다. 그리고 약지와 새끼손가락은 손바닥에 붙인다. 이때 나는 검지가 약지처럼 자꾸 손바닥에 가서 붙는다.

수어를 배우기 시작하면서 뉴스에 수어 통역사가 나오면 유심히 관찰한다. 어쩌다 아는 단어가 눈에 보이면 반갑다. 배시시 웃는다. 나도 자꾸 하다 보면 자연스러워지겠지. 관절 꺾기 춤 동작으로나 보일 듯한 수어지만 곧 아이들과 거리낌 없이 대화하는 순간을 기대한다.

수어를 사용하는 사람들은 한글과 수어 두 개의 이름이 있다. 아직 나는 수어 이름을 정하지 못했다. 학생 중 한 명에게 부탁할 예정이다. 누구에게 부탁할지 고민이다. 내가 부탁하기 전에 누군가 먼저 나의 수어 이름을 지어주면 좋겠다.

올해 청각장애 학교로 전보 왔다. 전보 대상자 공문을 받자마자 대구농아인협회에 등록했다. 수어를 배우며 한국어와 수어가 대한민국의 공식 언어라는 사실도 알게 됐다.

스무 살이 안 되었을 때다. 『테스』를 읽었다. 테스는 자기 삶을 주도적으로 이끌지 못하는 여주인공이다. 테스는 무책임한 아버지와 바람둥이 알렉, 그리고 에인젤 등 주변 인물들에 의해 끌려가다 결국 삶이 끝난다. 주도적이지 못한 부분이 안타까웠다. 물론 살아가는 일이 모두 다 내 의지대로 되지는 않는다. 그렇지만 테스가 불행한 결실을 맺는 것은 테스가 무지하기 때문이라고 생각했다. 어떻게 살아야 할지에 대한 해답은 알 수 없다. 그렇지만 무지하다는 것이 얼마나 삶을 불행하게 만드는 것인지 막연하게나마 생각할 수 있었다. 아는 것이 힘이다. 배워야 산다는 흔한 말이 내게 다가왔다. 무엇이든 배우는 것을 좋아해야 하고, 배워야 한다고 생각했다. 배울 것을 찾아 나섰다. 배우려는 태도는 이때 형성되었다.

애썼지만 배우지 못한 것도 있다. 나는 운전면허증이 없다. 운전면허 필기시험은 합격했으나 실기시험은 응시하지 못했다. 겁이 많다. 초등학교 6학년 때 학교 운동장에서 자전거를 배우다 넘어졌다. 무릎이 조금 깨졌다. 놀라서 울면서 집에 갔다. 그 기억 때문일까. 내 생애 운전은 더는 도전하지 못할 것이다. 배우고 싶지만, 이런저런 이유로 배울 수 없는 것도 있다.

가끔 운전하는 사람이 부러울 때가 있다. 몸이 달달 떨릴 만큼 춥거나 목이 탈 만큼 더운 날 버스 정류장에서 차를 기다리는 시간은 힘들다. 그때 후회한다. 운전면허증 시험을 한 번 더 도전해볼걸. 또 하나, 나는 아직도 케이블카 탈 때 눈을 감고 탄다.

운전을 못 하니 자가용도 없다. 학교에서 출장이나 회식 장소에 갈 때 챙김을 받는다. "선생님 어떻게 이동하세요? 같이 갈 사람 없으면 제 차 타고 가시죠." 고마운 마음이다.

연구부장과 교육청 협의회에 참석했다. 2025학년도 학부모 교육 방향과 개별화 교육 실천 방안을 준비해 오라는 말이 있어서 내용을 추슬렀다. 출발 전에 연구부장이 출력물을 가져왔다. 챗GPT에게 물었더니 이렇게 대답을 해줬다고. 받아서 읽어보니 이틀 동안 고민한 내 생각보다 훨씬 많은 정보가 담겼다. 연구부장은 질문을 이리저리 하여 대답을 받는 데 10분 걸렸다고 한다.

다시 생각한다. 배워야 해.

어느 순간부턴가 꽃이 예쁘고 숲이 좋다. 만나면 반갑고 편안한 사람이 하나둘 생기고 있다. 주변에서는 나를 보고 나이 들어서 그렇다고 했다. 버스를 타고 출퇴근하니 비가 오면 불편하기도 하련만 잘 느끼지 못한다. 비 오는 날은 창문을 타고 흘러내리는 빗물을 감상하며 출근한다. 그 시간이 힐링이다. 어린 시절 처마 밑에 쪼그리고 앉아서 둥둥 떠내려가는 빗방울을 세던 추억을 떠올린다. 자연과 가까워지고 싶은 나이라서일까. 생활에서 인공지능의 필요성을 느끼지만 친하게 지내고 싶은 마음이 별로 없다.

다시 생각한다. 아서라, 그러다가는 2, 3년 안에 사회에서 도태될 수 있다.

살아오면서 가장 가까이에서 나의 멘토 역할을 한 것은 책이다. 습관이나 태도를 변화할 문장을 발견하면 밑줄을 긋는다. 필사도 한다. 그렇게 옮겨놓은 문장 노트가 2권 있다. 그 안의 내용을 모두 실천할 수는 없지만 필사하면서 생각을 한다. 그럴 수도 있지. 각자의 처지에서 생각해보려고 노력한다. 그럴 수도 있지.

이 말을 자주 할 수 있기를 바라본다.

배우는 일은 즐거워도 실천하기란 어렵다. 방해꾼이 많다. 게으름과 핑계다. 갑자기 약속이 생겼다. 몸이 아팠다. 매번 핑계를 찾지 않으려고 한다. 자신에게 실망하는 일만큼 힘 빠지는 일은 없다. 나에게 실망하지 않기 위해 노력한다. 하나씩 실천하기 위해 노력하는 것이 있다.

아침에 일어나면 책을 읽고 글을 쓴다. 그 시간은 30여 분 정도다. 일주일에 네 번은 8천 보 이상 걷는다. 버스 정류장에서 차를 기다릴 때는 잠깐이지만 주변을 걷는다. 요즘 새로운 습관을 기르려고 하는 것이 생겼다. 문득 생각나는 사람, 친척, 지인에게 먼저 안부 전화를 한다. 보고 싶고 생각나면 먼저 전화하기. 계속 잘해나가고 싶다.

아직도 사람 관계는 어렵다. 말을 적절하게 하는 것도 잘 안된다. 누군가에게 고민을 털어놓으면 다양하게 코칭을 해준다. 사람 관계 개선 방법, 말 잘하는 방법 등 책도 많고 연수도 많다. 아무리 많아도 내 마음에 들어와서 내가 움직일 수 있어야 한다. 알아도 배워도 실천하지 않으면 의미가 없다. 오늘 사색하고 성찰한 것을 행동으로 옮기는 일, 배움의 완성은 실천하는 것이다.

수어를 배우며 삶은 배움의 연속 과정이라는 말을 다시 실감한다. 아기 때 걸음마를 배우고 학령기를 거치며 살아가는 데 필요한 기초 소양을 배운다. 대학생이 되면 스스로 배움을 찾는다. 스스로 배움의 즐거움을 깨우치면 부모나 선생님이 시키지 않아도 곧잘 배운다. 취미와 자기 계발의 시간에 배우는 것이 즐겁다. 어떻게 살아야 할 것인가 질문하는 순간 일상이 배움터가 된다.

돌 틈을 뚫고 나오는 키 낮은 노란 민들레꽃의 강인한 생명력을 보면서 인간의 나약함을 알게 된다. 사계절의 변화에서 자연의 순리와 이치를 생각한다. 이렇듯 매 순간 배움을 통해 삶을 가꿔나간다. 중요한 것은 실천이다. 실패를 통해 배우고 성공을 통해 배운 것도 실천하지 않으면 의미가 없다. 배움은 실천할 때 완성된다.

❼

부족하지만 나아지고 있습니다

이은혜

남편과 청소 때문에 시끄러웠다. 문제의 발단은 청소와 정리에 대한 부담감이었다.

지난 일요일, 교회 예배를 마치고 교회 소모임인 다락방 사람들과 3월 첫 식사 모임을 가졌다. 남편과 나는 부부 다락방을 섬기고 있다. 올해는 새로운 두 가정을 더 보내주셔서 총 다섯 가정이 함께하게 됐다. 남편과 나는 순장이기에 첫 번째로 우리 가정을 오픈하기로 했다. 주말에 애들까지 손님 열다섯 명이 우리 집에 올 생각을 하니 신경 쓰이는 일이 한두 가지가 아니었다. 어른 열 명이 다 같이 둘러앉을 식탁과 의자 고민부터 음식준비까지, 다른 건 어떻게든 마련하면 되는 거였지만 청소가 제일 문제였다.

책 읽기를 좋아하는 나는 책 욕심이 있다. 도서관에서 빌려 읽기도 하고 전자책을 읽기도 하지만, 소장하고 싶은 좋은 책은 구매를 한다. 명품이나 가방, 옷, 액세서리 등에는 별로 관심이 없는데 책과 식물에는 관심이 많다. 중고 책을 알기 전에는 책 가격이 부담이라 고민하며 어쩌다 책을 샀지만, 중고 책을 만나면서부터는 한 달에 두세 번 구매하게 되었다. 정가의 반값도 있고, 저렴한 건 2천 원, 3천 원, 심지어 천 원, 오백 원으로도 책 한 권을 살 수 있었다. 금방 마시고 마는 커피 한 잔도 천오백 원에서 2천 원은 하는데, 작가가 정성 들여 쓴 책 한 권이 몇천 원이면 거저 구매하는 거라 생각했다. 다 읽지 못해도, 책장에 꽂아 두는 것만으로도 배가 부른 듯 뿌듯했다. 짠순이인 내게 중고 책 구매는 힐링의 시간이었다. 그렇게 4년 가까이 책을 구매했더니 집에 책이 많아졌다.

아이들 어릴 때 보던『why』책 전집과 그 외 다른 전집도 아직 몇 질 남아 있다. 중고 거래 앱을 이용해서 책을 많이 팔았지만, 팔지 못한 책들도 제법 있다. 요즘은 당근 앱이 활성화되어 책값이 엄청 저렴해졌다. 70권 전집이 만 원, 만오천 원에도 나온다. 구매한 가격을 생각하니 저렴한 가격에 팔기가 아까웠다.

막내아들은 답답해한다. "엄마, 아까워하면 안 돼. 세월이 많이 지났잖아. 얼마 못 받아도 그냥 팔아야 한다니까. 나눔 하는 사람들도 있잖아. 어차피 이 책들 놔둬도 안 봐." 동의는 한다. 그런데 70~80권이나 되는, 배울 게 많은 전집 세트가 새 책 한 권 값도 안 되는 가격이라니, 거래하려다가 판매 중지를 눌러버렸다. 차라리 아는 사람에게 나눠줄지언정, 헐값에 팔 수는 없었다. 그런저런 이유로 우리 집엔 책이 가득하다. 아이들 책도 많고, 내 책도 많다. 책장이 여러 개다.

남편도 성화였다. "책 좀 어떻게 처리하면 안 돼? 책 저거 다 보나? 다 보지도 않잖아. 놔둔다고 다 봐? 먼지만 쌓여. 말로만 판다고 하지 말고, 좀 팔고 좀 줄여. 책 때문에 정리가 안 되잖아." 주말에 손님 올 생각에, 남편도 집 정리에 계속 신경이 쓰이는 모양이었다. 남편 말에도 동의는 한다. 책을 더 이상 사지 말고, 안 보는 건 좀 팔자 생각은 하지만 그게 쉽지 않다. 매입 안 하는 책도 있고, 싸게 팔려니 아쉬워서 가지고 있는 책도 있다. 무엇보다 소장하고 싶은 좋은 책이 너무 많다. 책 욕심을 내려놓는 게 관건이다.

나는 다락방 모임도 부담이었지만, 정해진 공저 작업 일정도 있기에 부담감이 컸다. "아, 왜 하필 이번 주가 우리 집일까. 이 많은 청소를 언제 다 하나. 복잡한 짐들은 어떡하며, 청소는 언제 다 하나. 공저 글도 써야 하는데 큰일이네. 어휴…." 빨래를 개면서 혼자 중얼거렸다. 그때 갑자기 남편이 쏘아댔다. "아니, 누가 공저 쓰라고 했어? 자기가 하고 싶어서 한 거잖아. 순장이면 그 정도 일정은 고려하고 했어야지. 그런 거 고려도 안 했어? 청소! 나도 부담이야. 이 많은 걸 언제 다 청소하냐고. 징징거리지 좀 마." 거실을 치우고 있던 남편이 버럭 화를 내며 말했다. 징징거린다니, 충격이었다. 청소랑 글쓰기 부담 때문에 그런 것을, 그것도 다섯 마디 정도 했나? 힘들다고 몇 마디 하지도 않았는데 그렇게 표현하다니 어이가 없었다. 화도 났다. 둘의 언성이 오고 갔다. 막내 앞에서는 시끄러울 것 같아서 잠시 지하에 내려가 차에서 얘기 좀 하자고 했다. 시댁의 어머님은 어디가 아프다, 힘들다, 허리가 끊어진다는 얘기를 20년 넘도록 매주 한두 번씩, 기본 20~30분 가까이 말씀하신다. 때론 듣기 힘들 때 있어도, 지금껏 어머니 위로해드리고 공감해드리고 그랬는

데, 그 말씀은 잘 들어주면서, 나한테는 그 정도 몇 마디 말도 못 들어주는가 싶어 억울했다. 어떻게 그럴 수 있냐고 했더니 미안하다고 했다. "엄마 말은 좀 흘려들을 수 있지만, 자기 말은 그게 안 돼. 하나하나 머리에 콕콕 박힌다니까!" 위기를 모면하려고 그러는지 몰라도, 약간은 마음이 누그러지는 것 같기도 했다. 남편도 회사에 할 일이 많은데, 청소도 문제고 다락방 식구들 올 생각에 부담이 돼서 예민해졌단다. 그러면서 물었다. 대체 책은 왜 쓰려고 하냐고. 본인 이야기하는 거 힘들어하면서, 굳이 힘든 일 속상한 일 꺼내가며 힘들게 글을 왜 쓰냐고 물었다. 돈이 되는 것도 아닌데, 몇 년째 수업 듣고, 책 붙들고 그리 사냐고 답답하다고 말했다. 이전에 공부한 원예 수업과 최근 공부한 그림책 심리 관련 공부며, 온갖 자격증은 스무 개 가까이 따놓고 활용을 못 한다고, 언제까지 그럴 거냐고 했다.

언제는 괜찮다고, 취미로라도 배우라고 하더니 돈 때문에 그러나 싶어 남편에게 물었다. 돈 때문이 아니고 답답해서 그런다고 했다. "그냥 가정주부로 있든가, 뭔가 배우고 뭔가 일하고 싶어는 하면서 늘 2%가 부족해." 2%가 아니고 20% 이상 부족하다고 하고 싶겠지만 순화해서 말했을 테다. 나도 잘하고 싶지만 안되는데 어떡하냐고, 놀러 다니는 것도 아니고, 가만있는 거보다 낫지 않냐고. 아파서 누워 있는 것도 아니고, 우울증 걸리거나 병원 오가는 거보다 낫지 않냐고 얘기했다. "조금이라도 성장하고 발전하면 되지. 뭐 어때서?" 애써 답했지만 속상했다. 남편의 지지와 인정은 받지 못할지언정, 그리 배우고 그리 쫓아다니고 책은 그리도 많이 읽더니 제대로 해놓은 게 뭐 있냐는 추궁을 받으니 자존심이 상했다. 자존감도 확 무너져 내리는 것 같았다. 청소 같이하면 된다고, 괜찮다고, 글부터 쓰라고 위로해주길 바랐는데 그렇게 시끄러워질 줄은 몰랐다. 차에서 한 시간 넘게 얘기를 나눴다. 뭐가 남편의 진심인 건지, 화가 나서 그러는 건지, 분발 좀 하라는 말인지는 몰라도 오기가 생겼다. 늘봄학교 수업 관련해서 원서를 내봐도, 사회복지사 채용 원서를 내봐도 면접 보러 오라는 곳이 없었다. 어디서 어떻게 일을 시작해야 할지 막막하던 차에 공저 작업에 참여하게 됐다. 일단 글이라도 빨리 써보자 싶었다. 공저 마무리하고, 그림책이든 에세이든 쓰다 멈춰버린 글이라도 써보자 생각했다. 다음 날 아침, 남편과 화해는 했지만 팩트 폭격의 말들이 머릿속을 맴돌았다. 아무도 응원해주는 이가 없는 것 같아 서러웠다. 굳이 그런 말 하지 않아도 충분히 속상한 것을, 남편이 남처럼 느껴졌다. 의기소침해 있는 나를 안아주려 했지만 피했다. 남편은 몇 번이나 미안하다고 했는데 왜 그러냐고 화를 내며 아침도 안 먹고, 7시 전에 출근을 해버렸다. 연일 일이 많다고 밤늦게 11시쯤 돼서 들어오더니, 빨리도 출근했다. 나이를 먹고도 이리 다투고 있다.

자존심은 상했지만 사람 일은 어떻게 풀릴지 모르는 거라고 스스로를 위로했다. 지금은 이래도 앞으로 발전해나가면 되는 거지, 조금 부족하고 느린 듯해도 나아가고 있으면 되는 거라고 마음을 다독였다. 청소와 정리를 잘하지는 못해도 그래도 지금껏 잘 살아왔다. 못하는 부분은 채워나가면 되는 거고, 조금 더 나아지면 되는 거 아닐까. 세상이 뭐라 해도 나는 나로서 소중하다. 나 또한 존귀한 사람이고 사랑받는 자녀다. 이젠, 누군가의 말에 상처받고 힘들어

아파하지만은 않는다. 남편도 내가 잘되기를 바라는 마음에 안타까워서 그런 거라 이해하기로 했다. 남편이 던졌던 질문, 왜 책이 쓰고 싶은지를 생각해봤다. 독서와 글쓰기가 좋다. 그냥 마음이 간다. 좋아서 선택한 일이다. 작가라는 직업이라도 하나 있으면 좋겠다 싶다. 글쓰기를 통해서 나처럼 힘들어하고 자존감 낮은 사람들에게 용기와 힘을 전해주고 싶다. 늦게 가진 작가라는 꿈을 놓치고 싶지 않다. 살다 보면 마음먹은 대로 되지 않을 때도 있고, 스스로가 못나 보이거나, 주변의 반대에 휘청거릴 때도 있겠지만, 꾸준히 한 걸음씩 나아가다 보면 원하는 바를 언젠가 이루게 될 거라 믿는다.

남편 이야기를 덧붙이자면, 평소에는 자상한 편인데 본인도 여러 가지 스트레스로 힘겨웠던 모양이다. 나는 남편의 공감을 원했고, 남편은 함께하는 시간을 원했는데 각자 삶으로 바빴다. 가장으로 어깨에 무거운 짐을 지고서 지금까지 걸어온 남편도 고생 많았다는 걸 안다. 서로 모자란 점 있어도 이해하고 보듬어 안는 게 사랑일 거다. 가끔 미울 때 있어도 고마운 모습을 떠올리기로 했다. 사랑은 시간을 품는 거라 했다. 중년의 우리도 부족하지만 조금씩 나아지고 있다. 그렇게 익어가고 있다. 청소 난리 블루스를 기억하려 한다. 남편, 글감 제공해줘서 고마워, 당신 덕분이야 인사 나누며 청소 시작해야겠다.

❽

지금의 나를 만든 시간들

이창현

어린 시절을 돌아보면, 제 인생에서 기억나는 첫 번째 성공은 초등학교 1학년 때였습니다. 당시 학교는 학생 수가 많아 오전반과 오후반으로 운영될 정도였습니다. 저는 목소리도 크고, 어떤 일이든 적극적으로 나서는 아이였습니다. 입학 후 첫 반장 선거가 열렸습니다. 50명의 학생 앞에서 난생처음 '선거'라는 것을 경험하며, 열댓 명의 친구들과 함께 소견 발표를 했습니다. 그리고 치열한 경쟁을 뚫고 당당히 반장으로 선출되었습니다. 작은 사회에서 거둔 첫 성공이었습니다.

이후 매해 반장으로 선출되었고, 아이들 사이에서도 인정받는 학생이 되었습니다. 공부도 열심히 했고, 운동도 좋아해서 친구들과 함께 축구와 야구를 하며 우정을 쌓았습니다. 선생님들께 칭찬받으며, 그야말로 빛나는 학창 시절을 보내고 있었습니다. 그러나 그 시절의 저는 몰랐습니다. 자신감과 자만이 종이 한 장 차이라는 것을. 그리고 타인을 배려하지 않는 리더십은 결코 오래가지 못한다는 것을.

그 시절, 저는 야구를 하면 늘 4번 타자이자 선발투수였습니다. 자연스럽게 저만을 중심으로 경기가 진행되었고, 그것이 당연하다고 생각했습니다. 하지만 주변 친구들의 마음은 그렇지 않았나 봅니다. 어느 날부터 친구들은 저를 야구 경기에서 배제하기 시작했습니다. 소위 말하는 '왕따'를 당한 것이었죠. 세상을 향해 자신 있게 목소리를 내던 저에게는 충격적인 일이었습니다. '내가 뭘 잘못했을까?' 처음에는 친구들의 행동이 문제라고 생각했습니다. 억울함과 분노가 뒤섞여 감정을 추스르기도 어려웠습니다.

하지만 시간이 지나면서, 저는 제 행동을 돌아보기 시작했습니다. 그리고 깨달았습니다. '내가 친구들을 배려하지 못했구나.' 사태의 심각성을 깨달은 저는 한 명씩 찾아가 진심 어린 사과를 했습니다. 그리고 그 과정에서 알게 되었습니다. 내 행동이 의도하지 않게 누군가에게 상처를 줄 수도 있다는 것, 그리고 세상을 살아가는 데 가장 중요한 것은 '존중'과 '배려'라는 것을. 다행히 친구들과 다시 어울리게 되었고, 저는 이전보다 성숙한 모습으로 학창 시절을 이어갈 수 있었습니다.

중학교에 진학한 후에도 반장직을 맡았습니다. 하지만 초등학교 때와는 달랐습니다. 선생님께서는 학급 관리를 저에게 맡기셨고, 학급 내에서 문제가 생길 때마다 저는 책임을 져야 했습니다. 특히, 학급에는 소위 '일진'이라 불리는 친구가 있었습니다. 처음에는 조용히 지내던 그 친구는 점점 본색을 드러냈고, 하나둘씩 친구들을 괴롭히기 시작했습니다. 하지만 아무도 나서지 않았습니다. 혹시라도 자신이 타깃이 될까 두려웠기 때문입니다. 마치 『우리들의 일그러진 영웅』 속 엄석대처럼, 그 아이는 점점 학급을 장악해나갔습니다. 저는 고민에 빠졌습니다. '이 상황을 그냥 두어서는 안 된다.' 하지만 나섰다가 제가 손해를 입게 될 수도 있었습니다.

머릿속에서는 두 개의 생각이 부딪쳤습니다. '도움을 줘야 할까? 조용히 있는 것이 나을까?' 결국, 저는 큰 용기를 내어 선생님께 학급에서 벌어지고 있는 일들을 소상히 말씀드렸습니다. 그리고 그 친구는 2주간 등교정지 처분을 받았습니다. 그러나 문제는 거기서 끝나지 않았습니다. 등교정지가 끝난 후 그 아이는 다시 학교로 돌아왔고 저는 '일진'들의 타깃이 되었습니다. 그들은 노골적으로 저를 괴롭히기 시작했습니다. 아무도 저를 도와주지 않았습니다. 그 경험은 제게 깊은 상처를 남겼습니다.

고등학교 입학 후, 선생님께서는 성적순으로 다섯 명을 불러 반장 선거를 진행하셨습니다. 하지만 저는 반장이 되기 싫었습니다. 그래서 선생님께 말씀드렸습니다. "저는 반장 선거를 포기하겠습니다." 그러나 선생님께서는 그것을 '반항'으로 받아들이셨습니다. 이후로 저는 학교에서 중요한 행사나 체험 기회에서 철저히 배제되었습니다. '내가 무엇을 잘못했을까?' 스스로에게 질문해보았지만 답을 찾을 수 없었습니다. 그리고 그 힘든 시간을 견디며 저는 깨달았습니다. 세상은 때때로 불합리할 수 있다는 것을.

그렇게 1년이 지나고, 저는 모든 기억을 지우고 공부에만 집중하기로 했습니다. 그러나 수능 전날 극심한 불안감 속에서 잠을 이루지 못했고, 결국 원하는 성과를 얻지 못했습니다. 재수 후에도 불운하게 단 한 자리 차이로 대학에 떨어졌습니다.

수많은 실패와 좌절을 겪었지만, 저는 절대로 포기하지 않았습니다. 넘어질 때마다 다시 일어섰고, 오뚝이처럼 끊임없이 도전했습니다. 때로는 끝이 보이지 않는 터널 속에서 길을 잃은 듯한 순간도 있었고, 노력에 비해 결과가 따라주지 않아 좌절감에 몸을 떨었던 날들도 있었습니다. 하지만 저는 그 모든 순간을 단순한 실패로만 받아들이지 않았습니다. 실패라는 경험을 통해 저는 한층 더 단단해졌고, 더 강한 사람이 되어갔습니다.

그 과정에서 저는 '배움과 성장'이라는 값진 선물을 얻었습니다. 실패는 제게 부족한 점을 깨닫게 해주었고, 그것을 채우기 위한 노력을 할 수 있는 원동력이 되었습니다. 다시 일어설 용기를 주었고, 시련을 견디는 법을 익히게 했습니다. 그 결과 결국 대학에서 교육심리학을 가르치는 교수가 되었고, 더 나아가 아이들의 학습을 코칭할 수 있는 기회도 잡았습니다.

물론 그 길이 순탄하지만은 않았습니다. 교사라는 직장을 내려놓을 때의 설렘과 기대는 현실의 벽 앞에서 여러 차례 흔들렸습니다. 사업을 운영하면서 마주한 현실은 제가 예상했던 것보다 훨씬 더 험난했습니다. 세상의 모든 일이 제 뜻대로 흘러가는 것이 아니라는 사실을 알게 되었고, 그 과정에서 수많은 고민과 선택의 기로에 서야 했습니다. 그럼에도 불구하고, 제 마음속에는 확신이 자리 잡고 있습니다. '나는 반드시 이겨낼 수 있다. 나는 잘할 수 있다.' 돌아보면, 수많은 실패와 좌절이 결국 저를 더욱 강하게 만들었습니다. 지금까지의 경험이 제 안에 단단한 뿌리를 내리게 했고, 앞으로 다가올 어떤 도전도 이겨낼 힘을 길러주었습니다. 아무리 험난한 시련이 닥쳐와도, 아무리 높은 벽이 가로막아도, 저는 다시 일어설 것입니다.

왜냐하면, 실패는 결코 끝이 아니기 때문입니다. 오히려 그것은 제가 가야 할 길 위에 놓인, 꼭 필요한 한 조각이었습니다. 실패를 통해 저는 배웠습니다. 한계를 마주하는 법, 다시 일어서는 법, 그리고 무엇보다 진짜 나 자신을 이해하고 성장시키는 방법을 말입니다. 물론 때로는 좌절감에 주저앉고 싶을 때도 있었습니다. 하지만 매 순간의 실패가 저를 더 단단하게 만들었고, 그 모든 경험이 결국은 제가 더 멀리, 더 높이 나아가기 위한 발판이 되었다는 걸 깨달았습니다. 그래서 저는 멈추지 않습니다. 더 큰 꿈을 향해, 더 나은 내일을 향해, 오늘도 한 걸음씩 나아갑니다. 그리고 저는 믿습니다. 이 길 끝에는 분명, 제가 바랐던 그 목표, 아니 그 이상이 저를 기다리고 있을 것이라고 말입니다.

❾

‘야무진’ 딸의 살아가는 방식

이해랑

신규 직원 채용 공고가 떴다. 남편은 “이번이 마지막 기회일 거야. 꼭 지원해봐.”라고 말했다. 서울시 산하 지방공무원 시험을 보라는 얘기다. 지금은 공무원 응시에 나이 제한이 없지만 1990년대 후반에는 있었다. 만 30세까지였다. 내 나이 서른이었다. 지방공무원은 국가공무원보다 상대적으로 수월하게 지원할 수 있었다. 더구나 남편 회사다. 어쩌면 남편에게 도움받을 수도 있다. ‘갑자기 공무원이라니!’ 생각지 못한 직업이었다.

결혼 전 유치원에서 근무했던 나는 일에 지쳐 있었다. 아이들은 종일 활동량이 많다. 나 역시 많은 에너지를 필요로 한다. 8년 동안 쉬지 않고 일했다. 잠시 쉬고 싶었고, 쉬고 나서 일터로 돌아갈 생각이었다. 공무원은 맞지 않은 옷을 입는 것 같았다. 결국 지원하지 않았다. 지원했다고 해서 합격했으리라는 보장도 없었지만 아쉬움은 있었다. 아이 낳고 키우면서 휴직과 복직을 반복했다.

아버지는 나를 '야무진' 딸이라고 불렀다. 자식을 사랑하는 아버지만의 표현이다. 이유가 재미있다. 처음 아버지로부터 '야무진'이라는 말을 들었을 때가 일곱 살쯤이었다. 시골 작은 마을에서 어린 아이들이 종일 무슨 놀이를 할까 싶겠지만 천만의 말씀이다. 마을 전체가 놀이터다. 눈에 띄는 것이 다 놀잇감이다. 언니 오빠 좇아다니면서 온갖 놀이를 했다. 숨바꼭질, 술래잡기, 얼음땡 놀이는 기본이다. 말타기, 땅따먹기, 구슬치기, 깃발 뽑기 등 셀 수 없다. 깃발 뽑기는 가위바위보 해서 상대를 주먹으로 이기면 크게 세 걸음 뛴다. 가위면 다섯 걸음, 보자기는 열 걸음 뛴다. 먼저 깃발을 뽑는 사람이 이긴다. 놀아도 놀아도 놀거리가 생긴다.

우리는 매일 온 동네를 휘젓고 다녔다. 아침 먹고 나와서 놀고, 점심 먹고 놀고, 어두컴컴해져서야 집으로 가곤 했다. 저녁 먹으라는 엄마의 호통에 마지못해서야 집으로 들어갔다. 노는 것에 목숨 건 아이 같았다. 살아오면서 미친 듯 놀아본 기억은 그때가 전부다.

그날도 언제나처럼 나이 상관하지 않고 어울렸다. 세 살 많은 사촌 언니 미자가 술래였다. 미자는 작은할머니의 딸이었다. 작은할머니는 우리 할머니의 동생이다. 우리는 숨을 장소를 정했다. 나는 윗집 작은할머니 집에 숨었다. 한참을 숨어 있어도 술래가 찾으러 오지 않았다. 슬그머니 밖으로 나왔다. 몸을 숙이고 주변을 둘러보았다. 대나무 울타리 사이로 우리 집 마당이 보인다. 마당에 미자 언니가 서 있었다. 들키지 않으려고 재빨리 몸을 숨겼다. 그때 어디선가 고함소리가 들렸다. 스님이다! 그 순간 심장이 얼어붙었다. 내가 제일 무서워하는 사람이 스님이기 때문이다. 동네 언니 오빠들은 틈만 나면 스님에 대한 무시무시한 이야기를 들려주곤 했다. 스님은 어린아이를 잡아간다고 했다. 머리카락을 싹둑 잘라 등에 메고 다니는 회색 자루에 넣어 간다고 했다. 재수 없이 걸리면 끝이라고 말이다.

그 시절엔 스님이 동네에 자주 나타났다. 엄마는 쌀이나 보리를 그릇에 담아 스님 앞에 가져갔다. 스님이 목탁을 몇 번 두드린 후 등을 돌리면 메고 있는 회색 자루에 쌀과 보리를 넣어주었다. 침을 꼴깍 삼키며 문 뒤에 숨어 회색 자루 속을 상상했다. 싹둑 잘린 아이 머리카락이 들어 있을 것만 같았다. 엄마에게 스님이 정말 아이를 잡아 가냐고 물은 적 있다. "말을 듣지 않는 애들은 데려간다더라." 엄마까지 그리 말했다. 꼼짝없이 스님이 무서울 수밖에 없었다.

스님이 나타났다는 소리에 작은할머니 집에서 한 발짝도 나가지 못하고 숨어 있었다. 동네 가장 높은 곳이다. 스님이 떠나는 모습을 볼 수 있을 거라고 생각했다. 스님을 보지는 못했다. 이내 놀이에 다시 빠졌다.

그날 저녁 우리 집은 한바탕 난리가 났다. 돈이 없어졌다. 이천칠백 원. 큰언니 비상금이다. 종일 집은 비어 있었다. 열 살 터울의 큰언니는 계획이 있어 돈을 모으고 있었던 것 같다. 반드시 돈을 찾아야 한다며 야단법석이었다. 모든 식구 눈이 나를 쳐다봤다. 돈 훔친 범인을 봤느냐는 것이다. "미자 언니가 가져갔어!"라는 말이 나와 버렸다. 심장이 벌렁거려 터질 것 같았다. 오빠는 네 눈으로 본 것 맞냐며 눈을 부라렸다. 이왕 뱉은 말이다. 미자 언니가 가져간 거라고 우겼다. 낮에 우리 집 마당에 서 있던 모습만으로 짐작한 것이다. 아버지와 큰언니 그리고 나 셋은 작은할머니 집으로 갔다. 미자 언니는 돈을 가져가지 않았다고 펄쩍 뛰었다. 낮에 왔던 스님이 훔쳐 갔을지도 모른다고 말했다. 돈은 잊기로 했다.

다음 날 잠이 깨기도 전에 시끄러운 소리가 들렸다. "준식아! 돈 찾았다!" 작은할머니가 종이돈 이천칠백 원을 흔들며 마당에 서 있었다. 작은할머니는 아버지를 부를 때 늘 오빠 이름으로 불렀다. "미자 이년이 돈을 화장실 담벼락에 숨겨놨어."

그날 아버지에게 야무진 딸이라는 말을 들었다. 눈으로 보지 않고도 범인을 잡았다는 이유로.

야무진 내가 초등학교에 갔다. 한자로 이름도 썼지만, 한글은 몰랐다. 아버지는 이름 세 글자만 가르쳐주고 학교에 보냈다. 받아쓰기 시험에서 빨간 줄이 확확 그어졌다. 친구들 앞에서 점수가 발표될 때마다 창피했다. 아버지와 받아쓰기 연습을 했다. 그 후로 매번 백 점은 아니었지만 더 이상 받아쓰기 시간이 겁나지 않았다. 아홉 살이 되었다. 구구단이 외워지지 않았다. 밤마다 책받침에 적힌 구구단을 중얼중얼했다. 밤잠 줄여 가며 외웠다.

일곱 살 때 세상을 알아버린 것 같다. 성공하려면 어떤 노력을 해야 하는지. 구슬치기에서 매번 오빠에게 졌다. 장작 패는 아버지 옆에서 작은 구멍을 팠다. 한쪽 눈을 감고 구슬을 맞춘 후 구멍 밖으로 구슬이 튕겨 나갈 때 짜릿했다. 오빠 구슬 몽땅 따서 남동생 주었다. 가위바위보 잘하고 싶어서 동생을 상대로 연습했다. 가위바위보는 연습한다고 잘해지지 않았다. 노력한 만큼 성취를 얻을 때도 있지만, 그렇지 못한 경우도 있다는 걸 일곱 살에 알았다.

수학 공부가 어려웠을 때 내 인생 성공에서 멀어질 줄 알았다. 하지만 길은 하나만 있는 게 아니었다. 수학 말고도 할 수 있는 공부는 많았다. 도전하지 않은 공무원 시험도, 포기했던 수학 공부도 그저 하나의 선택이었을 뿐이다.

돈을 훔친 사촌 언니를 짚어냈다는 이유로 아버지로부터 야무진 딸이라는 뜻밖의 말을 들었다. '야무지다'라고 해준 아버지 덕분에 자신감 잃지 않고 살았다. 비록 완벽하지는 않았지만, 나름 의미 있는 인생이었다. 삶은 부딪히고 겪어봐야만 알 수 있다. 아무것도 시도하지 않으면 아무 변화도 없기 때문이다. 삶에서 그 어떤 경험도 버릴 건 없다. 지금도 나는 여전히 야무진 딸로 살아가고 있다.

10

쓸모없는 경험은 없다

조지연

가장 오래 일했던 대구 K 치과, 그곳에서 청춘인 20대를 보냈다. 직원도 많고 환자도 많고 바빴다. 진료 중 화장실 갈 시간도 없었다. 선배들은 작은 실수도 용납하지 않았다. 한번 눈에서 벗어나면 그냥 넘어가는 법이 없었다. 혼자만 당했다면 억울했을 텐데 그건 아니었다. 다른 동기나 후배들도 선배에게 혼나는 일이 많았다. 그래서인지 버릇없이 행동하거나 농땡이 피우는 직원은 없었다. 다들 열심히 일했다. 스케일링 환자가 많았다. 스케일링은 치과위생사가 하는 가장 기본적인 업무이다. 입안에 있는 치석을 깨끗하게 제거하는 일이다. 큰물에서 배워보겠다고 이직한 치과에서 매일 스케일링만 하루 열 번 이상은 했다. 불만이 생겼다. 다양한 경험을 하겠다고 왔는데 왜 아무나 하는 스케일링만 시키는지. 나도 상담도 하고 수술도 많이 하고 싶었다. 같이 일했던 B에게 고민을 털어놓았다. B는 스케일링은 아무나 하는 일이 아니고 중요한 업무라고 했다. 내가 하는 일이 좀 더 가치 있는 일이라 생각해보라고 조언했다. 그 말을 듣고 생각을 바꿨다. 지금 하는 일에 최선을 다해보자고. 하찮은 일은 없다고. 누구나 할 수 있는 일을 좀 더 특별하게 만들고 싶었다. 환자를 기분 좋게 하기로 했다. 다음 날부터 환하게 웃는 모습으로 환자를 대했다. 스케일링하러 온 고객에게 감사하는 마음으로 평소보다 꼼꼼하게 해주었다. 진심으로 환자가 건강해지기를 바랐다. 예전에는 스케일링 한 번 할 때 5만 원이었다. 의료보험이 적용되자 하루 만에 1만 5천 원이 되었다. 스케일링 환자가 줄을 섰다. 하루는 원장이 나를 따로 불렀다. 원장은 대뜸 요즘 배우는 건 없는지 물었다. 새벽에 수영을 배운다 했다. 원장은 수영할 때 쓰라며 50만 원을 송금해주었다. 생각지도 못한 보너스를 받았다. 다른 직원에게는 비밀로 하라고 했다. 미소를 지으며 방을 나왔다.

직원들과 사이가 좋지 않았다. 나를 싫어한다고 생각했다. 사람들은 점심시간에 모여서 커피를 마시며 이런저런 이야기를 했다. 나와 친했던 선배가 같이 놀자고 이쪽으로 오라고 했다. 나는 괜찮다며 그들이 모인 자리를 피했다. 치과용 의자가 있는 방에 들어가 혼자 쉬었다. 사람들과 딱히 할 이야기도 없었다. 점심시간은 낮잠도 자고 혼자 쉬는 시간이라 생각했다. 그 시간 직원들은 소소하게 마음속 고민을 털어놓으며 친해지고 있었다. 같이 놀자는 말에 거절을 몇 번 하니 그 후로 나를 찾지 않았다. 퇴근하고 직원들은 따로 만나서 놀기도 했다. 나는 점점 멀어져갔다. 오랜 기간 일을 했지만 잘 지내다가도 사이가 한번 틀어지면 순식간에 어색해졌다.

겉으로는 밝게 아무렇지 않은 척하며 지냈다. 누군가 와서 힘든 일은 없냐고 물어보면 없다고 했다. 힘들다고 말하면 정말 힘든 상황이 될 것 같았다. 좋은 말만 하며 고민 한 번 털어놓지 않았다.

하루는 실장이 나를 불렀다. 우리 병원과 맞지 않는 것 같다고 했다. 그동안 힘들었던 일이 터져 눈물이 났다. 무섭고 엄했던 팀장이 나를 달래주었다. 나는 솔직하게 말했다. 사실 그동안 힘들었다고. 친해지고 싶었는데 먼저 어떻게 다가가야 할지 몰랐다고 했다. 팀장은 내 어깨를 다독거렸다. 네가 처음부터 솔직하게 말했더라면 우린 좀 더 친해질 수 있었을 거라며 평소와 다른 나긋한 목소리로 말했다. 억지로 괜찮다는 말 대신 속마음을 있는 그대로 털어놓는 편이 나았다. 애써 긍정적인 말만 하고 내 마음을 숨겼다. 사람 사이에는 신뢰와 솔직한 대화가 중요하다는 걸 알게 되었다.

권고사직을 당한 K 치과에서 사람을 대하는 방법과 인간관계를 배울 수 있었다. 직장 생활은 혼자 하는 게 아니다. 사람들에게 먼저 다가가기도 하고 관심을 가져야 한다. M 치과를 가게 되었다. 직원들과 잘 지내려고 노력했다. 사람들과 잘 지내니 모르는 것도 편하게 물어볼 수 있었다. 전 직장에서 바빠서 배우지 못한 것을 체계적으로 배웠다. 임시 치아 깎는 것도 전 직장에는 기공실이 붙어 있어서 치과기공사가 다 만들어주었다. 새 직장에서 다시 배우며 부족한 부분을 채워나갔다. 시간적 여유와 좋은 관계 덕분에 일을 배우고 쉽게 적응할 수 있었다. 원장과 맞지 않아서 짧게 일하고 그만두게 되었다. 결과는 좋지 않았지만 일을 확실히 배울 수 있었던 고마운 곳이다.

다음 새 직장은 M 치과보다 교통도 훨씬 편하고 집도 가깝고 대우도 좋았다. 좋지 않은 일이 있으면 다음은 반드시 좋은 일이 온다고 한다. 처음에는 몰랐지만, 시간이 지날수록 깨닫게 되었다. 규모가 작은 치과였다. 진료실 직원은 두 명이었다. 신입 1년 차와 내가 있었다. 그간의 경험으로 진료실의 모든 업무를 도맡아 했다. 원장은 나에게 상담과 진료를 믿고 맡겼다. 환자가 없는 시간에는 마음 편히 쉴 수도 있었고 임신 막달까지 배려받으며 일했다. 그 전 두 번 권고사직이 있었지만, 이번 직장으로 다 보상받는 것 같았다. 집과 거리도 버스로 5분밖에 되지 않아서 삶의 질도 높아졌다. 원장은 임신한 나를 위해 아기 내복도 선물해주었다. 출산휴가를 받고 기분 좋게 마무리했다.

엄마가 뇌출혈로 쓰러졌다. 남자 친구를 만날 예정이었다. 한창 꾸미고 있는데 아빠에게 전화가 왔다. 엄마가 의식이 없어 구급차를 타고 병원으로 가고 있다고 다급하게 말했다. 남자 친구와 부랴부랴 응급실을 찾았다. 엄마는 중환자실로 가게 되었다. 충격에 빠진 나를 대신해 남자 친구는 이성적으로 일 처리를 도와주었다. 남자 친구는 병원에서 쓸 물품들을 꼼꼼하게 알아보았다. 병원 약국에서 여러 필요한 것을 사서 내게 주었다. 고맙다고 했다.

"고맙긴, 고마우면 살면서 다 갚아라."

그는 무심하게 말하면서 먼저 병원 복도 앞을 걸어 나갔다. 그 뒷모습을 바라보며 생각했다. 이 남자랑 결혼하면 든든하고 행복하겠다. 앞으로 평생 살아도 좋을 것 같았다. 결혼 생각은 없던 사이였지만 그 일을 계기로 달라졌다. 믿음직스러웠다. 병실에 있던 엄마는 남자 친구가 오면 아이처럼 환하게 웃었다. 우리 웅이 내 비타민이라 하며 두 손으로 얼굴을 감싸 안았다. 엄마는 다행히 수술 없이 약물 치료만으로 증상이 나아졌다. 재활 치료를 마치고 엄마는 퇴원했고 얼마 후 우리는 결혼을 약속했다. 상견례 날짜를 잡고 양가 부모님께 인사도 드렸다. 엄마의 병원 생활로 인해 힘든 나날을 보냈지만, 남자 친구의 믿음직한 모습을 보게 되어 결혼까지 이어졌다. 엄마의 소중함을 알게 되었다. 가족이 있다는 게 얼마나 든든한지. 엄마가 갑자기 떠날 수도 있다는 것을 그때 처음 알았다. 살아 있어서 만질 수 있다는 게 큰 행복인지 지금껏 몰랐다.

직장 생활을 통해 사람을 대할 때 무조건 밝은 모습만 보이는 게 전부는 아니라는 걸 알았다. 솔직하고 진정성 있게 다가가는 것이 사람 사이에 신뢰를 준다. 직장 사람들이 나를 싫어한다고 생각했다. 아니었다. 내가 그들을 밀어내고 있었다. 나부터 먼저 다가가 말을 걸고 그들을 좋아했다면 그들도 나를 좋아하지 않았을까. 남들과 어울리지 않고 혼자서만 해내려 했던 나를 돌아보았다.

최근 시아버지가 섬망 증상으로 병원에 입원했다. 평소와는 완전히 다른 모습이었다. 대화가 아예 되지 않았다. 가족들은 감당할 수 없는 아버님의 행동에 당황스러웠다. 아버님은 눈에 보이지도 않는 사람이 옆에 있다고 했다. 횡설수설하며 극도로 불안한 모습을 보였다. 폭력적인 행동을 하고 병원도 가지 않겠다고 했다. 설날에 구급대원과 경찰까지 집 안으로 들어왔다. 가족들의 긴 설득 끝에 겨우 병원에 입원했다. 어머님과 남편, 형님, 아주버님 넷은 24시간 돌아가며 병실 아버님 곁을 지켰다. 기적적으로 섬망이 나았다. 다행히 지금은 정상적으로 지내고 있다. 이 일을 계기로 아버님은 건강의 소중함을 알게 되었다. 가족들도 아버님에게 더 신경 쓰고 안부 연락도 자주 한다.

힘들다고 생각했던 일도 지나고 보면 다 도움이 되는 일이다. 살아온 모든 일이 쓸모 있다. 아버님의 섬망으로 힘든 시간을 보냈지만, 덕분에 평범한 일상이 기적이라는 게 무슨 말인지 알 것 같다. 내가 어떻게 해석하느냐에 따라 내 과거도 달라진다. 어떤 의미를 부여하느냐에 따라 내 인생은 달라진다.

11

다시 빛나기 위해

최향미

작년 겨울, 유방 초음파 검사를 받았다. 예전처럼 아무 이상이 없겠지 생각하며 병원에 갔다. 병원에 도착하자 간호사는 사물함 열쇠를 주었다. "탈의실에서 옷을 갈아입고 오세요." 병원복으로 갈아입고 초음파실로 들어갔다. 처음엔 검사가 금방 끝날 줄 알았다. 십 분이 넘게 계속되었다. 어둡고 조용한 방 안에는 딸깍딸깍 마우스 클릭하는 소리만 들렸다. 의사는 아무 말이 없었다. 한숨을 길게 내쉬며 옷을 갈아입고 진료실로 오라고 했다. 서둘러 옷을 갈아입고 진료실로 들어갔다. 여자 의사는 굳어진 표정으로 말했다. "유방에 혹이 아주 많이 있어요. 정확하게 세진 않았지만 몇십 개 있어요." 내 가슴에 혹이 많다니 큰 충격을 받았다. 의사가 말했다. "문제는 모양이 좋지 않은 게 여러 개 있어요. 여기 파란색으로 표시한 것 보이시죠?" 고개를 돌려 모니터를 바라보았다. 파란색 동그라미가 일곱 개가 보였다. 동그라미 안에는 길쭉하고 울퉁불퉁한 혹들이 있었다. "악성일 수도 있습니다." 그 한마디에 온몸이 얼어붙었다. 의사는 3개월 후 다시 검사를 해보자고 했다. 내 마음은 지옥처럼 변해버렸다.

집에 돌아와도 믿기지 않았다. 내가 암에 걸릴 수도 있다니. 이제 마흔이 넘었으니 이 나이에 암을 진단받는 사람들이 많다는 걸 알고 있다. 하지만 그건 남의 이야기라고 생각했다. 그런 일이 나에게 일어날 거라고는 한 번도 상상하지 못했다. 몇 개월 동안 스트레스 받으며 아르바이트를 했다. 늦은 새벽까지 잠을 자지 않았다. 과자, 아이스크림, 치킨 등으로 스트레스를 풀었다. 살면서 건강이 제일 중요하다고 사람들에게 자주 말했다. 몇 년 동안 자기 계발 공부한다고 건강을 생각하지 않았다. 그 시간 동안 내 몸은 서서히 병들고 있었다.

얼마 전, 언니도 유방 수술을 받았다. 여러 개의 혹 중 몇 개가 안 좋은 모양을 보여 수술을 했다. 그때 언니가 유방 초음파 검사는 꼭 잘하는 병원에서 받아보라고 말했다. 엄마도 몇 년 전에 유방암 진단을 받았다. 엄마의 혹은 두 군데 병원에서는 괜찮다고 했고 병원 한 곳에서 모양이 이상하다고 정밀 검사를 했다. 결국 엄마는 유방암 판정을 받았다. 엄마가 진단 받았던 병원에서 검진을 받았다. 유명한 곳이라 예약이 꽉 차서 4개월을 기다려야 했다. 그런데 오늘 악성일 수 있다는 말에 순간 온몸에서 힘이 빠졌다.

3개월 동안 나는 식단을 조절하고 운동을 하겠다고 다짐했다. 현실은 생각만큼 쉽지 않았다. 밤에는 유튜브를 보고 늦게 잤다. 암에 걸린 사람들의 이야기를 자주 보았다. 그들의 이야기를 들을수록 두려움은 점점 커졌다. '나도 혹시 암이 아닐까?' 하는 생각이 들었다. 유튜브가 추천해주는 영상은 암과 관련된 영상뿐이었다. 감정코칭 독서 모임에서 한 달 동안 힘들었던 일을 한 가지씩 말해보자고 했다. 요즘 유튜브를 보면 내가 암일 것 같은 생각이 들어서 무섭다고 말했다. 그때 유재희 선생님이 말했다. "다른 병원 안 가고 3개월 동안 기다려보기로 선택했잖아요. 그럼 믿고 기다리는 게 좋아요. 지금 하고 있는 건 아이에게 '엄마가 널 믿는다.' 말해놓고 살짝 문 열고 뒤에서 공부하는지 감시하는 거랑 같아요. 믿기로 했으면 유튜브 영상은 그만 보고 그냥 믿으세요." 그 말을 듣는 순간 깨달았다. 나를 믿어보기로 했다. 이후 나는 더 이상 암과 관련된 영상을 보지 않았다. 그리고 매일 녹즙을 마시고 조금씩 운동을 시작했다.

드디어 검사 날이 되었다. 다시 초음파 검사를 했다. 결과를 듣기 위해 진료실로 들어갔다. 손에서 땀이 났다. 안 좋으면 수술하자 마음을 먹었다. "6개월 후에 다시 봅시다." 그 말에 가슴을 쓸어내렸다. 마치 천국에 온 기분이었다. 혹의 모양이 좋아지지 않았지만, 우선은 지켜보자고 했다. 안도하며 작게 웃었다. 자리에서 일어나 문을 열었다. 그때, 등 뒤에서 의사의 말이 들렸다. "고위험군인 것 잊지 마세요!" 순간 결심했다. 돈도 좋고 목표도 좋지만, 내 몸을 먼저 챙기자고 다짐했다.

이 년 전, 좋았던 건강이 나빠진 것은 건강하게 먹지 않았고 제대로 운동하지 않았기 때문이었다. 몸에 신경을 쓰지 않는 동안 건강은 서서히 나빠지고 있었다. 중요한 것은 건강이라는 사실을 다시 한번 깨달았다. 이번 일을 계기로 내 몸을 소중히 돌보기로 마음먹었다. 매일 아침 녹즙을 마시고 강변을 걷기 시작했다. 탁 트인 강을 바라보며 마음도 함께 평온해졌다. 이제는 내가 좋아하는 일들을 하나씩 시작하고 있다. 문화센터에서 캘리그라피를 배우고 혼자서 바다 여행을 떠난다. 그렇게 소소한 일상에서 반짝이는 행복들을 하나씩 찾기로 했다.

성공도 중요하지만, 건강이 나빠지면 그 어떤 성공도 의미가 없다. 살아가면서 누구나 예상치 못한 시련과 마주하게 된다. 3개월 전 유방의 혹은 내 몸이 나에게 보낸 중요한 신호였다. 휴식이 간절히 필요했다. 일 년 동안 아이에게 집중하며 자기 계발을 멈췄다. 마음이 한결 가벼워졌다. 유방 검사를 3개월 동안 기다리면서 시간은 멈춘 듯 느리게 갔다. 그 시간 속에서 나는 오히려 문제에 집중할 수 있었다. 어떻게 살아가야 할지 깊이 생각하게 되었다. 유방의 혹이 오히려 더 나쁜 일을 막은 것일 수 있다는 생각이 든다. 돈도 성장도 물론 중요하다. 하지만 건강을 해치면서까지 해야 할 이유는 없다는 걸 몸이 먼저 알려준 것이다. 예전에는 수술로 고통을 겪은 적이 있었다. 결국 남는 건 병원 침대 위의 자신뿐이라는 걸 알았다. 나는 느리게 가기로 했다. 삼 년에 갈 길을 오 년 걸쳐 천천히 가면 된다. 이제 잘하려는 마음을 내려놓았다. 나는 내가 사랑하는 방식으로 나만의 속도로 행복을 하나씩 만들어가기로 했다.

병원에 감사하고, 심각한 결과일지도 모를 상황을 경험하고 나니 지난 내 삶을 돌아보게 되었다. 좋은 일도 많았고 슬프고 괴로운 일도 적지 않았다. 암에 걸려 죽을지도 모른다고 생각하니, 그동안 겪었던 모든 일 덕분에 내가 지금 여기에 살아 숨 쉬고 있다는 생각이 들었다. 모든 경험에 감사한다. 눈물 흘릴 만큼 아프고 괴로웠던 시간까지도.

12

삶이 건네는 말

홍영주

눈앞에 보이는 건 일부일 뿐 전부가 아니다. 현재 상황에만 골몰하면 큰 그림을 보지 못한다. 하나의 사건에 힘을 부여할수록 인생 전체 문제로 느껴질 뿐이다. 영원하지 않을 문제들에 마음을 빼앗기는 동안 소중한 삶의 한때는 지나가버린다.

돌아보면 나는 두 번째 화살을 자처하는 편이었다. 피할 수 없는 고통의 화살을 맞고 난 뒤 다시 나를 향해 화살을 날리곤 했다. 통제 불가능한 사건들을 내 안으로 가져와 곱씹고 자책하며 상처를 키웠다. 외부 상황에 대한 지나친 해석에 시간과 에너지를 쏟느라 그 순간 삶의 아름다움을 놓친 적이 많았다. 하지만 돌이켜 생각해보면 지금껏 겪어온 일들은 삶이 나에게 해주고 싶은 말이 있었기에 일어난 것들이었다.

“여기 오지 않아도 될 것 같네요.” 대입 면접을 마치고 나가려는 순간이었다. 잔뜩 긴장해서 그 말에 질문도 대답도 하지 못하고 밖으로 나왔다. 예상대로 결과는 불합격이었다. 어딘가로부터 거부당한 생애 첫 경험이었다. 나의 무엇이 부족했을까. 그동안 열심히 공부해온 과정을 단 몇 분의 인터뷰로 판가름낼 수 있단 말인가. 면접 준비를 철저하게 했어야 했다. 예상 질문과 답안도 미리 만들고 실전처럼 연습했어야 했다. 지나고서 후회한들 무슨 소용이란 말인가.

며칠 후 예비 6번이던 경인교대로부터 연락이 왔다. 추가 합격이었다. 담임 선생님으로부터 소식을 전해 들었다. 기대하지 않고 있었는데 합격이라니. 재수 학원을 알아봐야 하나 하던 참이었는데 이제 그럴 필요가 없어졌다! 대학교에 입학하고 나서 대학 생활을 하며 입시 실패의 기억은 자연스럽게 잊어버렸다. 대학교 2학년 때까지는 학과 공부를 열심히 했다. 국어, 수학, 사회, 과학, 음악, 미술, 체육, 실과, 영어 등 익숙한 과목을 가르치는 방법을 교육학이란 이름으로 배웠다. 고등학교 때와 달리 관련된 여러 책을 찾아 읽고 리포트 쓰는 일이 새롭고 재미있었다. 흥미를 갖고 공부하는 만큼 성적이 잘 나왔다.

추가 합격으로 시작한 학교생활이었지만 나는 매 학기 장학금을 받는 학생이 되었다. 시작은 누구보다 느렸지만 달리는 동안 기록을 끊임없이 경신해갔다. 2학년 2학기에는 마침내 최고의 성적을 거두었고 전체 1등이라는 결과를 얻었다. 입학 성적은 그다지 중요하지 않았다. 결국 중요한 건 누가 끝까지 포기하지 않고 공부를 이어가는가였다.

대학교 졸업 후 새로운 꿈에 도전하던 어느 날이었다. 규모 9.0의 대지진은 대규모 쓰나미를 데려왔다. 거대한 파도가 밀려와 선박들과 거리의 자동차들을 삼켰고 조용하던 마을마저 덮쳤다. 이 쓰나미로 원자력발전소의 전력 공급이 차단되고 결국 원전은 폭발했다. 뉴스 화면에서 본 쓰나미는 거대한 괴물 같았다. 바다 위에 떠 있던 배들을 삼키고 인간들이 사는 마을까지 침범하여, 자동차와 사람들이 들어찬 집들마저 어마어마한 입으로 먹어 치우는 바다 괴물. 굉음을 내며 폭발하는 원자력 발전소의 하얀 연기와 함께 내 꿈도 하늘로 연기처럼 사라졌다.

후쿠시마의 평화로운 온천 마을을 다녀온 지 오래되지 않은 때였다. 규슈, 도쿄, 오사카, 교토, 고베 등 일본에 다녀오고 나서 일본에서 살아보고 싶다는 생각이 들었다. 본격적으로 일본어 공부를 시작했다. 아침 7시에 일본어 학원에서 공부하고 학교로 출근했다. 문부성 장학생 선발 시험을 준비하며 JLPT 1급 시험에 응시했고 합격의 희망을 품었다. 후쿠시마 원전 사고 소식을 들은 후로는 일본에서 살아보고 싶다는 기대는 희미해졌고 일본어 공부 의지는 사그라들었다. 매일 보던 일본 드라마도 시들해지고 학원도 공부 모임도 흐지부지해졌다. 하지만 시간이 흐르고 쓰나미가 할퀴고 간 상처가 복구될수록 공부에 불타올라 노력했던 경험은 근기로 바뀌어 내 안에 자리 잡았다. 어떤 목표를 세우든 달성하는 힘이 생겼다.

만약 포기하지 않고 도전에 성공해서 일본에 살았다면 어땠을까. 아마 또 다른 기회를 찾았을지도 모른다. 하지만 일본어를 공부하며 어학 공부의 재미를 알았고 효과적인 학습 방법을 터득했다. 목표를 정하고 나아가는 힘도 생겼다. 이제는 가지 않은 길을 상상하는 것보다 지금 가고 있는 길 위에서 풍요로움을 찾으려고 한다.

죽음은 느닷없이 찾아온다. 가장 가깝게 지내던 대학 후배 미희의 부고 연락을 휴대폰 메시지로 받았다. 죽음마저 메시지로 배달되는 세상이다. 믿기지 않았다. 심장이 쿵쾅거리며 두 손이 떨렸다. 아이들이 체육 수업하러 가 텅 빈 교실에서 엉엉 소리 내어 울었다. 목 놓아 울었다. '사는 게 힘드네요, 언니.' 미희의 메시지를 받고 달려가 얼굴 보고 손을 잡아주었어야 했다는 자책과 후회가 밀려와 괴로웠다. 만나기로 한 약속은 영원히 지킬 수 없는 약속이 되었다. 한동안 팔다리가 떨어져 나간 듯 시리고 통증이 있었다. 책에서만 읽었던 그 문장이 어떤 느낌인지 처음으로 알게 되었다.

미희가 학교 일로 힘들어할 때 더 적극적으로 도와주지 못한 게 미안하고, 함께 여행 갔던 마카오 윈 팰리스 호텔에서 비싼 밥 사주지 못했던 게 생각난다. 해주고 싶어도 할 수 없다. 소중한 사람이 떠난 후에는 후회해도 소용없다. 미희가 차에서 들으라고 선물해 준 클래식 CD를 다시 틀 수 있기까지 1년이 걸렸다. 이제는 함께 한 추억만이 가슴에 남아 있다. 그 추억이 따스하고 특별해서 평생 간직하다 죽는 날까지 마음에 다시금 새기고 떠나고 싶다. 만나진 못해도 우리의 관계는 끝나지 않았다.

좋은 인연이라 믿었던 사이도 때로는 마음처럼 오랫동안 이어가지 못할 때가 있다. 헤어지지 않을 것 같은 사이도 때가 되면 계절이 바뀌듯 자연스레 멀어져갔다. 한때 소중했던 사람들이 떠나간 자리가 느껴지는 날에는 그들이 나에게 남겨준 애틋한 마음들을 살

포시 꺼내어 본다. 서로의 안위를 걱정해주는 마음, 힘들고 지쳤을 때 위로해주던 마음, 좋은 일에 내 일처럼 기뻐해주던 마음. 비록 곁에 없더라도 그들과의 추억은 내 마음을 따뜻하게 하고 내일을 살아가는 힘이 되어준다.

이제 와 돌아보면 지나온 삶의 여정 모두가 지금의 나를 만들어 주었다. 뜻하는 대로 되었든 되지 않았든 그저 내가 되어가는 과정의 한 부분이었다. 내가 원하는 나를 만들어가기 위해서 겪어야만 했던 일이었다. 어느 하나라도 없었더라면 지금과는 다른 내가 되어 있을 것이다. 지금의 내가 좋다.

어떻게 생각하고 어떤 가치를 부여하느냐에 따라 하나의 경험도 전혀 다른 이야기가 될 수 있다. 뜻을 이루지 못했다고 해서 그 상황을 부정하거나 나의 정체성마저 흔들리게 두어서는 안 된다. 오히려 나만의 의미를 찾아야 한다. 마찬가지로 원하는 바를 이루었다고 해서 성취에 도취하면 안 된다. 높이 올라간 만큼 언젠가 뉘우칠 날도 오기 마련이다. 실패도 성공도 다 지나간다. 그저 삶을 이루는 하나의 경험일 뿐이다.

우리는 경험보다 더 큰 존재이다. 한 사람의 정체성과 가능성은 단순히 그가 삶에서 겪은 사건이나 경험에 국한되지 않는다. 각자의 삶에서 마주하는 성공과 실패는 나를 형성하는 중요한 요소이지만, 그 자체로 자신의 가치를 매길 수 없다. 우리에게는 경험을 바탕으로 끊임없이 배우고 성장하며 더 나은 미래를 만들 수 있는 능력이 있다. 크고 작은 도전을 통해서 한계를 넘어서는 존재로 발전할 수 있으며 꿈과 목표를 향해 나아가며 새로운 나를 발견할 수도 있다. 우리는 경험의 총합이 아니라, 경험을 통해 얻은 통찰과 지혜와 가능성으로 가득 찬 존재이다. 우리를 가로막는 것은 아무것도 없다. 어디든 갈 수 있는 바람처럼 그저 새롭게 시작하고 성공하고 실패하면 된다. 우리는 존재하는 것만으로 이미 충분하다.

제4장

살아온, 그리고 살아갈 날들의 힘

❶

갈등 속에서 찾아낸 삶의 조각들

공미나

누군가 과거의 나에게 "살면서 가장 후회하는 행동은 무엇입니까?"라고 묻는다면, 나는 "결혼한 걸 후회합니다."라고 말했을 것이다. 맞다. 결혼을 후회했었다. 그저 해외에 나가고 싶고 집에서 탈출하고 싶어 무작정 결혼을 했다. 결혼 후 바로 남편이 공부하고 있던 일본으로 건너갔다. 당시 나는 일본 생활에 대한 두려움보다 기대감이 더 컸다. 아버지는 공항에서 타국으로 큰딸을 보내며 평소와 달리 눈물을 보이셨다. 나도 울컥해서 함께 울었다. 지나고 보니 그때 아버지의 연세가 쉰네 살로 지금의 나보다 훨씬 젊었다. 그 나이에 큰딸을 먼 나라로 보내며 어떤 마음이었을지 이제 조금은 알 것 같다.

낯선 외국 생활에 외로움을 느꼈지만, 일본 생활은 나와 찰떡궁합이었다. 하지만 결혼 생활은 삐거덕 그 자체였다. 일본 음식 대부분이 나에게 잘 맞았다. 토종 입맛인 남편은 달고 짜다며 싫어했다. 나는 일본 사람들의 친절함에 감탄했다. 남편은 일본인은 겉으로는 친절한데 속마음을 잘 드러내지 않는다고 했다. 공주처럼 대해줄 것 같았던 남편은 잔소리 대마왕이었다. 우린 극과 극으로 안 맞았다. 나는 자유로운 영혼, 남편은 보수적 인간. 나는 감성적, 남편은 이성적. 나는 게으른 편이라 설거지 정도는 미루는 성향이다. 남편은 어질러진 건 바로바로 치워야 직성이 풀린다. 크게 금전적 어려움 없이 자란 나는 남에게 베풀기 좋아하고 둔감했다. 남편은 힘들게 살아서인지 구두쇠에 예민했다. 온실 속 화초처럼 큰 시련 없이 자라 긍정적인 나와 다르게 남편은 부정의 힘으로 살아왔다고 했다. 남편은 오랜 자취 생활로 요리하는 것을 좋아했다. 손맛까지 있어 김치를 담글 정도로 음식을 잘했다. 엄마는 결혼하면 많이 할 텐데 하시며 나에게 집안일을 가르치지 않았다. 설거지조차 안 했던 나는 남편에게 한국 요리의 기본인 된장찌개부터 배우기 시작했다.

언어를 구사할 수 있어야 아르바이트도 가능했기에 처음에는 일본어 학교만 다녔다. 3개월 후부터는 사우나 안에 있는 레스토랑에서 아르바이트를 시작했다. 오전에는 일본어 학교에서 공부하고, 오후 3시부터 밤 11시까지는 레스토랑 주방에서 일하는 생활이 반복됐다. 처음에는 주방 초짜가 제일 먼저 하는 설거지(식기세척기에 돌렸지만)와 음식 재료 정리를 맡았다. 얼마 지나지 않아 일본 음식인 야끼소바, 메밀국수, 우동, 튀김을 만들었다. 한국 음식인 김치찌개를 만들기도 했다. 집안일은 젬병인 데다 요리의 '요' 자도 모르던 내가 주방에서 요리하게 된 거다. 얼마 지나지 않아 간도 잘 맞추고 제법 맛있는 음식을 만들 수 있게 되었다. 설거지조차 안 해봤던 내가 요리를 하다니. 아이러니였지만 새로운 경험이었다.

주방장은 재일교포여서 한국말로 대화했다. 같이 근무했던 일본인 다지마 상은 나의 일본어 선생님이었다. 모르는 단어나 문장을 물어보면 성심껏 대답해주었다. 다지마 상과 대화를 나누면 일본 문화도 배울 수 있었다. 일본어 실력이 일취월장했다. 짧은 기간에 일본어 능력 시험 2급까지 취득했다. 주방장은 나에게 한국에 돌아가면 일본식 식당을 개업해도 되겠노라고 했다.

오전에 공부하고 밤늦게까지 일하는 생활은 자유로운 영혼을 가진 나에게 새로운 경험이자 도전이었다. 평소 힘든 일을 별로 해본 적이 없었다. 빡센 일정을 끝내고 집에 돌아오면 녹초가 됐다. 씻지도 않고 시체처럼 뻗어 잠든 날이 많았다.

나는 몸은 힘들었으나 일본 생활에 만족하며 살았다. 남편은 일본 음식도 싫고 일본 사람도 싫다고 했다. 일본이라는 나라는 맞지 않는다는 말을 입에 달고 살았다. 일본에서 대학을 졸업하더라도 비전 없다며 그리운 한국으로 돌아가고 싶다고 노래했다. 그 와중에 나는 계획에 없던 임신을 하고 말았다. 남편은 학업을 중단하고 한국으로 돌아가자고 했다. 덜컥 아이를 갖게 된 후 일본에서 도자기 공부를 하겠다는 나의 꿈은 1년 만에 산산이 부서졌다. 어쩌면 남편의 마음속에는 나의 꿈 같은 건 아예 존재하지 않았을지도 모른다.

한국에 돌아와 남편은 일본에 가기 전 아르바이트했던 이삿짐센터를 인수했다. 남편은 사장이었지만 직원들과 같이 이삿짐을 날랐다. 남편이 일을 나가면 이삿짐센터 전화를 집으로 돌려놓고 내가 문의 전화를 받았다. 결혼 전 금융 회사에서 고객을 상대하는 일을 했었기에 어렵지 않게 전화 상담을 했다. 상담 전화를 하다 가끔 실수하면 남편은 핀잔을 주고 버럭 화를 냈다. 남편의 핀잔은 나의 자존감을 떨어뜨렸고 기분을 엉망으로 만들었다. 서로 마음에 안 들어 으르렁대며 싸운 후 내 생활이 비참하다는 생각에 남몰래 눈물을 흘린 날이 많았다.

남편은 욕심이 많은 사람이다. 나를 강하게 만드는 재주가 있는 인간이다. 나도 나가서 돈을 벌었으면 좋겠다는 말을 넌지시 했다. 우리의 살림이 빨리 나아졌으면 하는 바람이었겠지만 내심 서운했다. 나름 이삿짐센터 전화 받아주고 아이도 키우며, 못하는 살림이나마 꾸역꾸역하고 있었는데 말이다. 지금 생각해도 욕이 나온다. 낮에는 아이도 있고 남편의 전화도 받아주어야 했기에 내가 할 수 있는 일이 없었다. 하지만 남편 보라는 듯 벼룩시장 구인란을 펼쳤다. 아이가 잠든 사이 새벽에 할 수 있는 신문 배달이 있었다. 아침잠이 많았지만 신문 배달을 시작했다. 한 달 만에 그만두고, 조금 더 나은 수입을 위해 권리금을 주고 파스퇴르 우유 배달로 갈아탔다.

우유 배달은 신문 배달보다 이른 새벽 3시에 일어나야 한다. 대리점에서 배달할 우유를 아파트 단지 구석에 갖다놓는다. 자전거에 싣는다. 엘리베이터 타고 위층부터 내려오며 주머니에 우유나 요구르트를 넣었다. 그나마 배달해야 할 곳이 모두 아파트였기에 자전거로 배달할 수 있었다. 비가 오면 우비를 입고 눈이 오면 미끄러질까 조심조심 자전거로 아파트 단지를 왔다 갔다 했다. 새벽 공기가 차가웠고 손가락 끝이 얼어붙을 듯했다. 더 서러운 건 남편이 무심했다는 거다. 그나마 좋았던 점은 출산으로 10킬로그램 이상 늘었던 몸무게가 밤낮이 바뀐 생활 덕분에 자연스럽게 빠져 저절로 다이어트가 되었다. 이 점은 남편에게 감사해야 하나? 비록 투덜대며 했지만, 열심히 한 덕분에 수입도 생기고 성취감도 있었다. 새벽 몇 시간의 노동치고는 가계에 큰 도움이 됐다. 1년 정도 일한 후 내가 준 권리금에 조금 더 얹어 받고 다른 사람에게 넘겼다.

어느 날 남편은 "공인중개사 공부를 해보면 어때?"라며 다시 나를 자극했다. '이건 또 무슨 말이야. 나쁜 사람, 나보고 또 돈을 벌라고?' 그런 불만도 잠시, 집보다 밖을 좋아하는 나는 공인중개사 학원에 등록했다. 오랜만에 하는 공부였지만 새로운 지식을 배우는 즐거움에 힘든 줄 모르고 다녔다. 사람들을 사귀며 학원 수업을 열심히 들었다. 집에 와서는 배운 것을 노트에 정리하며 집중적으로 공부했다. 2000년 10월에 공부를 시작했고, 다음 해 11회 공인중개사 시험에 합격해 자격증을 취득했다. 새로운 공부로 성취감도 느꼈는데 자격증까지 한 방에 따고 나니 하늘을 날 듯 기뻤다. 나는 합격증을 번쩍 들어 보였다. "자기야, 나 합격했어." 남편은 환하게 웃으며 나를 안아주었다. 그 순간만큼은 우리 둘 다 행복했다.

2001년 1년간 송파동에 있는 부동산에서 일을 배우며 근무했다. 부동산 일은 사람 좋아하는 나의 성격에 딱 맞았다. 아이가 초등학교에 들어간 2002년, 내가 살고 있는 동네에 부동산 사무실을 개업했다. 그 당시는 부동산 활황기여서 정신없이 바빴다. 집안일보다는 새로 시작한 바깥일이 재미있었다. 무엇보다 통장에 돈이 쌓이는 기쁨이 컸다. 나는 오늘도 사무실에 출근해 물건을 인터넷에 올린다. 고객이 방문하면 원하는 물건을 찾아 보여준다. 계약까지 이어지면 행복하다. 원망했던 남편 덕분에 나에게 딱 맞는 일을 찾았다.

누군가 지금 나에게 "당신 인생에서 가장 잘한 일은 무엇입니까?"라고 묻는다면 "남편을 만난 겁니다." 그리고 "공인중개사로 살고 있는 거랍니다."라고 할 거다. 올해 나는 예순 살이다. 이 세월 속에는 수많은 말들이 켜켜이 쌓여 있다. 후회와 원망으로 시작했던 결혼이었지만 돌아보면 그 모든 시간이 나를 단단하게 만들었다. 부딪히고 깨지고 때로는 주저앉기도 했지만 이제 나의 길을 찾았다. 결혼이 아니었으면 경험하지 못했을 삶의 풍경들. 일본에서의 시간과 새벽 공기를 가르며 달렸던 우유 배달, 그리고 결국 나에게 딱 맞는 직업을 찾아낸 순간까지.

지금의 나는 살아온 날들의 힘으로 살아갈 날들의 용기를 얻는다. 여전히 갈등은 존재하겠지만 그 속에서도 나는 나만의 삶의 조각들을 찾아갈 것이다. 내 인생의 주인공은 언제나 나였고 앞으로도 그러할 것이다.

❷

못해도 돼! 어차피 잘하게 될 거야

김수아

'못하면 어떡하지.'

또 시작이다. 며칠째 머릿속 꼬리잡기가 끝나지 않는다. 도전이랍시고 일 벌여놨다. 막상 닥쳐오니 두렵다. 나도 나를 모르겠다. 아예 시작을 말든지, 아니면 당당하게 밀어붙이든지. 좀 못하면 어떤가. 노력하면 되지. 그러다가 또 안되면 어떡하지. 실수하면 어떡하지. 혼나면 어떡하지. 이러다 죽으면 어떡하지까지 간다. 스스로를 끊임없이 갉아먹는다. 잠이 오지 않는다. 새벽에 이유 없이 구역질이 났다. 어떤 날은 두통이 심해 일어날 수가 없었다. 형체 없는 불안을 부여잡다가 결국 병을 얻어낸다. 그렇게 많은 시간 들여 걱정했으면 뭔가 득이라도 있어야 하는 것 아닌가. 걱정의 끝은 우습게도 다시 원점이다.

중학교 1학년, 남들보다 늦게 발레를 시작했다. 엄마가 먼저 권했다. 멋모르고 하겠다 했다. 괜히 시작했다. 백조 사이 오리였다. 내가 있으면 안 되는 곳 같았다. 뭐 하나 특출난 것 없다. 제대로 서 있지조차 못한다. 여기만 오면 바보가 된다. 매일 하는데도 뭐가 뭔지 모르겠다.

발레와 25년째 함께하고 있다. 석사 학위를 받았고, 박사 과정을 수료했다. 아직도 잘 모르겠다. 모르겠으니 더 공부해야겠다. 그래도 25년 전보다는 더 안다. 10년 전보다도 조금 더 아는 것 같다. 그렇게 조금씩 어제보다 알아가고 있다.

대학 시절, 써브웨이라는 샌드위치 가게에서 아르바이트했다. 샌드위치에 넣을 채소를 하루에 몇 박스씩 썰어야 한다. 힘들어 보였지만 요일과 시간 조건이 딱 맞아 시작했다. 참고로 이 가게는 외국에서도 유명한 샌드위치 전문점이다. 외국인이 많이 온단다. 사장님은 간단한 영어를 할 줄 알면 좋다고 했다. 으아, 외국인이라니 예상 못 했다. 괜히 한다 했다.

매일 아침 토마토, 양파, 양상추, 오이, 피망 등의 채소를 다 여섯 박스씩 썰었다. 요즘은 다 썰어서 나온다던데 나 때는 매장에서 직접 다 썰었다. 이 많은 것을 오전 중에 끝내야만 했다. 일하는 곳에 누가 되고 싶지 않았다. 매일 썰고 썰었다. 손이 느렸다. 속도를 낸다 싶으면 칼에 손 베기 일쑤였다. 양파 한 박스 썰면 실연당한 사람처럼 엉엉 울었다. 눈을 감고 썰 수 있다면 좋겠다.

1년 지났다. 이제 눈을 감고도 써는 것은 물론, 일류 요리사처럼 탁탁탁 묘기하듯 썰 수 있다. 남은 걱정은 외국인이 오면 어떡하나였다. 이 샌드위치 가게는 개인의 취향에 따라 빵, 치즈, 속 재료,

소스까지 각각 골라야 하는 곳이다. 따라서 소통이 매우 중요하다. 사장님과 일할 때 외국인이 오면 그나마 괜찮았다. 할 일 있는 척하며 부엌으로 도망치듯 숨었다. 문제는 혼자 가게에 있을 때다. 그때는 지금처럼 번역기도 없던 시절이었다. 혹시 몰라 서점에서 손바닥 크기의 회화 책을 샀다. 외국인이 오면 보고 읽으려고 준비했다. 집에서 달달 외워 갔다. 막상 상황이 닥치니 소용없었다. 손님을 세워놓고 책 페이지 넘겨가며 상황에 맞는 문장을 찾을 때까지 기다리게 할 수는 없었다. 모기 같은 소리로 헬로우 한마디 겨우 했다. 심장이 요동쳤다. 그다음은 뭐라고 말할지 모르겠다. 눈만 깜빡이며 거친 숨을 몰아쉬었다. 안절부절못하는 내 모습을 눈치챘는지 외국인 손님은 알아서 줄줄 주문했다. 어차피 메뉴 이름이 다 영어라 알아듣기는 했다. 나는 단어로만 대답했다. 계산까지 마쳤다. 뭐야, 그 난리를 쳐놓고 막상 하고 나니 별거 아니었다. 나중엔 외국인 손님들 개개인의 취향을 다 외워 척척 만들어냈다.

대학교 2학년 겨울 방학, 단기 알바를 시작했다. 이번에는 졸업 시즌 꽃다발을 파는 아르바이트다. 이 일은 포장 팀, 판매 팀으로 나누어져 있었다. 시급 높은 판매 팀을 선택했다. 전날 잠이 오지 않았다. 다 못 팔면 어떡하지. 아무도 사지 않으면 어떡하지. 아직 시작도 안 했는데 하루 종일 걱정했다. 꽃을 다 팔지 못해도 급여는 준다. 판매량에 따라 시급이 다를 뿐이다. 당일 아침, 꽃다발이 든 박스가 지정된 학교 앞에 내려졌다. 2인 1조만 되어도 좋겠건만 혼자서 팔아야 한다. 커다란 이삿짐 박스에서 꽃다발을 주섬주섬 꺼냈다. 박스를 뒤집어엎어 거치대로 삼았다. 다섯 다발 남짓 겨우 올려놨고 나머지는 바닥에 내려놓았다. 학생들이 만든 것이라 그런가 디자인도 별로다. 내 옆자리 꽃가게는 각양각색의 꽃들이 작품 전시하듯 놓여 있었다.

졸업식이 임박하자 사람들이 우르르 몰려왔다. 사람은 많은데 내 것은 안 산다. 반절도 못 팔았다. 나 같아도 나한테 안 사겠다. 졸업식이 끝나 인적이 뜸해졌다. 반절 넘게 남았다. 졸업식이 끝나면 다시 수거하는 승합차가 온다. 남은 꽃다발을 사장님에게 다시 줄 때면 민망해 고개를 떨궜다. 추운 날 고생은 고생대로 하고 다 못 팔아 시급은 적었다. 같은 시간 투자했는데 누구는 더 받는다니 억울했다. 아직 몇 번 더 남았다. 아르바이트 가기 전날만 되면 걱정으로 하루를 보냈다. 그랬던 내가 몇 주 뒤, 나는 모든 꽃다발을 완판시키는 우수 판매자가 되었다.

덩그러니 서서 한 다발 만 원이라며 소리쳤다. 가격부터 내세웠다. 다른 곳은 이삼만 원대가 평균이었다. 내가 가진 경쟁력은 가격뿐이었다. 스물한 살이었다. 창피했다. 이미 소리는 질렀다. 몇몇 사람들이 모여들었다. 부끄러움도 잠시, 팔아야겠다는 생각뿐이었다. 구경하러 온 손님들에게 무슨 말을 해야 할지 몰랐다. 꽃이 촌스럽다며 갔다. 또 다른 손님이 이 꽃은 무슨 꽃이냐 물었다. 꽃에 대해 전혀 몰랐다. 왔던 손님들이 되돌아갔다. 이대로는 안 되겠다. 손님이 오면 무슨 말이라도 해야겠다. 내 이야기를 했다. 용돈 벌러 아르바이트 나왔다며 이것 모두 학생들이 새벽부터 만든 꽃이라 했다. 많이 팔면 시급도 올라간다 말했다. 한 손님이 옆집 꽃가게를 힐끔 보다가 다시 내 자리 꽃다발을 집어 들었다. 춥지는 않느냐, 몇 학년이냐, 학생이 열심히 산다 했다.

"우리가 사주면 이 학생 시급이 올라간다네?"

이왕 사는 거 학생 것 사주고 싶다 했다. 그 말을 들은 다른 손님도 내 꽃을 사 갔다. 한두 다발씩 팔리기 시작했다. 담임 선생님 드릴 꽃이나 친구들 것도 사야겠다며 한 번에 서너 다발을 사기도 했다. 박스 하나 놓고 덩그러니 서 있던 나는 누가 봐도 제일 별로였다. 여기서 할 수 있는 것은 가격 경쟁과 그리고 궁금하지도 않을 내 이야기뿐이었다. 그 상황이 오히려 빛을 발했다. 아르바이트생 중에 완판하는 사람이 나밖에 없었다. 나는 가장 높은 시급에 보너스까지 받았다.

걱정을 습관처럼 했지만 결국에는 다 해냈다. 처음 하는 수업인데 제대로 못 하면 어떡하지, 회원 없으면 어떡하지 했었다. 그랬던 내가 몇 년 뒤 명강사 촬영을 했다. 대학원 다니며 육아와 학업, 게다가 일까지 어떻게 병행할지 엄두가 안 났다. 휴학 없이 제때 수료했다. 학술지 논문은 대체 어떻게 쓰는 거지. 잘 써서 등재했다. 자격증 합격 못 하면 어떡하지. 합격했다. 남편 따라 잠시 캐나다 갔을 때 무턱대고 대학교 영어 과정을 신청했었다. 말 한마디 못 해 꼴등 하면 어떡하나 했지만 A로 졸업했다. 이렇게 해서 책이 나오겠나 했지만 결국 두 권의 책을 출간했다. 걱정은 제일 쓸데없는 짓이었다.

대부분의 일들은 결국 '하면' 해결된다. 걱정한 일 중 내 상상만큼 끔찍하게 잘못된 일은 없었다. 과정은 각기 달랐지만 결국에는 잘했다. 걱정은 현실보다 과장된다. 막상 닥치면 별일 아닌 경우가 더 많다. 결국 될 일이었다. 운이 좋아서가 아니었다. 그렇다고 죽을 만큼 노력한 것도 아니었다. 그 안에서 내가 할 수 있는 것을 '했'을 뿐이다. 일단 해보면 달라진다. 차선책이 최선책이 되기도 한다. 사람은 궁지에 몰리면 살기 위해 초인적인 힘이 생겨난다. 부딪히면 어떤 형태로든 방법이 나타난다. 막상 시작하면 그 대단한 걱정처럼 큰일은 일어나지 않았다. 죽겠다며 걱정을 노래 부르듯 했지만 나는 죽지 않았다. 심지어 더 강해졌다.

주변에서 뭘 그렇게도 걱정이 많냐 묻는다. 나도 알지만 습관처럼 나온다. 걱정 많은 사람의 마음을 잘 안다. 그 걱정 이면에는 잘하고 싶은 마음이 큰 것이다. 잘하고 싶은 마음은 좋지만 잘하려고만 하는 것은 욕심이다. 완벽할 필요 없다. 못해도 일단 했다. 달라졌다. 걱정의 빈도나 강도만큼 더 완벽해지는 건 아니었다. 금방 결과가 나지 않는다고 해서 실패한 것이 아니다. 실수해도, 부족해도 다 괜찮다. 단지 과정이 좀 길어질 뿐이다. 무엇을 하든 그것을 지속한다면 분명히 지금보다 잘하게 돼 있다.

나는 여전히 크고 작은 걱정을 하며 살고 있다. 마음대로 피할 수도, 막을 수도 없다면 그냥 걱정을 해버린다. 단, 걱정 이후에는 결국 잘될 것도 함께 생각한다. 조급해하지 않는다. 행동하면 방법은 무조건 있다. 놓지만 않는다. 내 자리에서 할 수 있는 일을 하면 된다. 과거의 경험에서 지혜라는 에너지를 얻는다. 지혜는 삶의 무한한 연료이다. 소진되지 않는다. 타인에게 줄 수도 없다. 나만이 가질 수 있는 특별한 힘이 된다. 그 과정에서 깨닫고 배우는 것들이 내가 앞으로 살아갈 날들의 힘이다.

③

삶의 모든 순간이 성장의 기회다

김순이

마음으로 '부자'라고 생각하며 살아왔다. 고통스럽고 힘든 순간조차 '나는 부자니까. 지금의 경험이 나를 성장시키는 디딤돌이 될 거야.' 스스로를 위로했다. 처음엔 왜 이런 일이 나에게만 생기는지 원망스러웠던 적도 있다. 시간이 흐르면서 고난과 역경, 순간의 기쁨은 내 삶을 튼튼하게 다지는 뿌리가 되었다는 사실을 알게 되었다.

인생에서 무의미한 순간은 없다. 내 안에는 견디고 버틸 힘이 있다는 걸 글쓰기 선생님인 이은대 작가의 수업 시간에 배웠다. 매 순간 나를 훈련시키고, 성장의 기회로 삼는다면 남은 날들을 충분히 빛나게 살아갈 수 있다고 믿는다.

10대 시절 부산에서 만난, 미경이라는 친구가 있다. 미경이와 교회에 함께 다니며 학생회 예배도 빠지지 않고 참석했다. 외로울 때 서로 힘이 되어주고 의지하며 우정을 쌓아나갔다. 그 세월이 5년이다. 그런데 친정아버지가 편찮으셔서 고향으로 내려올 수밖에 없었다. 안타깝게도 40년 동안 만나지 못하고 각자의 삶을 살았다. 세월이 많이 지났다. 문득 친구 미경이가 보고 싶었다. 10년 전, 용기 내어 인터넷을 통해 친구 찾기를 시도해보았다. 친구가 다녔던 부산 진여상, 친구의 언니가 살았던 부산 해운대구 재송동이라는 정보들로 검색을 했다. 부산의 한 교회에서 그녀가 전도사로 섬기고 있다는 사실을 알게 되었다. 떨리는 마음으로 교회에 전화를 걸었다.

"혹시 김미경이라는 분이 교회에 출석하고 계신가요?"

부산에서 함께했던 김순이라고 나를 소개했다. 친구가 궁금하고, 보고 싶어서 인터넷을 통해 전화 드렸다고 했다. 장로님께 연락처를 남기면서 친구 미경이에게 메시지를 남겼다. 혹 나를 기억한다면 연락 기다린다고. 간절한 마음이 전해졌을까. 몇 시간 후 친구에게서 연락이 왔다.

"친구! 반가워. 잘 지냈니?"

40년 만에 듣는 미경이의 목소리는 여전히 따뜻하고 정겨웠다. 교회 선배와 결혼해서 지금 행복한 가정을 이루었다고 전해 왔다. 미경이와 다시 만날 수 있었던 건 기적이라고밖에 표현할 수가 없다. 혹시라도 만나고 싶은 사람과 연락이 닿지 않거나 용기가 나지 않아 연락을 피하고 있었다면 다시 한번 연락을 해보라고 말하고 싶다. 한 통의 전화가 나에게 기회가 될 수 있다는 걸 이번에 알게 되었다. 최근에도 부산에 가서 미경이와 태종대 구경을 했는데 얼마나 기쁘던지, 힐링의 시간이었다.

시어머니에게 중풍과 치매가 찾아왔다. 결혼 후 1년 만에 생긴 일이다. 쉽지 않은 결혼 생활. 밤마다 옷을 입은 채로 실례를 하시는 시어머님이 안쓰러웠다가도 내 마음이 편치 않았다. 매일 새벽 우물가로 가서 옷가지들을 빨아야 했다. 동네 사람들이 볼까 봐 서둘러 빨아 오곤 했다. 한번은 늦잠을 자서 평소보다 늦게 우물가에 간 적 있다. 빨래하던 동네 사람들이 내 이야기를 하다가 나를 보고 멈칫했다. 한 분이 내게 말했다.

"우리 마을에 부지런하고 착한 사람이 누구네 집 며느리로 들어왔다고 소문났던데 새댁이네."

쑥스러웠다. 시어머님 모시고 3년을 살았다. 사는 동안 나는 아들과 딸을 낳았다. 다행히 시어머니의 건강도 조금씩 좋아졌다. 그러던 중 형님네 가정이 어렵다는 소식을 듣게 되었다. 큰아들 걱정에 시어머니는 밤잠을 이루지 못하셨다. 지금 사는 집에서 같이 살기에는 좁았다. 우리가 서울로 이사할 수밖에 없었다. 시어머니를 모시는 동안 인내와 책임감을 배웠다. 덕분에 어떤 상황에서도 일어설 수 있었다. 시어머니를 돌보면서 내 마음을 단단하게 만드는 시간이 되었다.

독립하여 서울로 이사 왔으나 남편의 건강이 좋지 않았다. 가족을 책임져야 했기에 돈을 벌어야 했다. 전문가가 되는 방법을 찾기 시작했다. 성동구 문화센터와 복지관에서 양재와 홈패션도 배웠다. 자격증도 따고 싶었다. 인터넷을 검색했다. 한남직업전문학교에 패션디자인과가 있다는 것을 알게 되었다. 야간반 합격 통지서를 받았는데 주 5일, 6개월 동안 학교에 다녀야 했다.

낮에는 부업으로 바느질을 했고, 밤에는 직업학교에서 수업을 들었다. 욕심을 냈다. 피곤하고 잠이 쏟아졌지만 기술을 배우고 자격증을 취득할 수 있다는 것이 계속 버틸 수 있게 해줬다. 고단했지만 나를 위해, 가족을 위해 포기하지 않았다. 끊임없이 노력했다. 남편의 건강 악화는 나에게 경제적 독립의 중요성을 깨닫게 해주었다. 평생 배움은 내 삶의 무기가 되었다. 지역 강좌, 무료 온라인 수업부터 시작해보기를 추천한다. 내가 해보니까 좋았다.

중학교, 고등학교, 대학교를 모두 오십 넘어 졸업했다. 시작은 늦었지만 배움에 대한 열정은 누구보다 뜨거웠다. 2020년 코로나 시기에는 SNS로 알게 된 '줌맘리딩클럽'과 '이은대 자이언트 북 컨설팅'을 만나 책 읽고 글 쓰는 즐거움을 선물 받았다. 1년에 책 한 권 읽지 않았던 내가 예순다섯의 나이에 책 읽기에 도전하는 중이다. 이은대 작가는 수강생들에게 독서의 중요성을 강조했다. 그의 저서와 그가 추천해준 책들을 구매했다. 늦은 나이에 책을 읽는다는 것이 쉬운 일은 아니다. 하고 싶은 게 있으면 멈추지 않는다. 공부는 언제나 나를 새로운 세상으로 이끈다. 그 길에 좋은 스승이 있어 다행이다. 지금은 이은대 작가의 『책쓰기』 책을 시작으로 하여 조금씩 읽고 있다.

앞으로의 계획과 바람은 수서동 자원봉사 캠프장으로서 봉사자들과 함께 보다 나은 삶을 살아가는 것이다. 그들에게 힘이 되기 위해 노력하고 있다. 봉사활동을 잘하고 싶어 서울시민대학 시민석사와 시민박사 과정을 이수했고 학위논문도 썼다. 석사 연구 과제물 「40년 재봉틀쟁이, 4,000시간 자원봉사 전문가 되다」와 시민박사 학위 청구논문 「사회적 고립감 극복에 자원봉사활동이 미치는 영향 연구」가 심사를 통과했다. 이 연구를 통해 앞으로 사회적 고립감이나 우울감을 겪는 사람들이 지역 주민들과 다시 연결될 수 있도록 쉬운 봉사활동부터 시작하고 점차 확대하려고 한다. 그들이 사회 활동에 참여할 수 있도록 안내하고 지지할 계획이다. 가벼운 안부 인사, 플로깅, 독거 어르신 말벗 봉사부터 참여하게 하면 주민들이 용기를 얻고 사회와 소통할 수 있을 거라 믿는다.

나는 '행복해서 감사하는 것이 아니라 감사하기에 행복하다.'라고 믿는 사람이다. 어려서부터 신앙생활을 통해 감사를 습관처럼 실천했고, 하나님의 은혜를 믿었다. '네 이웃을 네 몸과 같이 사랑하라.'라는 성경 말씀은 내 삶의 좌표다. 지금도 자원봉사자들과 함께 더 따뜻한 동네를 만들기 위해 노력하고 있다. 감사는 마음의 습관이고 나눔은 실천하는 사랑이다.

지나고 보니 성장과 기적은 거창한 게 아니었다. 작은 실천, 마음, 반복적인 노력, 그리고 배움과 나눔을 멈추지 않고 행해온 날들이 모여 지금의 나를 만들었다. 삶은 고단했다. 그럴 때마다 나는 멈추지 않고 배움과 나눔, 그리고 봉사를 선택했다. 이웃들과의 관계를 지켰다. 더 많은 사람과 함께 성장하고 싶다. 누군가의 시작을 응원하고 내 경험을 그들에게 나누어주려고 한다.

"내가 꿰맨 건 옷이 아니라 삶이었어요. 바느질처럼, 인생도 한 땀 한 땀 정성껏 이어가야 하니까요." 이웃 주민이 들려준 말의 뜻을 나는 이렇게 해석하게 되었다. 이 글을 읽는 당신이 오늘의 한 땀을 놓치지 않기를 바란다. 지금 이 순간을 소중하게 다루는 사람이 결국 빛날 테니까.

❹

삶의 모든 경험이 결국 내 것이 된다

박상림

2023년 7월, 평소와 다름없는 저녁이었다. 화장실에서 양치질을 하고 있다가 거울을 보고 목을 살짝 움직였는데 가벼운 통증이 목으로 전해졌다. 잠을 잘못 자고 일어났을 때 담이 온 것처럼 하루 자고 나면 괜찮아지겠지 하며 가볍게 넘겼다. 하지만 그날 이후, 내 삶은 완전히 달라졌다.

"목 디스크입니다. 5번과 6번에 염증이 있네요. 상당히 진행된 상태입니다." 몸을 꼼짝할 수 없을 정도로 아픈 내 상황과 달리, 의사의 말은 담담했다. 물리치료와 신경 염증을 치료하는 주사를 권했다. 나와 증상이 비슷한 환자들에게 처방한 대로 그대로 따랐다. 그동안 건강에 자신이 있었다. 매일 만 보 걷기를 실천했고, 웬만한 감기 한 번 걸리지 않는 체력의 소유자였다. 나는 누구보다 건강하다고 믿었다. 목 디스크라는 진단을 받고는 건강한 사람이 아니었다.

손가락 저림과 신경통은 누군가 왼쪽 어깨부터 손가락 끝까지 신경을 마치 예리한 칼로 천천히 후벼 파는 듯했다. 밤이면 고통은 더 심해졌다. 잠을 청하면 통증 때문에 눈이 떠졌다. 밤새 뒤척이다가 아픈 몸으로 아침을 시작했다. 육체적 고통보다 더 힘들었던 건 정신적 고통이었다. 끊임없이 흐르는 눈물과 깊어지는 무기력감. 열심히 실천하던 자기 계발과 일상 루틴들이 무너졌다. 새벽 기상, 만보 걷기, 블로그 포스팅, 독서까지. 나를 나답게 만들던 일상은 하나씩 사라졌고, 나는 더 이상 예전의 내가 아니었다.

아침부터 밤까지 고통은 지속되었다. 칫솔을 쥐는 것조차 고통이었다. '아, 오늘도 버텨야 하는구나.' 탄식으로 하루를 보냈다. 약을 먹고, 물리치료를 한 달 넘게 받았지만 통증은 계속되었다. 잠시 통증을 완화시킬 뿐이었다. 낮에는 일 때문에 어떻게든 견뎠다. 집에 돌아오면 바로 누웠다. 서 있을 힘도 없었다. 어떤 자세를 하든 통증은 계속되었다. 앉았다가, 섰다가, 다시 주저앉기를 반복했다. 그때 문득 『조셉 머피 부의 초월자』 책에서 본, 잠재의식에 건강한 모습을 상상하고 그대로 그리고 말하면 나아진다는 부분이 생각났다. 그대로 따라 했다. '나는 건강해. 내일 아침이면 고통이 사라질 거야.'라고 혼잣말을 하며 건강한 내 모습을 그려보았다. 몇 번 한다고 통증은 사라지지 않았다. 아팠다. 고통 없이 하루를 보내는 것이 오직 바라던 한 가지였다.

정신적으로도 완전히 바닥을 쳤다. 우울감과 무기력은 날이 갈수록 깊어졌다. 몸과 마음이 다 힘들었지만 마냥 이대로 있을 수 없어 '마음성장학교 슈퍼리치' 프로그램과 '5기 연구원 과정'을 신청하게 되었다. 그전부터 관심 있게 바라보고 있었고, 내 삶에 변화를 만들어줄 거라는 기대를 품었다. 교육이 시작되고 수업 중에 "지금의 나를 있는 그대로 받아들이고, 편안하고 즐거운 것이 무엇인지 찾아보세요."라는 김은미 대표님의 말은 내 마음 깊은 곳을 건드렸다. 그동안 나를 돌아보면 '더 나은 나'를 위해 무언가를 해야 한다고 생각했다. 더 일찍 일어나고, 더 많이 걷고, 더 많이 읽고, 더 많이 성취해야 한다는 생각 속에 살고 있었다. 하지만 몸이 말하는 건 정반대였다. '이제는 멈춰야 할 때야. 지금 이대로의 나도 괜찮아.' 그제야 비로소, 나는 쉼이 필요한 나를 인정할 수 있었다.

지금 이 순간, 내가 느끼는 고통도 나의 일부였다. 이것을 부정하지 않고 있는 그대로 바라보게 되었다. 통증이 완전히 사라지지 않더라도, 그것에 대한 내 반응과 태도를 변화시킬 수 있었다. 목 디스크를 겪은 시간은 오히려 나를 제대로 볼 수 있는 시간이었다. 뭐든 '해야 한다'의 생각에서 벗어나, 진정으로 내가 원하는 것이 무엇인지 스스로에게 물을 수 있었다. '나는 과연 누구인가? 내가 정말 가치 있게 여기는 것은 무엇인가?' 이런 질문들과 마주할 수 있었다.

마음성장학교에서 신청한 두 프로그램을 1년 동안 함께하는 과정을 통해, 삶의 방향을 다시 살펴볼 수 있었다. 내가 원하는 모든 것은 이미 내 안에 있다는 사실이었다. 나는 이미 충분히 많은 것을 성취했고, 내가 원했던 것은 모두 내 주변에 존재하고 있었다. 오감으로 느끼는 모든 것을 알아차리는 연습을 통해 지금 이 순간, 여기 있는 몸과 마음에 더 깊이 연결되었다. 몸의 통증도, 마음의 불안도, 모두 나의 일부로 받아들이게 되었다. 그리고 그것들에 지배당하지 않고, 그것들과 함께 살아가는 방법을 배웠다.

내가 마음성장학교에서 배운 가장 강력한 도구 중 하나는 '자기선언'이었다. 나 자신이 누구인지, 어떤 사람이고 싶은지 명확히 선언하는 것이다. 처음에는 이런 선언이 그저 허울뿐인 말처럼 느껴졌다. 하지만 매일 반복하면서 그 말들이 점차 내 신념이 되고, 행동이 되어가는 것을 경험했다.

"나는 글을 쓰는 작가다."

"나는 운동을 하는 사람이다."

"나는 건강한 식사 습관을 가진 사람이다."

"나는 가족과 따뜻한 대화와 소통을 하는 사람이다."

"나는 내가 원하는 삶을 사는 주체적인 사람이다."

이런 선언들은 단순한 말 이상의 것이었다. 그것은 나를 새롭게 정의하고 다시 삶의 중심에 서게 하는 과정이었다. 고통과 무기력에 갇혀 있던 나에서, 다시 삶의 주인공으로 돌아오게 만들어주는 회복의 언어였다. 몸의 상태는 크게 변하지 않았을지 모르지만, 그것을 바라보는 관점과 태도는 달라졌다. 이전에는 환경과 상황의 피해자로 느껴졌지만, 이제는 그 안에서 선택하는 것은 나의 몫이었다.

모든 경험이 소중하고, 모든 순간이, 모든 환경이 우리를 성장시키는 데 도움이 된다. 하루에 단 1%씩만 성장해도 1년 후에는 37배 성장의 결과를 만들어낼 수 있다고 한다. 이제 거창한 목표나 무리한 계획 대신, 매일 작은 걸음을 내딛는 데 집중한다. 모든 환경은,

심지어 가장 어둡고 고통스러운 시간조차도 우리에게 도움이 된다. 우리를 더 강하고 지혜롭게 만드는 소중한 기회가 될 수 있다. 살아온 날들의 모든 경험, 앞으로 살아갈 날들의 모든 가능성이 나를 지탱하는 힘이라는 것을. 그 힘은 어떤 역경 속에서도 결코 사라지지 않는다는 것을. 지금 이대로의 나, 충분히 괜찮은 사람이다.

❺

경험에서 의미를 건져 매듭짓는 태도

박용진

성장을 위해 경험해야 한다는 걸 알지만, 마음 한켠에서는 그저 머물고 싶어질 때도 있다. 나태하게 구는 것도 같은 맥락이다. 레벨이 올라 더 나은 삶을 살기 위해서는 경험치가 필요하다. 뒤돌아 우두커니 서 있으면 경험치를 채울 수 없다. 주저앉고 싶을 때 스스로 질문을 던져본다. 이 경험은 내게 어떤 자산이 될까. 제자리걸음을 해도 움직여야 한다. 문제가 터져도 이겨내고 해내는 힘은 이 당연한 태도에서 나왔다. 일이 생겼을 때 다양한 시각으로 볼 수 있게 해줬다. 그 일에만 몰두하지 않게 도와주었다.

경제학에는 '세대 간 형평성 문제'라는 말이 있다. 현재 세대가 단기적으로 편하려고 빚을 낸다. 이 행위는 미래 세대의 가치를 저평가하고 그들에게 책임을 떠넘긴 것이다. 책임이라는 바통을 미래로 던지면 당장은 홀가분하다. 그 행위는 장기적으로 다음 세대의 삶을 어렵게 한다. 그들이 똑같은 방식으로 그다음으로 바통을 넘길 수도 있다. 무한 굴레에 빠진다. 곪다가 터져버린다. 생각해보니 우리가 사는 방식과 다르지 않다.

문제가 터져도 가만히 내버려둔다. 괜찮다며 토닥이며 합리화한다. 시간이 흘러 정신이 든다. 아무것도 해둔 게 없다. 무언가를 해야겠다는 조바심이 생긴다. 남들을 바라보니 이미 앞질러 가는 것처럼 보인다. 시간을 쓸데없는 데 허비한다. 스스로 결정할 수 있는 일이 줄어든다. 빠르고 손쉽게 성과를 내고 싶다. 주식과 재테크에 관심이 간다. 공부하고 더 넓게 보지 않는다. 남들 이야기를 듣고, 흐름에 편승한다. 가끔은 따기도 하지만 대부분 잃는다. 일해서 번 돈으로 내 시간을 사려고 아등바등 산다. 악순환이다.

2023년 4월, 29살에 공군 운전병으로 입대했다. 서울대에 가고 싶어서 수능을 여섯 번 도전했지만 실패했다. 승복하고 25살에 지방대에 들어갔다. 정년퇴직을 앞둔 아버지 회사에서 나오는 등록금 지원 혜택을 받아야 했다. 4학년 2학기까지 휴학 없이 다녔다. 그래서 군대를 늦게 갔다. 교사를 하거나 전문직에 있다가 늦게 오는 경우는 있지만, 나처럼 생으로 미루다 오는 일은 드물다.

나이 먹고 군대에 왔더라도 싹싹하게 굴자고 마음먹었다. 대부분 일곱, 여덟 살 차이가 났다. 해가 바뀌니 많게는 10살 차이 나는 사람도 들어왔다. 내 또래는 고사하고 90년대생을 찾기도 어려웠다.

학교 다닐 때 동기들과 대부분 5살 차이가 났다. 학교 남자 동기들은 군대 가기 전이라 대학 생활을 즐기고 놀기 바빴다. 군대에 갈 거니까, 다녀와서부터가 진짜라고 생각했다. 1학년 1학기부터 진심 모드로 임하는 여자 동기들과는 대비가 되었다.

그렇게 학교 다니다 온 친구들을 군대에서 선임, 동기, 후임으로 마주했다. 군대에 왔으니 앞으로 뭘 할지 생각하자며 자기 계발을 하는 이들, 온 김에 어울리고 즐기고 놀자는 이들, 별생각 없이 왔는데 남이 무언가를 하니 덩달아 하는 이들 등 다양했다. 운전병으로 왔으니 운전 하나는 잘하자는 사람은 적었다. 비교적 쉬운 특기로 왔으니 꿀 빨겠다는 비율이 높았다. 나는 면허를 딴 지 10년이 넘었다. 밖에서도 부모님 차를 끌고 다녔다. 삽시간에 일을 잘하는 에이스 축에 들었다. 나이가 많다고 대접받으려 하지 않았다. 나이 불문하고 나보다 일찍 들어왔으면 경어체를 썼다. 대학도 마쳤고 앞으로 출판 편집 일을 하자고 마음먹고 왔다. 때가 되어서 온 이들과 일하는 태도가 달랐다.

요즘 군대는 월급을 많이 준다. 장병내일준비적금을 넣으면, 나오는 지원금까지 합치면 월 200만 원 정도다. 예전 군대는 월급도 적고 몸으로 해야 하는 강도 높은 작업도 많았다. 군 기강을 빙자한 구타도 존재했다. 지금은 행정과 디지털 업무의 비율이 높아졌다. 병사 인권을 강조한다. 같은 병사끼리 계급 상관없이 ○○ 씨라고 부르거나 형, 동생 하고 지내기도 한다. 편해졌지만 부작용도 있다. 일을 많이 하든 적게 하든 월급은 똑같으니 '내가 왜? 굳이?' 하는 생각이 퍼져 있다. 이기적으로 굴어 눈 밖에 나면 오히려 편하다. 일을 시키지 않으니까. 자기 시간 유연하게 쓸 수 있다. 돈도 많으니 사고 싶은 것을 다 살 수 있다. 일은 하지 않지만, 군인이니 계급이 오르면 짬 대우(?)는 받으려고 든다.

MZ 애들과 일하고 종일 붙어 있는 건 쉽지 않다. 바깥세상에서 대학 생활하며 본 동기들은 약과였다. 군대가 힘든 이유는 일이 고되어서가 아니라 꼴 보기 싫은 사람과 계속 봐야 하기 때문이다. 이 말을 실감했다. 요즘 군대에는 신고 문화가 만연하다. 공개적으로 건의하거나 상위계통에 직접 연락할 수 있는 창구를 이용하는 것은 기본, 불편하고 마음에 들지 않으면 1303(국방헬프콜)이나 국민신문고에 전화하거나 글을 남긴다. 보기 싫고 마음에 들지 않는 사람이 있으면 성(性) 관련 조그마한 트집을 잡아 신고한다. 저 사람이 무슨 말과 어떤 행동을 해서 성적 수치심을 느꼈다고 신고하면 끝이다. 이를 '날린다'라고 한다.

군에서 성 문제로 큰 파문이 일었었다. 그 일 이후 신고가 들어오면 우선 신고자와 피신고자를 다른 부대로 떨어트려놓는다. 묻지도 따지지도 않고, 사실관계 확인도 하지 않는다. 신고당한 사람은 조사 결과가 나올 때까지 모든 짐을 싸서 다른 부대로 간다. 조사 후 판결이 나온다. 유죄는 잘 나오지 않는다. 증거불충분으로 무고가 뜨거나 보복성으로 신고한 게 뻔하면 미성립 사건으로 처리한다. 이 두 가지 경우 신고당한 사람은 다시 자대로 돌아온다. 돌아와도 신고자와 피신고자는 분리를 시키는 것이 원칙이다. 이러니 꼴 보기 싫은 사람을 없애버리는 좋은 무기로 사용되고 있다. 신고가 들어오면 무조건 조치가 취해진다. 신고가 쌓이면 인사고과와 부대 이미지에 영향이 간다. 간부들도 병사들을 쉽게 대하지 못한다.

나도 신고 피해자이다. 성 관련으로 문제가 될 발언과 행위를 하지 않았다. 나와 마찰이 있던 애들이 신고를 공격 수단으로 썼다.

운 좋게 행위자·피해자 분리로 훈련소 때 이루지 못한 꿈을 이루었다. 집 가까운 부대에 가고 싶어 공군에 왔다. 훈련소 성적순으로 원하는 자대에 갈 수 있기 때문이다. 훈련소 시험 점수가 낮고 사격을 잘하지 못해서 충주로 배치받았다. 신고를 당해 날아간 곳은 청주. 그것도 집에서 차로 12분 거리. 너희 집에서 가장 가까운 군부대가 어디야, 물으면 여기라고 답할 수 있는 곳이었다. 그 부대는 전체 병사 인원이 150명도 안 되었다. 충주의 수송 특기 인원보다 적다. 보통 날아온 사람에게는 텃세를 부린다. 여기는 그렇지 않았다. 소규모 부대라 일이 없다. 그들은 몸이 편하니 마음도 평안했다. 병사들끼리 돈독했다. 훈련소 성적이 좋았던 청주 사람이 많았다. 같은 지역 사람이라는 유대감과 공군 자대 배치에서 승리한 자들이 가지는 여유가 넘쳤다. 환경도 좋은데 집까지 가깝다. 충주에서 쌓인 패배감과 스트레스가 녹아내렸다.

조사 결과 사건은 미성립. 분리할 이유가 사라졌으니 다시 돌아오라는 명령이 떨어졌다. 돌아가고 싶지 않았다. 여기 남아서 전역을 하고 싶다고 상위 부서에 요청했다. 군에서 결정을 미뤘다. 전역을 2달 앞두고 복귀 명령이 내려졌다. 결국 돌아갈 수밖에 없었다. 집에서 가깝고 편안한 부대에서 144일 힐링했다.

신고자들은 내가 밖에서 운영한 출판사로부터 수익이 들어온다는 것도 신고했다. 그와 관련해 경위서를 작성하고 두 번 더 조사를 받았다. 번거롭게 이사 다녔다. 성가시게 하려고 잔머리를 굴려 신고를 해놓아서 조사를 받고 내 무고를 소명하는 데 불필요한 시간을 쏟았다. 복수심이 생겼다. 무고죄로 신고하고 싶었다. 그들도 처벌을 받아야 하지 않는가. 군대는 신고자 중심이다. 신고가 들어오면 사건부터 만든다. 조사 결과가 어찌 나오든, 신고자는 처벌받지 않는다.

조사를 위해 군법무관과 면담을 했다. 법적으로 내가 어떻게 대비를 했었어야 하는지와, 그들을 무고죄로 신고하면 앞으로 무엇을 해야 하는지를 알게 됐다. 들어오는 수익이 있다면 자대 배치 후 자진 신고를 해야 하는 규정, 성희롱 사실이 없다고 결백을 증명하는 것과 무고함을 증명하는 것은 난이도가 천지 차이라는 점, 사업을 할 때 다양한 문제와 신고 예방을 위한 법률 상담의 필요성 등 돈 주고 받아야 할 조언을 들었다. 살면서 한 번도 송사에 휘말려보지 않는 사람도 있는데 군대에서 짧은 기간에 많은 일을 겪었다.

이 경험은 내게 어떤 자산이 될까? 쓸모없는 경험은 없다. 그 경험을 감정적으로 바라볼지, 그 속에서 내게 필요한 메시지를 찾아낼지는 자신에게 달렸다. 이 태도만으로도 버티고 살아갈 힘을 얻었다.

❻

성장하고 싶다면 오늘에 충실하자

박호숙

여기저기 온몸이 뻐근하다. 새 학교에 온 지 한 달 됐다. 감기가 오려는지 목이 따끔거린다. 나의 아침 풍경은 이전 학교와 크게 달라진 것이 없다. 출근하면 교무실 책상에 앉아 수첩에 일과를 시간 순서대로 적는다. 일의 중요도에 따라 별표를 한 개 또는 두 개 붙인다. 커피 한 잔 마시고 8시 30분에 현관에 나간다. 통학버스가 들어오는 시간이다. 특수학교 선생님들은 아침 등교 시간이면 아이들을 맞이하러 현관으로 나간다. 나는 나가기 전에 학급 편성표에서 아이들 이름을 한 번 더 확인한다. 아직 아이들 이름을 다 외우지 못했다. 학급 편성표 학생 이름 옆에는 나만 알 수 있는 단어들이 쓰여 있다. 아이들 얼굴과 이름을 매칭하기 위해 아이들을 만난 순간을 특징적인 단어로 기록했다. 쌍둥이 형제 중 눈 위에 점이 있는 형은 '눈 위의 점'으로, 담임 선생님이 그림을 잘 그린다고 자랑한 아이 이름 옆에는 '그림'이라고 써놓았다. 2교시에 2층에서 손을 잡고 서성거리는 엄마와 여학생을 만났다. 늦게 왔는데 교실에 아이들이 없다고 한다. 시간표를 보니 음악 수업이다. 음악실로 안내했다. 그 아이 이름 옆에 '음악실'이라고 썼다. 아직 십여 명의 아이들 이름 옆에 특징이 비어 있다. 바쁘기는 하나 3월이 가기 전에 다 채웠으면 좋겠다.

매일 아침 등교하는 아이들을 만난다. 아직 잠이 덜 깬 아이, 해맑은 미소로 인사하는 아이, 담임 선생님 손잡고 직진하는 아이. 아침마다 아이들을 만나면서 내가 할 일에 관한 생각이 정립된다. 선생님들은 일주일에 3일을 야근하며 바쁜 3월을 보내고 있다. 그러면서도 교무실에 선생님 몇몇이 모이면 아이들 이야기로 한 시간을 훌쩍 보낸다.

결혼 전에는 부산에서 살았다. 명절이 되면 형제들이 모여 엄마를 보러 고향에 갔다. 한번은 가을걷이를 끝낸 엄마가 부산에 왔다. 고창군 상하에서 부산까지 오려면 시외버스와 고속버스, 시내버스를 갈아타야 한다. 엄마는 교통의 불편함에도 짐을 가득 들고 왔다. 그리고 이틀 뒤에 집에 내려간다며 짐을 쌌다. 어린 송아지가 눈에 밟힌다고 했다.

"엄마, 부산까지 와서 겨우 이틀 자고 소 밥 준다고 내려가는가. 아짐이 잘 챙겨주고 있을 텐데. 우리가 소보다 못하고만. 가소! 가!"

속상한 마음에 짜증을 부렸다.

"말 못 하는 짐승일수록 잘 거둬야 해야. 그리고 우리 소는 내가 해주는 여물을 잘 먹는다이."

엄마는 송아지를 애지중지했다. 송아지뿐만 아니었다. 어떤 날은 돼지와 닭, 강아지를 우리보다 더 신경 쓰는 것 같았다. 강아지 이름이 벅구였다. 한 번 불렀는데 오지 않자 다섯 번을 불렀다. 부르는 목소리에 어디 갔을까 궁금함과 걱정스러운 마음이 담겼다. 우리 자식을 부를 때는 달랐다. 한 번 부를 때 얼른 대답 못 하면 두 번째 부르는 목소리가 커진다. 뭔가 화도 있는 것 같고 약간은 짜증도 묻어 있는 것 같았다.

엄마 사랑을 듬뿍 받은 송아지는 우리 집의 든든한 기둥이었다. 뒤늦게 깨달았지만, 엄마의 큰 사랑을 받은 우리도 잘 자랐다. 엄마는 고향에서 고추 농사와 벼농사를 잘 짓기로 이름이 났다.

대학 다닐 때 방학이면 시골에 가서 엄마 일을 도왔다. 하루는 엄마가 몹시 피곤해 보였다. 오늘 하루 쉬자고 했더니 이렇게 말했다.

"농사는 다 때가 있어야. 때를 놓치면 농사는 망한다이."

어떻게 살아야 잘 사는 것일까. 문득문득 생각에 빠지는 날이 있다. 그럴 때마다 엄마의 삶이 떠오른다. 혼자서 열여덟 마지기 논농사와 여섯 마지기 밭농사를 지었다. 몸이 아픈 날도 있고 마음이 힘든 날도 있었을 것이다. 엄마는 쉬는 날이 거의 없었다. 농사 때를 놓치지 않았고, 매일 짐승 밥을 챙기며 일상을 충실하게 살아냈다.

정년퇴직이 3년 남았다. 목표가 있다. 무엇을 하든, 얼마를 벌든 경제활동을 할 계획이다. 지금 기준으로 한 달에 오십만 원 이상 돈을 버는 일을 하고 싶다. 내 뜻대로 될지는 잘 모르겠다. 돈을 벌기 위해 내가 계획하고 있는 것 세 가지가 있다.

오래전부터 생각한 것은 콩 농사를 짓는 일이다. 초등학교 4학년 때 친구와 콩밭 매는 품앗이를 했다. 집안 농사일 중 가장 쉬웠다. 콩은 아무 데서나 잘 자라는 것 같다. 콩밭도 있지만, 논두렁이나 밭두렁에 툭 심어놔도 잘 자라는 것을 봤다. 생명력이 강해 보였다. 콩 농사를 짓고 싶은 또 다른 이유 하나는, 사람들이 건강을 생각하며 음식을 챙겨 먹을 때 빼놓지 않고 먹는 것이 콩이라는 사실이다. 이런 이유로 퇴직하면 시골에 작은 땅을 빌려 콩 농사를 짓고 싶다. 체력이 된다면 메주도 쒀서 판매하고 싶다.

두 번째로 계획한 일은 다육 식물 화분을 만들어 파는 것이다. 취미로 도자기 만드는 일을 10년 가까이 했다. 학교에 들어간 지 4년 차였을 때다. 학교 교원들 간 동아리를 조직하여 매월 한 번 활동했다. 산악회를 꾸려 등산하는 팀, 영화나 연극을 보러 다니는 문화예술 팀, 교내에서 하는 도예 동아리 팀이 있었다. 나는 도예 동아리 팀에 들어갔다. 흙을 만지는 것이 좋았다. 투박하지만 생활에서 사용할 수 있는 도자기를 만들었다. 모양이 삐뚤어도 내가 직접 만든 도자기가 좋았다. 점점 도자기 만드는 일에 빠져들었다. 도예 선생님이 퇴직하자 방학이면 선생님이 운영하는 공방으로 나갔다. 범어동에서 화원 선생님 집까지 지하철과 버스를 3번 환승하여 다녔다. 한번 흙을 만지면 시간 가는 줄 몰랐다. 잘 만들 수 있을지, 사 가는 사람이 있을지, 많이 팔릴지 모르겠지만 이 일도 나의 계획에 들어 있다.

가장 하고 싶은 일은 책을 쓰는 일이다. 읽고 쓸 수 있는 나만의 작은 공간을 구상하고 있다. 공간은 북카페 형태로 운영하며 한 달에 한두 번은 지인들과 함께 시간을 보내련다. 독서 모임이나 글 쓰는 모임에 공간을 내주며 글과 책을 매개로 사람들과 마음을 나누며 살아가고 싶다. 이미 많은 사람에게 말했다. 북카페를 운영할 테니 언제든 쉬고 싶을 때 들르라고. 빈말이 되지 않도록 말하는 대로, 꿈꾸는 대로 이루어지기를 소망한다.

지금은 에세이를 쓰고 있다. 계속 글쓰기 공부도 하고 꾸준히 책도 출간하는 꿈을 꾼다. 글쓰기 실력이 늘어서 단편소설 한 권, 시집 한 권 출간하고 싶은 소망도 있다. 책이 주는 가치를 믿는다. 읽고 쓰는 삶으로 스며든 지 6년, 퇴직 후에도 이런 삶을 살고 싶다.

초등학교 졸업하고 돈 벌기 시작했지만, 지금은 선생님이다. 2020년에 책 한 권 출간했다. 이후 꾸준히 책을 읽고 글을 쓴다. 고전 독서 모임을 하며 책을 좋아하는 사람들을 만나고 있다. 이들과 인연이 깊어지길 고대한다. 주변이 점점 책을 좋아하는 사람들과 연결되고 채워지며 책을 매개로 한 삶으로 변화하고 있다. 2020년 이전에는 상상하지 못한 삶이다. 사색하고 성찰하는 삶을 살아가고 싶다고 말을 하다니.

오늘은 과거 내 삶이 층층이 쌓여온 결과다. 힘든 날도 있었지만 신나는 일을 찾아다니고 만들었다. 게으름 피우고 싶은 날도 많았지만 매일 해내려고 했다. 내가 꿈꾸는 삶을 위해서 오늘 하루를 충실하게 보내야 한다는 것을 안다. 내일 성장하고 싶다면 오늘 나에게 충실하자.

❼

이 또한 은혜입니다

이은혜

"딩동, 딩딩동, 딩동, 동댕동." 막내 휴대폰에서 진동과 함께 요란한 벨 소리가 울렸다. 아직 이른 시간이라 남편과 막내가 깰까 봐 얼른 휴대폰을 찾았다. 알람을 끄려고 보니 그냥 꺼지지 않았다. '37 + 48 = ?' 휴대폰 화면에 더하기 문제가 나왔다. 그냥 엑스를 눌렀더니 또 벨이 울렸다. 할 수 없이 문제를 풀어야 했다. 잠이 다 깨지도 않은 졸린 눈으로 문제를 풀었다. 답을 틀리면 삐 하고, 다시 풀라고 했다. 연달아 다섯 문제를 풀고서야 알람을 끌 수 있었다. 유별난 알람이었다. 5분 남짓 지났을까, 막내 휴대폰이 다시 울렸다. 더하기 문제를 다섯 문제 더 풀었다. 풀고 나니 6시 반에 맞춰 둔 내 휴대폰이 또 울렸다. 아무래도 일어나야 했다. 정신 차리고 보니 화장실에서 샤워기 물소리가 들렸다. 큰딸이 벌써 일어나 씻고 있었다. 새 학기가 시작된 게 실감 났다. 남편이 방문을 열고 거실로 나왔다. 언제 일어났는지, 알람은 왜 이리 요란스레 울렸는지 물었다. 방충망이 흔들리는 소리가 들렸다. 바람이 많이 불고 있는 모양이었다. 창밖을 보니 눈이 내리고 있었다. 3월에 눈이라니, 바람이 많이 불고 있었다. 추워 보이는 날씨에 아직 봄은 멀게만 느껴졌다. 남편은 평소와 다름없이 회사 갈 준비를 했다. "엥…" 하고 전기면도기 소리가 들렸고, "윙…" 하는 딸아이 머리 말리는 드라이기 소리도 들렸다. 나는 환풍기와 인덕션을 켰다. 밤에 끓여둔 오징어국을 데웠고, 계란을 풀어 동그랑땡을 굽기 시작했다. 냉장고에서 밑반찬을 꺼내 밥상을 차리고 있으니, 큰아들도 눈을 비비며 거실로 나왔다. 작년에는 몇 번을 깨워야 8시 넘어 겨우 일어나던 아들이었는데, 새 학년 올라가는 아침이라 그런지 깨우지 않아도 7시 넘어서 스스로 일어났다. 고2가 되니 좀 더 성숙해진 듯했다.

아침밥을 차려두고서 얼른 도시락을 챙기기 시작했다. 보온 도시락에 김이 모락모락 나는 흰밥을 두통 담았다. 국도 한 통 담았다. 동그랑땡, 김치, 브로콜리, 계란말이, 우엉, 도시락 김, 숟가락과 젓가락도 2세트 챙겼다. 딸이 도서관에서 먹을 점심과 저녁이었다.

대학 교정을 거닐며 친구들과 첫 등교의 설렘을 만끽해야 할 날에, 우리 딸은 동네 도서관으로 향해야 했다. 작년 한 해 재수를 하고 정시전형으로 3개 대학에 지원했는데 한 군데만 합격했다. 예년 같았으면 추가 모집으로 충분히 합격 가능한 순번이었는데, 이번 입시에서는 유달리 중위권 대학들에서 추가 합격이 많이 되지 않았다. 서울 상위권 대학에만 추가 합격이 몇 바퀴나 돌았다고 했다. 될 수 있을 거라 생각한 대학에서 불합격이 되어버렸다. 예비 2번이라 발표 마지막 날 여섯 시까지 마음 졸이며 기다렸건만, 끝내 전화는 오지 않았다. 그래도 한 곳이라도 합격했으니 감사하자고 딸과 마음을 다독였다. 괜찮은 대학이고 취직도 잘되는 공대니 적응하기 나름 아닐까 생각했다. 갈 수 있는 곳은 그곳밖에 없으니 진학하기로 했다. 사람마다 기준이 다르겠지만 등록하고 나니 재수하며 들인 시간과 노력, 비용을 생각할 때 아쉬움이 있었다. 영어 한 문제만 더 맞혔더라면 등급이 올라서 훨씬 더 나았을 텐데, 과학탐구 쪽을 조금만 더 잘 봤더라면, 사회탐구를 공부했더라면, 지원 대학을 더 높은 데 써볼 걸 그랬나, 이런저런 생각들이 계속 이어졌다. 복잡한 마음에 수험생 카페를 자꾸 들여다봤다. 감격에 찬 합격 소감과 불합격한 사람들의 안타까운 하소연이 연달아 올라왔다.

서울에 볼일이 있어 다녀오면서, 딸과 함께 등록한 대학교를 방문해봤다. 마침 졸업식 날이었는지 졸업복을 입고, 학사모를 쓰고서 사진 찍는 사람이 많았다. 앞으로 공부할 단과대학 건물도 가보고, 중앙도서관도 둘러보면서 함께 교정을 거닐었다. 딸은 일단 학교에 다니다가 여름방학부터 다시 공부해서 수능 시험을 치는 반수 쪽으로 생각해보겠다고 했다. 그러다 여러 자료를 살펴보더니, 전공 관련 공부할 게 너무 많을 거 같다고, 반수 아닌 삼수를 하겠다고 했다. 이십 대 초반의 좋은 나이에 삼수까지 하겠다니 마음이 쓰라렸다. 보험 삼아 대학 등록해두고 공부하는 건 어떨까도 얘기해봤지만, 딸은 등록을 포기하겠다고 했다. 얼마 후, 딸의 빈자리에 추가 모집 공고가 한 자리 났다. 최종 마감 때 살펴보니 경쟁률이 무려 100:1이었다. 누군가는 들어가고 싶었던, 취업도 잘되고 학교에서 밀어주는 전공이었는데 꼭 포기를 눌러야 했을까. 그냥 놔두고 학사경고 받는 쪽으로 해볼걸, 후회가 밀려들었다. 그럼에도 딸과 남편은 확고했다. 다시 어떻게 또 공부할지 까마득했지만, 딸은 괜찮다고 했다. 할아버지, 할머니는 걱정을 늘어놓으셨다. 어디를 가든 취직만 잘하면 된다고, 밑에 동생들도 둘이나 있으니 그냥 학교 다니라고, 절대 반대라고 하셨다. 그래도 딸의 의견을 모른 체할 수 없었다. 가정 경제에 부담이 될까 봐 그런지 딸은 재수 학원이 아닌 도서관을 오가면서 공부를 해보겠다고 했다. 학교 급식을 먹고 다닌 세대라 소풍 때 외에는 도시락 쌀 일이 거의 없었는데, 요즘 매일 아침 도시락을 싸고 있다. 다시 공부하려니 힘들다고 얘기할 만도 한데, 딸은 늘 웃는다. 엄마 도시락 맛있어요, 고마워요. 잊지 않고 인사해준다.

어제 아침, 평소 다니던 도서관이 휴관일이라 다른 도서관으로 태워다줄 때였다. 늘 아침밥을 같이 먹던 아빠가 인사도 없이 휙 출근해버린 게 이상한지, 아빠가 왜 그러냐고 물었다. 엄마도 살림하고 너희들 키우며 열심히 살았는데 아빠가 몰라주시는 것 같다고, 아빠 퇴근은 늦고 아무도 도와줄 사람이 없었는데 아빠 혼자서 너희들 돌보며 살 수 있었을지 모르겠다고 말했다. 그러면서 여자도 직업이 있는 게 좋다고, 애들 키우고 살림만 하며 사니까 아쉬운 점이 많다고, 나이 들어서 일자리를 구하려니 마땅찮다고 말했다. 딸은 엄마도 일해보라고, 이제부터라도 하면 된다고 하면서 "엄마도 남 눈치 보며 흔들리지 말고 줏대 있게 살아봐요."라고 말했다. 엄마가 살아온, 흔들리며 방황했던 모습이 보이는 모양이었다. "난 할아버지 할머니가 삼수하는 거 엄청 반대하셨지만, 안 하면 후회할 거 같은데 어떡해. 내 인생 내가 살아야지 대신 살아주실 것도 아니잖아.” “그래 맞다. 우리 딸은 공부 열심히 해서 네가 하고 싶은 일 하며 살아. 그러면 된다. 그러면 되지. 우리 자식들 잘 사는 것만으로도 엄마는 힘이 난다.” 눈물이 맺혔다. 어느새 도서관 주차장에 도착했다. “울지 마, 엄마. 엄마는 자식 셋 잘 키웠잖아. 힘내.” “그래, 너희들 잘 커줘서 고맙다.” “열심히 공부하고 올게.” “그래, 엄마도 열심히 글 쓰고 있을게. 우리 딸도 힘내.”

언제 이렇게 컸는지, 동그란 눈을 마주하며 또박또박 위로를 건네주는 딸이 참 기특했다. 앞으로 어느 대학을 가든, 무슨 직업을 가지든 잘 살아낼 수 있을 거란 확신이 들었다. 자신의 삶을 스스로 선택하고, 주어진 것에 최선을 다해 살아내고자 하는 딸의 모습이 나보다 훨씬 나아 보였다.

몇 달 전부터 교회 그림 동호회에 함께하고 있다. 캔버스와 물감과 붓 등을 구매하고서 그림을 그리기 시작했다. 초등학교 때 미술학원에 다니는 친구가 부러웠지만 다닐 형편이 되지 않았다. 마흔 중반이 넘은 나이에 그림을 배우고 있다. 스케치하고, 색칠하고, 몇 번이나 비슷한 작업을 반복해야 했지만 지루하지 않았다. 하나의 작품을 완성해내는 보람이 컸다. 얼마 전 교회에 있는 카페에서 첫 번째 전시회도 참여하게 되었다. 전도사님과 순장님이 그림이 좋다며, 재능이 부럽다는 칭찬을 해주셨다. 그림 가르쳐주시는 권사님은 중급반으로 특별히 올려주시겠다는 말씀도 하셨다. 아직 그림의 ‘그’ 자도 모르는, 따라갈 길이 먼 초보이지만 도전하는 가운데 성장하는 기쁨을 경험할 수 있었다.

어느 날은 큰아들이 기타를 배우고 싶다더니, 수업에 잘 나가지 않았다. 수강료가 아까워 대신 나갔다가 기타의 매력에 빠지게 됐다. 기타 줄이며 코드 외우기가 어려웠지만, 손가락에 굳은살이 생기도록 계속 연습했다. 아직도 계이름 자리를 다 알지 못하지만, 많이 어려운 코드 외에는 뚱땅뚱땅 연주할 수 있다. 기타 치며 좋아하는 가요와 찬송가를 부를 수 있어서 감사하다.

부족함에도 있는 그대로의 나를 사랑하고 존중하려고 한다. 직장 다니며 돈을 많이 벌지는 못했지만, 아이들 크는 모습을 가까이서 볼 수 있었다. 나를 필요로 할 때 옆에서 도움 주며 같이 놀아줄 수 있었다. 아이들 덕분에 많이 웃을 수 있었다. 부족함 덕분에 취미생활도 하며 식물도 키우고, 그림도 그리고, 기타도 칠 수 있었다. 모자란 덕분에 풍성히 누릴 수 있는 부분도 있었다.

인생이 뜻대로 되지 않을 때도 많았지만, 그래도 지금까지 잘 이겨내며 살아왔다. 걸어왔던 시간을 돌아보니 이 또한 은혜다. 부족함은 은혜를 담는 그릇이 되어주었다. 앞으로의 삶도 믿음 안에서 힘을 내어 살아가고 싶다. 하늘나라 가는 그날까지 인생은 미완성이겠지만 아름답게 그려나갈 수 있기를 바란다. 조금씩 도전하면서, 오늘 행복하고, 오늘 감사하면 되는 것이다. 지금까지 살아오느라 수고한 우리 모두에게 위로와 응원의 박수를 보낸다.

8

살아온 날들, 그리고 살아갈 날들

이창현

지금까지 살아온 제 인생을 되돌아보면, 성공의 순간도 있었지만 실패와 고난이 더 많았습니다. 원하는 방향으로 나아가는 듯하다가도 예상치 못한 일로 인해 좌절하기도 했고, 작은 선택 하나가 예상치 못한 결과를 불러오기도 했습니다. 어릴 때는 단순히 '열심히 하면 모든 것이 잘될 것'이라 믿었습니다. 하지만 현실은 녹록지 않았습니다.

학창 시절 저는 언제나 반장을 도맡아 할 정도로 자신감이 넘쳤습니다. 발표하는 것을 좋아했고, 친구들을 이끄는 역할을 즐겼으며, 어떤 일이든 주도적으로 나서는 성격이었습니다. 성적도 꾸준히 좋은 편이었고 모든 것이 순조로웠습니다. 하지만 저는 몰랐습니다. 언젠가는 반드시 '시험'이라는 거대한 벽과 마주해야 한다는 것을. 열심히 노력하면 반드시 좋은 결과가 따라올 것이라고 믿었던 저는 처음으로 예상과 다른 결과를 마주했을 때 큰 충격을 받았습니다. 단순한 실수였을 거라고, 다음에는 만회할 수 있을 거라고 스스로를 위로했지만 한 번, 두 번 비슷한 일이 반복되면서 제 안의 확신이 흔들리기 시작했습니다. 평소에 좋은 성적을 꾸준히 기록했기 때문에 더욱더 받아들이기 어려웠습니다. '내가 이렇게까지 했는데도 안 된다면, 대체 어떻게 해야 하는 거지?'라는 생각이 머릿속을 맴돌았습니다. 자신감이 넘치던 저는 점점 부정적인 결과를 먼저 떠올리는 사람이 되어가고 있었습니다. 실패가 쌓일수록 의심하기 시작했고, 한때 높았던 자존감은 조금씩 무너져 내렸습니다. 그러나 그럴 때마다 저는 스스로에게 말했습니다. '여기서 포기하면 모든 것이 무너진다.' 비록 흔들릴지언정 완전히 쓰러지지는 말자고, 다시 한번 해보자고 다짐했습니다. 포기하고 싶은 순간이 한두 번이 아니었지만, 그렇다고 해서 그대로 멈출 수는 없었습니다. 어떻게든 버텨야 했습니다. 하나씩 다시 시작하고, 부족한 부분을 채워가며 단련했습니다.

임용시험을 준비하던 때가 떠오릅니다. 저는 한두 번의 실패 후 '시험 운이 없는 사람'이라고 생각했습니다. 늘 최선을 다했음에도 불구하고 중요한 순간마다 예상치 못한 변수가 생겼고, 그때마다 좋은 결과를 얻지 못하는 경우가 많았습니다. 그래서 저는 단순히 운에 기대기보다 남들보다 몇 배 더 열심히 준비해야 한다고 생각했습니다. 노력만이 제가 할 수 있는 유일한 대비책이었기 때문입니다. 그러나 이번에도 예기치 못한 장애물이 나타났습니다. 대학교 1학년 때 받았던 라식 수술로 인해 제 눈이 약해져 있었고 결국 심각한 결막염을 앓게 되었습니다. 눈을 제대로 뜨기조차 어려운 날들이 계속됐습니다. 하지만 시험을 앞두고 있었기에 공부를 멈출 수도 없는 상황이었습니다. 눈을 혹사할수록 상태는 악화되었고 고통은 더욱 커졌지만, 저는 아픈 눈을 이끌고 끝까지 버텨냈습니다. 그 결과 1차 시험에 우수한 성적으로 합격하는 기쁨을 누릴 수 있었습니다.

하지만 그것이 끝이 아니었습니다. 2차 시험이 남아 있었고, 저는 더욱 열심히 준비했습니다. 하지만 노력만으로는 극복할 수 없는 또 다른 벽을 마주해야 했고 결국 2차 시험에서 낙방하고 말았습니다. 점수는 공개되었지만, 어떤 부분을 틀렸는지조차 알 수 없는 시험이었습니다. 아무리 노력해도 원인을 명확히 알 수 없는 실패를 맞닥뜨린다는 것은 정말 답답한 일이었습니다. 하지만 저는 수많은 경험을 통해 이미 알고 있었습니다. 실패는 그 자체로 끝이 아니라는 것을. 좌절의 순간이 닥칠 때마다 저는 다시 일어나야 한다고 다짐했고, 이번에도 마찬가지였습니다. 낙담할 틈도 없이 다음 도전을 준비했습니다. 실패에 주저앉기보다는 빠르게 마음을 추스르고 다시 일어서는 것이 더 중요했습니다. 오히려 그 누구보다 빠르게 재도전을 결심할 수 있었고, 결국 그 과정 끝에 합격이라는 결실을 맺을 수 있었습니다. 이 경험을 통해 저는 중요한 깨달음을 얻었습니다. '실패는 끝이 아니라, 단단해지는 과정이다.' 무너지는 것이 아니라 더 강해지기 위한 성장통이라는 것을 말입니다.

직장에서도 마찬가지였습니다. 새로운 도전을 시도할 때마다 예상치 못한 난관이 있었습니다. 모든 조직은 각자의 특성이 있고, 기존의 시스템을 따르는 것이 일반적이었습니다. 하지만 때때로 저는 의문이 들었습니다. '정말 이 방식이 최선인가? 단지 기존의 방식이라는 이유로 그대로 따라야 하는 것인가?' 이런 질문을 던질 때마다 조직 내에서 불편한 시선을 받기도 했습니다. 처음에는 단순한 의견 차이라고 생각했습니다. 하지만 점점 사소한 일로 지적받기 시작했고, 결국 그것이 '예스맨이 되어라.'라는 강요라는 것을 깨닫게 되었습니다. 논리적인 피드백이나 건설적인 비판이 아닌, 단순한 조직 순응을 요구하는 분위기였습니다. 말도 안 되는 이유로 꼬투리를 잡고, 의도적으로 괴롭히는 사람들도 있었습니다.

그때 저는 깨달았습니다. '만약 실패 없이 자라왔다면, 나는 이 상황에서 무너졌을지도 모른다.' 과거의 실패와 좌절이 저에게 '굽히지 않는 힘'을 길러주었고, 저는 이를 바탕으로 더욱 단단해질 수 있었습니다. 불합리한 상황에서도 흔들리지 않는 힘, 자신의 길을 주체적으로 개척해나가는 용기. 이것이야말로 실패를 통해 얻은 가장 값진 자산이었습니다. 삶은 언제나 예상하지 못한 벽을 세워 놓지만, 그 벽을 넘는 과정에서 우리는 더 강해집니다. 실패는 단순한 끝이 아니라, 나를 단련하는 과정이라는 것을 저는 몸소 경험하며 배웠습니다.

돌아보면 성공만이 가치 있는 것은 아니었습니다. 오히려 저는 실패를 통해 더 많은 것을 배웠습니다. 실패는 단순한 좌절이 아니라 내면을 단단하게 만드는 과정이었습니다. 실패를 경험하면서 인내하는 법을 배웠고, 두려움을 극복하며 다시 도전할 용기를 얻었습니다. 그 과정에서 저는 깨달았습니다. '아무리 어려운 상황에서도 희망을 잃지 않는 태도, 절망 앞에서도 다시 일어서는 힘. 이 모든 것은 오직 성공만을 경험한 사람은 결코 가질 수 없는 자산이다.'라는 것을. 지금은 실패와 도전 속에서 얻은 깨달음을 바탕으로, 대학에서 교육심리학을 가르치며 아이들에게 꿈을 찾는 법을 알려주고, 스스로 '회복탄력성'을 기를 수 있도록 돕는 일을 하고 있습니다. 단순히 학업적인 성공만을 목표로 하는 것이 아니라, 실패 속에서도 다시 일어설 수 있는 힘을 키우는 것이 진정한 교육이라고 믿기 때문입니다. 만약 제가 성공만을 경험했다면, 아마도 아이들에게 오직 '성공하는 방법'만 가르쳤을 것입니다. 하지만 저는 실패의 힘을 믿습니다. 실패를 경험한 사람만이 알고 있는 좌절의 감정, 그리고 그것을 극복하는 과정에서 얻는 성장의 의미를 알기에 저는 아이들에게 실패를 두려워하지 말라고 이야기합니다.

뿐만 아니라 저는 부모님과 상담하는 것을 매우 중요시합니다. 아이들의 곁에서 가장 많은 시간을 함께 보내고, 가장 직접적인 영향을 줄 수 있는 존재가 바로 부모이기 때문입니다. 부모님들과 소통하며 아이들의 문제를 함께 해결해나가는 과정에서 저는 더욱 넓은 시야를 가지게 되었습니다. 부모의 태도와 사고방식이 아이에게 어떤 영향을 미치는지, 그리고 그 변화가 아이의 성장에 얼마나 중요한 역할을 하는지를 깨닫게 되었습니다. 이렇게 생각할 수 있었던 것도 결국 '실패' 덕분이었습니다. 실패를 경험하지 않았다면, 저는 단순히 정형화된 교육을 따르는 사람이 되었을지도 모릅니다. 하지만 실패를 통해 더 깊이 이해하고, 더 넓은 시야로 문제를 바라볼 수 있는 힘을 얻게 되었습니다.

지금 힘든 시간을 보내고 계신 분이 있다면, 그 힘든 시간이 훗날 당신을 더욱 단단하게 만드는 밑거름이 될 것이라고 말해주고 싶습니다. 우리는 살아가면서 수많은 시행착오를 겪습니다. 때로는 예상치 못한 시련이 찾아오고, 때로는 최선을 다했음에도 불구하고 원하는 결과를 얻지 못할 수도 있습니다. 하지만 인생은 알 듯하면서도 종잡을 수 없습니다. 실패와 좌절은 멀리서 보면 단지 하나의 과정일 뿐이며, 모든 과정에는 나름의 의미가 담겨 있습니다. 그리고 그 의미는 또 다른 성장의 연결 고리가 됩니다.

그러니 모든 경험을 소중히 여기십시오. 성공이 중요한 것은 사실이지만, 실패를 경험하지 않은 사람은 결국 큰 위기에 맞설 힘을 가지지 못합니다. 시련이 찾아올 때마다 포기하지 마십시오. 정면으로 부딪쳐 극복하는 것이야말로 가장 확실한 성공의 길입니다.

9

더는 걱정하지 않는다

이해랑

여름 더위가 사그라들던 가을 시작이다. 저녁 구신이 들어앉을 때쯤 할머니와 아버지는 들일 마치고 돌아왔다. 어둑해지는 저녁이면 할머니는 '저녁 구신이 들어온다.'라고 말했다. 할머니는 날이 캄캄한데 밥도 안 하고 누워 있냐며 엄마를 나무랐다. 엄마는 진통 중이었다. 아버지가 불을 켜기 위해 백열전구에 손을 대려던 순간, 내가 태어났다. 할머니는 나를 강보에 싸서 윗목으로 밀어냈다. 종손 집안에서 엄마는 연달아 딸 셋을 낳았다. 그러다가 장손인 오빠가 태어났고, 이번에도 할머니는 아들을 기대했다. 그러나 또 딸이었다. 육 남매 중 다섯째이자 막내딸로 태어났다. 할머니 대신 아버지가 조용히 솥에 미역국을 끓였다고 한다.

다음 날 아침, 엄마는 화를 참지 못해 씩씩거렸다. 우리 집 담벼락 뒤엔 마을 사람 모두가 사용하는 우물이 있다. 그곳에서 간밤에 누군가 살아 있는 닭을 잡은 것이다. 아이 태어난 날 닭 잡으면 부정 탄다는 말이 있었다. 엄마는 그 말을 철석같이 믿었다. 엄마가 화난 이유였다. 마치 닭 잡은 사람 들으라는 듯, 어쩌면 할머니 들으라는 듯 큰 소리를 낸 것이다. 아버지가 미역국 한 그릇 떠다주면서 달랬다고 한다.

할머니에게 외면받은 나였다. 이웃 아주머니는 아이 태어난 줄 모르고 저녁거리로 닭을 잡았다. 졸지에 나는 부정 탄 아이가 돼버렸고 아버지는 그런 나를 더욱 챙겼던 것 같다.

집 앞 골목에서 아이들과 정신없이 놀고 있을 때였다. 골목 끝에 아버지가 나타났다. 시끌시끌하던 골목이 일순간 조용해졌다. 모두의 눈이 아버지 손으로 향했다. 과자 상자였다. 아버지는 오빠를 지나 내 앞에서 멈췄다. 그 과자 상자를 내게 안겨주었다. 과자와 나를 바라보는 아이들의 눈이 느껴졌다. 일곱 살에 처음 본 오리온 초코파이다. 파란 상자에 도톰한 초코파이 그림이 선명했다. 초코파이는 내 손바닥보다 컸다. 정확한 개수는 기억나지 않지만, 긴 직사각형 상자였다. 오빠도 동생도 나에게 잘 보여야만 초코파이 하나씩 먹을 수 있었다.

아버지는 늘 내 편이었다. 언니 오빠와 싸울 때도 혼나는 건 내가 아니다. 오빠가 나를 괴롭히면 아버지가 아끼는 라디오를 높이 들고 벌을 서게 했다. 언니 둘은 서로의 긴 머리카락을 묶어놓았다. 남동생 손등 멍이 들도록 꼬집어놓았을 때 아버지는 "누나를 함부로 대하면 못써."라고 말했다.

아버지 돌아가시기 하루 전, 전화가 왔다. "막내야, 서랍장에 돈 있다. 내일 고구마 좀 쪄서 가져오너라." 아버지는 고려대학교 안

암병원에서 혈액암으로 입원 중이었다. 8개월 입원해 있는 동안 처음으로 먹고 싶다고 말한 음식이 고구마였다. 그날 새벽 아버지는 세상을 떠났다. 고구마를 끝내 전해주지 못했다.

딸 유이가 고구마를 좋아한다. 고구마 먹는 딸의 모습 볼 때면 가슴 한쪽이 시리다.

남편의 정년이 얼마 남지 않았다. 연로하신 어머님은 최근 팔이 골절되어 큰형님 집에 계신다. 첫째 유이는 아직 학업 중이다. 남편은 퇴직 전에 아이들의 버팀목이 돼주고 싶어 한다. 혼자서 책임지려는 마음이 큰 것 같다. 유이는 그런 아빠를 안타까워한다. 언젠가 남편 생일에 준 편지에서 말했다. 힘들고 버거웠던 시간 견디며 우리 곁을 지켜줘서 고맙다고. 이제는 아빠가 괜찮아지기를 바란다고. 아빠만의 행복을 찾았으면 좋겠다고 말이다. 나 역시 남편을 걱정한다. '내려놓으면 좋을 텐데.' 하는 생각이 든다.

아이들 걱정, 노후 걱정, 건강 걱정하면서 산다. 걱정이 나쁘기만 한 것은 아니지만 걱정의 90%는 하지 않아도 될 걱정이라고 한다. 걱정 중 실제로 일어나는 건 거의 없다. 걱정했던 일이 잘 풀리면 더 큰 기쁨이 오기도 한다. 첫아이를 잃을 뻔했던 그때가 그랬다. 지금은 건강하게 자라는 모습 지켜보는 것만으로도 뭉클하다.

임신 초기 위험한 순간이 있었다. 의사로부터 자궁 외 임신이라는 말을 들었다. 하늘이 무너지는 것 같았다. 수술해야만 했다. 수술 날짜가 잡힌 상태에서 기적처럼 상황이 바뀌었다. 임신 초기 태아가 너무 작으면 초음파로 확인되지 않을 수 있단다. 이때 자궁 외 임신 진단이 나올 수 있다는 걸 알았다. 아기는 잘 있다는 말에 기쁨의 눈물이 쉴 새 없이 났다.

출산 예정일이 지났지만 진통이 없었다. 운동이 필요했다. 만삭으로 올림픽공원을 매일 걸었다. 일주일이 지나도 소식이 없자 걱정되기 시작했다. 결국 진통 촉진제로 분만을 유도하기로 했다. 스물네 시간 진통 끝에 2.8kg의 건강한 유이가 태어났다. 가늘지만 힘찬 목소리가 분만실에 울려 퍼졌다. 작고 발그레한 아기를 가슴에 안았다.

유이는 갓 태어났을 때 세상 순했다. 갓난아기였어도 낮과 밤을 알았다. 배고프면 먹고 잠이 오면 스르르 잠들었다. 보채거나 울지도 않았다. 먹는 시간 자는 시간 시계처럼 일정했다. 돌 전에 첫걸음 떼고, 19개월 때 대소변을 가렸다. 두 돌 무렵 한글을 알았다. 순한 첫아이 덕분에 연년생 둘째를 가질 용기가 났다. 둘째라서 수월할 줄 알았지만 아이 낳는 고통은 여전했다. 간호사가 말했다. "아이 처음 낳으세요? 힘을 주셔야죠." 그 말이 서운했다. 하지만 의사의 한마디에 위로받았다. "이렇게 예쁜 아기 처음 봐요. 나중에 크면 미인일 거예요." 지금도 가끔 그때의 의사 말을 둘째 재이에게 말해준다. "의사 눈이 정확했네." 재이는 웃으며 대답한다. "엄마! 고슴도치도 제 새끼는 함함하대요."

살아온 날을 돌아본다. 엄마는 내가 태어난 날 부정 탔다고 했지만 내 인생 티끌만큼도 부정은 없었다. 나무는 계절을 지나는 동안 뿌리가 단단해지고 잎은 무성해진다. 나도 기쁨, 슬픔, 걱정을 반복하면서 단단해졌다. 할머니의 차가운 눈길 대신 아버지의 따스

한 사랑이 있었다. 아버지 마지막 순간에 전해주지 못한 고구마가 후회로 남아 있지만, 그것마저 삶의 한 조각이다. 두 아이 키우면서 행복했다. 임신 초기 위험했던 순간도, 스물네 시간 진통조차도 감사한 추억이다. 걱정이 있어 기쁨이 컸고, 불안이 있어 행복이 뚜렷했다.

크고 작은 걱정을 하며 산다. 하지만 걱정의 대부분은 일어나지 않았고, 일어난 일들은 결국 지나갔다. 삶은 걱정과 희망이 늘 공존한다. 이제는 살아온 날들보다 살아갈 날이 짧아져간다. 미래는 알 수 없다. 일어나지도 않은 일에 미리 걱정할 필요는 없다. 불안과 걱정으로 마음을 채우기보단 지금 이 순간 최선을 다하면 된다. 내 인생 특별하지 않고 완벽하지 않아도 그 자체로 의미 있다. 일어날 일은 일어나고, 일어나지 않을 일은 일어나지 않는다. 삶은 흐르는 물과 같다. 더는 살아갈 날을 걱정하지 않는다.

10

가족이 있어서 행복하다

조지연

20대 후반, 결혼도 안 한 젊은 나이인데도 사는 게 재미가 없었다. 삶의 목표가 없었다. 가만히 있으면 불안했다. 그렇다고 뭔가 하고 싶은 것도 없었다. 엄마는 그런 무기력한 나를 데리고 주말마다 밖으로 나갔다. 자전거 타러 가자고. 당시 자전거 붐이 일어났던 때였다. 자전거 동호회나 단체가 많이 생겼다. 엄마는 자전거 모임에 들어가 수십 킬로를 달리기도 했다. 초등학생 이후 타본 적 없는 자전거를 엄마 덕분에 다시 타게 되었다. 가을에 단풍잎이 빨갛고 노랗게 물들었다. 시원한 바람을 맞으며 자전거 페달을 밟았다. 나무에 피어난 색색의 단풍을 보면서 저렇게 예쁜데 왜 나는 지금까지 보지 않고 살았을까 생각했다. 엄마는 자전거 유니폼을 입고 선글라스까지 끼고서 신나게 달렸다.

"지연아, 좋제? 사는 게 얼마나 재밌는데!"

엄마는 우울하게 있는 나를 깨워주었다. 상쾌한 바람 맞으며 자전거 탄 날은 사는 건 즐거운 일이라는 기억을 남겨주었다. 하루는 아빠가 엄마에게 신용카드를 주었다. 사고 싶은 거 사라고 했다. 엄마는 나를 데리고 대구 모다아울렛으로 갔다. 돈을 벌면서도 늘 인터넷으로 저렴한 옷만 사 입었다. 엄마는 이럴 때 좋은 옷 사 입자고 내 손을 잡고 옷가게로 갔다. 평소에는 절대 사지 않을, 가격대가 높은 원피스가 눈에 들어왔다. 그 위에 어울리는 코트까지 같이 두 벌 샀다. 비쌌다. 옷을 사고 엄마는 아빠에게 전화를 걸었다. 덕분에 카드 잘 긁었다고 했다. 아빠는 잘했다고 더 쓰라고 했다. 그 말에 엄마와 나는 웃었다. 죄송하면서도 감사했다. 지금 생각해보면 부모님은 그렇게 나를 응원해주며 사랑을 주고 있었다.

무더운 여름날, 친정아빠에게 전화를 걸었다. 칠순이 넘은 나이인데 아직 타일 공사 일을 하고 계신다. 무거운 시멘트도 나르고 화장실과 주방, 베란다에 타일 붙이는 일을 하신다. 아빠에게 전화로 대구 날씨도 더운데 일하느라 힘들지는 않은지 여쭈었다.

"안 덥고 따뜻하다. 따뜻하다고 생각하면 개안타."

대구는 대프리카(대구와 아프리카)라고 할 만큼 여름에 덥다. 더운 날씨를 불평하지 않고 따뜻하다고 웃으면서 말하는 아빠를 보며 괜히 코끝이 찡해졌다. 힘든 순간에도 긍정적으로 생각하는 부모님을 자연스럽게 배우게 된다. 나도 힘들 때면 좋게 생각하려고 노력한다. 바르게 살아가는 부모님이 있기에 지금의 나도 있는 것 같다.

결혼하고 시부모님이 생겼다. 시댁과 신혼집은 차로 5분 거리에 있었다. 아버님은 주말마다 남편과 나를 불렀다. 밥 먹으러 오라고 하셨다. 시댁에 가면 어머님은 내가 먹어보지 못한 음식을 만들어 주셨다. 삼계탕은 그냥 닭만 있는 걸 먹었는데, 시댁에서 먹는 삼계탕에는 전복과 커다란 낙지가 가득 들어 있었다. 해삼과 각종 해산물이 든 해삼탕도 먹고, 아귀찜이나 해물탕, LA갈비 등 평소에 집에서 거의 먹어보지 못한 음식을 갈 때마다 상다리가 휘게 차려주셨다. 임신했을 때 어머님이 딸기를 준 적이 있다. 가장 크고 예쁜 딸기를 골라서 내 손에 올려주셨다. 임신했을 때는 예쁜 거 먹어야 한다며 어머님은 누구보다 나를 챙겼다. 친정엄마는 나를 보며 결혼하고 더 호강한다고 했다. 어머님은 집으로 갈 때도 빈손으로 보낸 적이 없었다. 우리 부부가 먹을 반찬을 따로 만들어주기도 하셨고, 음식 만들 때 일부러 많이 해서 덜어놓기도 했다. 정월 대보름날에는 나는 따로 챙기지도 못했는데 어머님은 각종 나물 반찬을 집에 가져다주기도 하셨고, 수시로 아이들과 먹으라며 과일이나 빵을 사다주셨다. 늘 형님네와 함께 시댁에 모였다. 형님네 조카와 우리 두 딸이 태어나니 집 안은 더욱 북적였다. 아이들끼리도 친하게 어울려 가족 사이는 더욱 돈독해졌다.

아버님은 음식을 드실 때 남들보다 맛있게 드신다. 횟집에 갔다. 식당에 가면 주문도 넉넉하게 하신다. 회 양이 넘쳐서 먹고도 수북하게 남았다. 아버님은 남은 회를 가지고 식은 밥과 초장, 채소를 섞어서 회덮밥을 만들어주셨다. 회덮밥을 만들 때 밥은 뜨거우면 안 된다 했다. 회덮밥은 식당에서 사 먹는 것보다 훨씬 맛있었다. 양파를 반으로 잘라서 양파 위에 회와 마늘, 쌈장을 올려 양파를 쌈처럼 싸 먹는 방법을 알려주기도 하셨다. 넓은 양파에 올려 먹는 회 맛은 꿀맛이었다. 푸짐한 회를 볼 때면 아버님이 생각난다. 중국요리를 좋아하셔서 중국집에 간 적이 있었다. 유산슬과 깐쇼새우, 전가복, 유산슬 메뉴를 주문해서 배가 터지도록 먹었다. 이제 더는 못 먹을 것 같았는데 마무리 후식으로 아버님은 짜장면을 주문하셨다. 아버님은 역시 대식가다. 도저히 못 먹을 것 같았는데도 막상 짜장면을 보니 또 먹게 되었다. 살면서 중국집 가서 가장 많이 먹은 날이었다. 맛있는 음식 좋아하는 아버님 덕분에 먹는 행복에 대해서도 배운 소중한 경험이다. 지금 아버님은 예전처럼 건강하지 않아서 그때만큼 많이 드시지는 못한다. 그래도 그때 함께 밥 먹었던 기억이 아버님과 어머님에 대한 사랑으로 남아 있다.

남편과 얼마 전 크게 싸운 일이 있었다. 눈물이 펑펑 나도록 울었다. 오랜만에 오랫동안 이야기를 했다. 그동안 알지 못했던 서로의 속마음에 대해서 알 수 있었다. 남편도 고민이 많았고 앞으로 살아갈 걱정도 컸다. 진지한 이야기는 하지 않아서 모르고 지냈다. 나도 그간 고민과 불만에 대해 허심탄회하게 털어놓았다. 그날 이후 우리는 더욱 이해하고 배려하게 되었다. 싸운 일은 오히려 더 잘 지낼 수 있는 계기가 되었다.

감기에 걸려 열이 40도였다. 이마와 온몸이 뜨거웠다. 아파서 도저히 움직일 수도 없는 지경이었다. 남편은 바로 회사에 연락해서 연차를 쓰고 나를 병원으로 데려갔다. 아파도 수액을 맞아본 적은 없었다. 남편은 수액을 맞으면 금방 좋아진다고, 꼭 맞으라 했다. 한 시간 누워서 수액을 맞으니 신기하게도 열이 내리고 무겁던 몸이 가벼워졌다. 남편 말 듣길 잘했다. 아플 때 나를 챙겨주는 사람은 바로 옆에 있는 가족이다. 남편은 미우나 고우나 내 편이다.

아이가 생겼다. 눈에 넣어도 아프지 않은 두 딸이다. 첫째를 키울 때 잠도 못 자고 밥도 편하게 먹지 못했다. 밥을 겨우 차려서 한 숟가락 입에 넣으려 하면 아기가 깨서 소리치며 울었다. 바로 수저를 놓고 아기에게 달려갔다. 잠도 편히 못 자고 온종일 아기만 쳐다보고 있어야 했다. 힘들어도 한번 웃어주면 버틸 힘이 생겼다. 둘째가 태어나고는 두 배로 힘들었지만 또 다른 행복이었다. 딸 둘이 놀고 있는 모습을 보면 열심히 살아야겠다는 생각이 든다. 부모님은 자식 키우는 건 끝이 없다고 하셨다. 어릴 때는 잘 자랄까 걱정하다가 성인이 되니 일할 때 힘들어해서 걱정이고 결혼하니 남편이랑 안 싸우고 사는지 걱정, 그냥 자식은 평생 걱정이라고 하셨다. 무슨 말인지 이제 알 것 같다. 아이가 아기일 때는 건강하게만 자랐으면 했다. 첫째가 올해 초등학교에 입학했다. 적응은 잘할지 걱정이다. 그렇게 엄마인 나도 점점 성장하는 것 같다. 아이들 앞에서 화내는 모습 보이지 말자는 다짐도 한다. 아이가 바르게 자라도록 도와주는 게 내 역할이다. 부모님이 나를 정성껏 키워준 것처럼 사랑을 주며 키우고 싶다.

남편이 출근한다. 엘리베이터 문 앞까지 나가서 방긋 웃으며 잘 다녀오라고 양손을 흔들었다. 남편은 나를 보며 웃었다. 퇴근하고 집에 온 남편에게 고생했다며 두 팔 벌려 안아주었다. 키가 내 배까지 오는 아이들도 나를 따라 남편 다리에 매달렸다. 남편은 환하게 웃었다. 작지만 큰 행복이었다.

산다는 건 마냥 행복하지만은 않다. 비바람 불고 넘어지는 날도 많다. 그럴 때 다시 일어서서 씩씩하게 걸어가자고 남편과 이야기한다. 나와 남편은 두 딸과 부모님을 생각하며 살아갈 힘을 낸다. 우리가 살아가는 데 있어 가장 큰 힘이 되는 것은 결국 가족이다. 가족은 힘들 때 버팀목이 되어주고 즐겁고 기쁠 때 행복을 나누는 존재이다. 세상 둘도 없는 이들을, 지금 우리가 소홀히 대하고 있는 것은 아닌지 생각해본다.

11

내가 원하는 것을 찾은 순간

최향미

"내가 진정으로 원하는 것은 무엇일까?"

나는 살면서 행복해지고 싶었다. 같은 일을 해도 왜 어떤 사람은 행복하고 어떤 사람은 불행한지, 그 차이가 궁금했다. 작년 겨울, 감정 코칭 독서 모임을 했다. "내가 좋아하는 것, 진정으로 원하는 것을 하세요." 한참을 고민해도 머릿속에 떠오르는 건 오늘, 내일 당장 해야 할 일뿐이었다. 오늘 저녁 글을 쓰고 독서 모임에 참석해야 한다. 다음 날이면 아이랑 놀아주고 공부하고 강의를 들어야 한다. 정신없이 쳇바퀴를 돌리며 살아왔다. 어느새 내가 원하는 게 무엇인지 잊어버렸다. 그때 문득 오랜만에 바다에 가고 싶다는 생각이 들었다. 아이와 남편과 함께 떠나는 바다가 아니라, 오로지 혼자서 바다를 느끼고 싶었다. 아무런 방해 없이, 고요하게 바다에서 나 자신을 만나고 싶었다.

원하는 곳은 멀지 않았다. 나는 부산에 살았다. 집 근처 버스 정류장에서 307번 버스를 타면 30분 만에 바다에 갈 수 있었다. 버스에 탄 순간 입가에 미소가 저절로 번졌다. 몇 년 만에 혼자만의 여행이었다. 버스에서 창밖을 바라보았다. 어제와 다른 세상이 펼쳐졌다. 이어폰을 귀에 꽂고 비와이의 노래를 들었다. 저절로 콧노래가 흘러나왔고 어깨가 가볍게 들썩였다. 버스 창밖 저 멀리 바다가 보이기 시작했다. '우와! 바다다!' 가슴이 두근거렸다. 해운대해수욕장 정류장에서 내린 후 부드러운 모래의 감촉을 느끼며 해변으로 걸어갔다. 푸른 바다가 보였다. 스무 살의 나에게 위로가 되었던 바다. 헤어진 사랑, 모든 어려움을 겪었던 그 시절에도 나를 품어주었던 바다였다. 바다는 눈부시게 빛났다. 파란 하늘과 하얀 파도가 반짝였다. 바다를 보면서 '그동안 힘들었지. 이제 괜찮아.' 파도 소리를 들으며 이젠 나를 소중하게 돌봐주겠다고 생각했다.

모래 위에 일인용 돗자리를 깔고 앉았다. 텀블러에 담긴 따뜻한 차 한 모금을 마셨다. 휴대폰에서 윤도현의 '나는 나비' 노래가 흘러나왔다. 그 순간 문득 '거울 자아 이론'이 떠올랐다. 누군가가 나를 믿어주면 나도 그렇게 행동하게 되고, 나를 비난하면 그 모습을 사실처럼 믿어버린다는 이론이다. 하지만 그보다 더 강력한 것이 있다고 한다. 그건 바로 내가 나를 믿는 것이라고 한다. 과거에 나는 나를 믿지 않았다. 주변에서 할 수 있다고 말해줘도 "나는 못해."라고 말했다. 그럴 땐 결과도 좋지 않았다. 스스로 믿어줬을 때 결과가 좋은 방향으로 흘러갔다.

딸아이가 아토피가 심했다. "애쓰지 마. 그냥 살아." 아이가 어릴 때 주변에서 나에게 말했다. 애쓴다는 말이 오히려 괴로웠다. 어떻게든 나을 방법을 찾아내야 한다는 생각에 인터넷을 뒤지며 안간힘을 썼다. 아이는 집에서는 말도 많고 애교 많고 잘 웃지만, 낯선 공간에서는 몸이 굳고 아무 말도 하지 못했다. 어린이집이나 유치원에서도 선생님께 한마디 말조차 못 하는 아이를 보며 방법을 찾으려고 노력했다.

3년 후, 아이가 말했다. "엄마, 이렇게 손 번쩍 들어야 선생님이 발표시켜줘. 봐봐!" 당당히 손드는 아이 모습을 행복하게 바라보았다. 초등학교 담임 선생님마다 아이가 긍정적이고 발표도 잘하고 배려심 많다고 칭찬해주었다. 학교에서도 친구들과 활발하게 어울려 논다. 한때 아토피로 힘들었던 모습이 믿기지 않을 만큼 피부도 하얗고 건강해졌다. 만약 그때 "애쓰지 마. 그냥 살아."라는 말을 들었을 때 내가 나를 믿지 않았다면 지금의 큰 행복은 없었을 것이다. 이제 나는 세상 누구보다 자신을 믿어주기로 했다.

좋은 엄마, 좋은 아내, 좋은 사람 몇 년 동안 연기하듯 인생을 살아왔다. 아무것도 하지 않고 누워 있는 솔직한 모습을 드러내기 싫어했다. 육아 책을 보고 일부러 아침에 일찍 일어나 청소도 하고 음식도 했다. 아이가 학원에서 돌아오는 시간에 침대에서 벌떡 일어나 책을 읽는 모습을 보여줬다.

그러나 불과 며칠이 지나자 싱크대 통에 점점 쌓여가는 설거지를 바라보며 힘없이 소파에 누워 있었다. 아이가 고집을 부릴 때 화가 났다. '엄마는 이렇게 노력하고 사는데' 하는 생각이 들었다. 사람은 본래 자신의 모습과 멀어질수록 우울해진다고 했다. 나는 자주 우울했다. 어느 날 밥을 먹다 문득 깨달았다. 내가 생각한 '이상적인 모습'에 억지로 맞추며 살아가고 있구나. 좋은 엄마, 상냥한 엄마가 아니라도 괜찮다. 솔직하고 나다운 엄마가 오히려 아이에게 더 좋다. 부족하고 덜렁대고 실수해도 괜찮다. 이제는 '나답게' 산다. 솔직한 내 모습을 좋아하기 시작하자 우울한 시간이 조금씩 사라졌다. 하루하루가 즐거워지기 시작했다.

내가 진정 원하는 것을 알기까지 오랜 시간이 걸렸다. 나는 귀여운 강아지보다는 익살스러운 불도그를 좋아하고 하얀색 옷보다는 까만색 옷에 더 끌렸다. 치킨보다는 꽃게찜을 좋아한다. 고급 튀김보단 시장에서 파는 튀김, 떡볶이, 오뎅 국물에 행복해진다. 나는 이런 소소한 행복을 깨닫기까지 너무 많은 시간을 돌아왔다. 살면서 남의 말에 흔들리고 그들의 생각을 내 생각인 줄 알고 살았다. 오늘도 나에게 묻는다. '내가 진정 원하는 거야? 내가 정말 좋아하는 일이야?' 고개를 끄덕인다. 그리고 바로 행동한다.

내가 원하는 것을 할 때 온몸에 행복 에너지가 흐른다. 긍정의 기운이 마음 가득 차오른다. 좋아하는 독서 모임에 참여해서 생각을 나누고 글쓰기 수업을 들으며 나만의 이야기를 써 내려간다. 솔직하고 유쾌한 엄마로서 아이와 대화한다. 햇살 가득한 거실에 앉아 좋아하는 책을 읽고 글을 쓴다. 행복한 마음으로 몸에 힘 빼는 법을 연습한다. 강변을 걸으며 새들을 바라본다. '시차는 있으나 오차는 없다.'라는 말을 떠올린다. 오늘 내가 진정 원했던 일들을 즐기며 나만의 삶의 방향을 찾아가고 있다. 내가 진정 원하는 길을 걸을 때, 행복은 바람처럼 따라왔다.

12

인생의 신비

홍영주

인생은 3간으로 이루어진다. 시간, 공간, 인간. 인생을 바꾸고 싶다면 이 3간을 바꾸면 된다. 말처럼 쉽지 않다. 한 가지 좋은 방법이 있다. 바로 여행을 떠나는 것이다. 여행지에서는 일상과 단절되어 새로운 공간에서 사람들을 만나고 전과 다른 하루를 보낸다. 낯선 시간과 경험 속에서 자기만의 인생의 의미를 찾아간다. 내가 여행하는 이유이기도 하다.

여행의 매력은 의외성에 있다. 익숙한 일상에서 벗어나면 예상치 못한 만남이 우리를 기다리고 있다. 의외성은 여행을 특별하고 의미 있게 만들어주고, 세상을 바라보는 시각을 넓혀준다. 결국 여행은 단순한 공간의 이동이 아니라, 예기치 않은 순간들이 쌓여 만들어지는 소중한 경험의 연속이다.

작년 8월, 오래전부터 가보고 싶던 튀르키예 파묵칼레(Pamukkale)

에 갔다. 어렸을 적부터 각인된 파묵칼레의 이미지는 새하얀 석회 테라스가 다랑논처럼 펼쳐져 있고 그 안에 비취색 온천수가 가득 차 있는 신비로움 그 자체였다.

튀르키예 여름 날씨는 가혹했다. 40도를 웃도는 기온에 에어컨도 곧잘 과부하가 걸려 버스 안은 후덥지근했다. 뜨거운 바람이 나올 때도 있었다. 버스에서 내리면 살이 타들어갈 듯 뜨거워 선글라스와 양산 없이는 다니기 힘들었다. 태양을 피하고 싶어 그늘만 찾았다. 폭염 속 한국을 떠나왔는데 더 지독한 더위가 기다리고 있었다.

파묵칼레 근처에는 세계 문화유산으로 지정된 고대 로마 유적지인 히에라 폴리스가 있다. 그곳에는 그리스 신화 속 아폴로를 기리기 위한 아폴로 신전, 15,000명이 들어갈 수 있다는 원형극장, 고대 로마의 목욕 문화를 볼 수 있다는 대규모 욕장 등 볼거리가 많다고 했다. 가이드님의 추천대로 카트를 타고 유적지를 둘러보고 파묵칼레에서 온천욕을 하는 코스를 선택했다. 카트를 타면 걷는 것보다 수월하게 유적지를 둘러볼 수 있겠다 싶었다.

입구에 도착해 버스에서 내리자 태양의 열기를 품은 뜨거운 바람이 훅 하고 불어닥쳤다. 숨이 막혔다. 일행들과 동그랗게 모여 가이드님의 설명을 듣는데 서 있기가 힘들었다. 그래도 여기까지 왔으니 가서 보기는 해야겠지. 카트를 타고 클레오파트라가 수영했다는 고대 수영장으로 출발했다. 오픈카인 덕에 뜨거운 햇살과 바람을 온몸으로 막아내야 했다. 양산을 펴봤지만 몰아치는 바람에 금방 뒤집혔다. 고개 숙여 눈을 반쯤 감았다. 카트 바퀴 굴러가는 소리만 귓가에서 윙윙거렸다. 주변 풍경을 둘러볼 여유는 없었다. 정신이 혼미했다. 그 후로 둘러본 유적지는 커다란 돌덩이들이 누워 있었다는 것만 기억날 뿐이다.

대지 위 모든 물기를 빨아들일 듯 강렬한 태양의 열기에는 파묵칼레 온천수도 비껴갈 수 없었나 보다. 마지막 코스로 내린 파묵칼레의 풍경은 오랫동안 그려온 그것이 아니었다. 호수 빛 온천수를 담고 있어야 할 석회 테라스는 하얀 바닥을 드러내며 마를 대로 말라 있었다. 드넓은 계단식 테라스가 시야를 가득 채울 줄 알았건만 기대보다 작은 규모였다. 유일하게 물이 찰랑거리는 테라스에는 발이라도 담가보려는 사람들이 개미 떼처럼 가득했다. 나의 파묵칼레는 이미지일 뿐이었나. 신비롭고 아름다워야 하는 나의 파묵칼레는 현실엔 없었다.

호텔로 돌아가는 버스 안에서 가이드님이 계속되는 가뭄으로 온천수가 많이 말랐다고 했다. 기대가 크면 실망도 크다는 말을 또 한 번 경험한다 싶었다. 때가 되면 촉촉한 파묵칼레로 돌아올 거고, 기회가 있다면 다음에 보면 된다. 이번엔 간신히 발만이라도 담갔으니 다행이다. 스스로 위안했다. 더위에 지쳐 호텔에 가서 쉬고만 싶었다.

도착한 호텔은 제법 규모가 큰 온천 리조트였다. 저녁 뷔페에는 케밥, 생선구이, 스테이크, 피자, 파스타, 볶음밥 등 세계 음식들이 넘쳐났다. 복숭아, 수박, 멜론 등 달콤한 과일과 얇은 반죽 사이에 견과류와 꿀을 넣어 구운 튀르키예 전통 디저트 바클라바까지 먹고 나니 기운이 났다. 가이드님이 개인적으로 좋아한다는, 리조트 안에 있는 일몰 명소라는 곳에 친구와 가보기로 했다. 커다란 온천수 수영장 옆으로 난 좁은 길을 따라가니 파묵칼레 시내가 한눈에 들어오는 언덕이 나타났다. 파묵칼레에는 석회 테라스만 있던 게 아니었다!

붉게 물들어가는 하늘 아래로 야트막한 산의 구불거리는 능선이 마을을 감싸고 있었다. 언덕 아래로는 논밭이 펼쳐져 있었다. 산을 병풍 삼아 저녁 불빛이 아른거리는 집들이 모여 있는 풍경은 아담하고도 포근했다. 한적한 언덕 위로 선선한 바람이 불어왔다. 의자에 앉아 미풍을 느끼며 지는 해를 바라보았다. 하늘이 어둑해지며 은은하게 타오르는 해가 능선 위에 걸렸다. 누구보다 뜨겁게 자신을 불사른 해였다.

할 일을 다한 해가 떠난 하늘은 금세 어두워졌고 한낮의 태양 빛을 머금기라도 한 듯 마을의 불빛은 진하게 반짝거렸다. 하루가 저물어가는 풍경을 멍하니 바라보며 휴대폰으로 성시경의 '두 사람'을 들었다. "때로는 이 길이 멀게만 보여도 서글픈 맘에 눈물이 흘러도 모든 일이 추억이 될 때까지 우리 두 사람 서로의 쉴 곳이 되어주리." 생각지도 못한 황홀한 순간이었다. 일출과 일몰에 집착하는 나에게 파묵칼레의 일몰은 뜻밖의 선물 같았다. 새하얀 언덕 위 푸른 호수의 이미지만 그리며 달려온 나에게 파묵칼레가 숨겨두었던 보물을 꺼내어 보여준 찰나였다. 여행 중 만난 뜻밖의 행운이었다. 문득, 미노의 뜻밖의 만남도 이런 느낌이었을까 하는 생각이 들었다. 파묵칼레는 아름다운 자연과 사람에 취하게 하고, 그 순간에 머무르게 만드는 묘한 매력이 있는 곳인가 보다.

튀르키예에 오기 이틀 전 한국에서 『수상한 매력이 있는 나라, 터키』라는 책을 읽었다. 작가 미노는 방송 작가였지만 자신이 쓰는 대본보다 덜 흥미로운 현실에 지쳐 세계 일주를 떠난다. 4개월간 유럽을 유랑하다가 멈춘 곳이 바로 이곳 튀르키예였다. 미노는 파묵칼레에서 우연히 머문 호텔의 사장인 나진과 사랑에 빠졌고 두 사람은 7개월 동안 함께 지낸다. 낯선 나라에서 낯선 사람과 연인이 되어 일곱 달을 함께 보낸 그녀의 선택과 용기가 대단하다. 나도 과연 그렇게 마음이 끌리고 발길이 멈춘 곳에서 오랫동안 머물 수 있을까. 미노가 한국으로 돌아간 후 둘은 한국에서 다시 만나기로 약속했지만, 나진은 한국행을 앞두고 교통사고로 세상을 떠났다. 나진에게 미노는 생애 마지막 사랑이었다.

여행하며 마주하는 예기치 못한 사건들은 인생에서 자주 경험하는 불확실성과 닮았다. 계획했던 일정이 어그러지기도 하고, 예상치 못한 만남이 우리의 시각과 삶을 변화시키기도 한다. 마찬가지로 인생에서도 예기치 않은 상황이 우리가 가는 길을 새롭게 열어줄 때가 있다. 결국 여행은 단순한 시공간의 이동이 아니라 다양한 경험을 통해 세상을 이해하는 과정이라고 할 수 있다.

이처럼 여행과 인생은 모두 예기치 않은 순간들이 함께 모여 만들어지는 유일한 여정이다. 그래서 여행과 인생은 신비롭다. 예상하지 못한 실패나 시련을 겪더라도 우리는 그 안에서 얼마든지 기쁨을 찾아내어 행복을 누릴 수 있다. 나아가 깨달음도 얻을 수 있다. 기대했던 성공이나 성취의 순간을 맞이한다면 마음껏 누리고 즐기면 된다. 우리가 맞이하는 모든 순간은 삶이라는 전체를 이루는 소중한 한 조각일 뿐이다.

공미나

이 책을 쓰는 동안 나를 돌아보고 지나온 길을 다시 걸어볼 수 있었습니다. 때로는 남편과의 갈등이 나를 흔들기도 했습니다. 그마저 삶을 이루는 조각임을 깨닫습니다. 나이 들어 시작한 아내의 자기 계발에 처음엔 투덜대던 남편도 이제는 마음으로 묵묵히 응원해줍니다(아마 체념했을지도 모르지만요). 이 책이 누군가에게 작은 위로와 용기가 되길 바랍니다. 이번 공저를 이끌어주신 자이언트 북 컨설팅 이은대 사부님! 그리고 함께해주신 공저 작가님들께 깊이 감사드립니다.

김수아

주저앉은 날이 모여 뛰는 날을 만들었습니다. 성공과 실패의 낙인은 나 스스로 찍는 것입니다. 그게 성공이 될지 실패가 될지는 알 수 없습니다. 단, 실패라 규정짓는 순간 손에 쥔 보석은 모래처럼 흩어져 사라지게 됩니다. 얼마나 값진 보석인지 그때는 몰랐습니다. 이제는 압니다. 그날이 있었기에 오늘의 내가 있습니다. 단 하루도 의미 없는 날이 없습니다. 아이러니하게도 그 가치는 나중에 깨닫게 됩니다. 섣불리 예단할 필요 없습니다. 단지 지금을 살 것입니다.

김순이

나를 바로 세울 수 있었던 것은 감사와 믿음, 나눔과 봉사, 배움이었습니다. 언젠가는 중학교 졸업장을 손에 쥐겠다는 믿음이 있었기에 오십이 넘어 검정고시로 중학교, 고등학교를 졸업하고 한국방송통신대학교에 입학하여 공부하고 졸업까지 할 수 있었습니다. 지역사회 발전에 도움이 되고 싶어서 사회복지사 자격도 취득했습니다. 평생학습 서울시민대 석·박사 수료를 하고 지금은 책 읽고 글 쓰는 작가가 되었습니다. 배움에 갈급한 사람들에게 내가 살아온 삶이 도움이 되었으면 좋겠습니다.

박
상
림

인생은 뜻대로 되지 않았지만, 모든 경험이 결국 나를 성장시켰습니다. 꿈이 꺾이고, 빚에 허덕이고, 몸이 아파 무너졌던 시간조차도 저를 단단하게 만들었습니다. 중요한 건 완벽한 삶이 아니라, 멈추지 않고 계속 나아가는 태도였습니다. 꿈은 형태를 바꿔 이루어졌고, 배움은 실행을 통해 삶에 스며들었습니다. 실패도, 고통도, 흔들림도 결국 나의 것이 되었습니다. 지금 이 순간부터 하루 1%의 실행을 시작해보세요. 작은 행동이 인생을 바꾸는 첫걸음입니다. 지금 이대로의 당신, 충분히 괜찮은 사람입니다.

박 용 진

일상에서 긷고 일기에서 긷고 메모에서 긷고. 메시지와 엮인 제 경험은 일기가 아닌 한 편의 글이 됩니다. 독자를 돕기 위해 쓰는 글이지만 쓰는 사람 먼저 치유가 됩니다. 최근에 가장 불편했던 경험을 담아내고 풀어내는 게 맞나 싶은 의문이 들었습니다. 하지만 이 또한 작가가 할 일이라고 생각했습니다. 작가가 아니면 누가 이런 글을 쓸까. 그래서 과감히 드러내보았습니다. 글 쓰는 삶을 응원해주시고 이런 글맛을 알게 해주신 이은대 작가님께 감사드립니다.

박 호 숙

책을 좋아했습니다. 특히 영웅 이야기와 전기문을 좋아했습니다. 글 속 인물은 어려운 시기를 겪지만, 그것을 이겨내는 지혜와 불굴의 정신이 있어서 좋아했지요. 어떻게 살아야 하는지 잘 모르지만, 어제보다 더 나은 오늘을 살자고 생각했습니다. 삶은 만만하지 않았습니다. 혼자 알파벳을 배우며 영어 동시통역사의 꿈을 꿨습니다. 이루지 못했지만, 헛되지는 않았지요. 지난 시간을 돌아보니 내 삶을 사랑했습니다. 읽고 쓰며 삶을 가꾸고 싶은 꿈이 있습니다. 그리고 많이 사랑하며 살아가고 싶습니다.

이은혜

3월, 겨울을 지나 봄이 오는 길목에서 글을 썼습니다. 눈바람이 몰아치는 날도 있었고, 꽃샘추위에 몸을 움츠리게 되는 날도 있었습니다. 그럼에도 앙상하게 메말랐던 가지에서 연둣빛 새싹이 올라오고 노랑, 하양, 분홍의 여린 꽃들이 피는 걸 봤습니다. 우리 인생도 그럴 겁니다. 추위와 거센 비바람 이겨내고, 저마다의 꽃을 피우고, 아름다운 열매 많이 맺을 수 있기를 바랍니다. 사랑하는 가족과 이은대 작가님, 공저 동기분들에게 고마움을 전합니다. 함께할 수 있어 행복했습니다.

이
창
현

인생을 살아가면서 성공하는 것만이 큰 가치가 있다고 여기고 살아왔습니다. 그런데 모든 걸 내려놓고 곰곰이 생각해보니 성공이 주는 삶의 무게보다 실패가 주는 무게가 더 큰 것을 알게 되었습니다. 실패가 저를 키웠고 실패가 저를 더 단단하게 만들었습니다. 실패가 주는 의미를 되새기면서 남은 인생은 더 단단하게 살고 싶습니다. 그리고 다른 사람들에게 '이겨낼 수 있는 힘'을 전해줄 수 있는 그런 사람이었으면 합니다.

이
해
랑

인생은 어린 시절 내가 살던 집 돌담과 닮았습니다. 빈틈 사이로 바람이 지나듯 시간도 그렇게 흘러갑니다. 내 인생도 틈이 많았습니다. 가까워서 보이지 않던 것들이 적당한 거리에서 잘 보입니다. 살아온 날들 돌아보면 매 순간이 귀했습니다. 때론 휘청거렸고 다시 일어나 여기까지 왔습니다. 삶은 동행입니다. 서로의 호흡을 느끼며 함께 걸어가는 여정입니다. 바라보는 눈이 달라지니 세상이 새롭게 다가옵니다. 걱정이 희망이 되고 불안도 기대로 바뀝니다. 삶은 내가 바라보는 마음의 창을 닮아갑니다.

조지연

어린 두 딸과 엘리베이터에서 이웃 주민을 만났습니다. 아이들은 인사를 했습니다. 이웃 아저씨는 지갑에서 5천 원을 꺼내 아이들에게 용돈을 주었습니다. 설날에 아이들에게 인사를 받았다고 합니다. 생각지도 못한 호의에 감동했습니다. 인사 하나로도 세상을 밝게 합니다. 좋은 글을 쓴다면 또 다른 이에게 선한 영향을 줄 수 있습니다. 과거가 보잘것없다고 생각했습니다. 모든 건 잘되기 위한 과정이었습니다. 과거의 경험으로 현재를 더 소중하게 보낼 수 있게 되었습니다. 모든 경험은 도움이 되었습니다.

최향미

이 책은 삶의 거센 파도 앞에서 고통을 어떻게 견디고 극복했는지를 담은 고백입니다. 글을 쓰는 내내 슬픈 기억이 다시 떠올라 힘든 순간도 많았지만, 그 모든 시간들이 나를 성장시키고 단단하게 만들어준 소중한 과정이었음을 깨달았습니다. 이 글이 지금 어두운 터널을 지나고 있는 누군가에게 작은 위로와 희망이 되기를 진심으로 바랍니다. 행복의 시작은 언제나 '나'에게서 시작됩니다. 늘 나에게 가장 힘이 되어준 남편, 세상에서 가장 사랑하는 딸, 이끌어주신 선생님들께 진심으로 감사드립니다.

홍영주

오늘 아침 출근길에 학교 뒷마당 목련 나무에 맺힌 꽃망울을 보았습니다. 3월 초 느닷없이 내린 하얀 눈이 소복하게 쌓여 있던 나뭇가지에 금방이라도 만개할 듯한 순백의 꽃잎이 봄기운을 잔뜩 머금고 있었지요. 폭설과 비바람과 미세먼지 속에서도 봄소식을 준비하고 있었나 봅니다. 의지와는 무관하게 시작된 삶을 그저 덤덤하게 피워내는 목련 나무의 의연함이 문득 새롭게 다가온 순간이었습니다. 삶이 다하는 날까지 지나온 날들에 감사하고 지금을 귀하게 여기며 다가올 날들을 담담하게 맞이하고 싶어집니다. 함께해주어 고맙습니다.